有爱的青春陪伴者

非仙勿扰

重故 著

中国致公出版社
China Zhigong Press

图书在版编目（C I P）数据

非仙勿扰 / 重故著 . -- 北京 : 中国致公出版社，2020

ISBN 978-7-5145-1552-7

Ⅰ . ①非… Ⅱ . ①重… Ⅲ . ①长篇小说－中国－当代 Ⅳ . ① I247.5

中国版本图书馆 CIP 数据核字 (2019) 第 248059 号

非仙勿扰 / 重故 著

出　　版 中国致公出版社
（北京市朝阳区八里庄西里 100 号住邦 2000 大厦 1 号楼西区 21 层）
出　　品 大鱼文化
发　　行 中国致公出版社（010-66121708）
作品企划 大鱼文化
责任编辑 徐　慧　简鸣琅
印　　刷 长沙鸿安印刷有限公司
版　　次 2020 年 2 月第 1 版
印　　次 2020 年 2 月第 1 次印刷
开　　本 880mm × 1230mm 1/32
印　　张 9
字　　数 230 千字
书　　号 ISBN 978-7-5145-1552-7
定　　价 36.80 元

目录

目录

第一章 凡人也妄想成仙

既有长生之躯，自然借机成仙，
何苦聊以度日，荒废前程？

屠萌是白桥镇绿罗村里仅有的男媒人，如今不过十六岁，就已经凑成了镇上数对有情人。白桥镇的百姓每每见到他，都乐呵呵地称一声“屠老大”，可想而知他有多出名。

这天清早，他从村里离开，去镇上溜达一圈，便收获了不少婆婆送的鸡蛋，说让他补补身子，以后也好为自己做做媒。

屠萌皱起了眉头，低头看篮子里圆滚滚的大鸡蛋，咕哝道：“本老大志在撮合他人，什么叫给自己做媒？”

啧，笑话！

屠萌哼着小曲儿在山路上优哉游哉地走着，不多时就回到了村里，他进屋先把鸡蛋放好，一出来就见着邻居家的姑娘坐在院子外绣花。

“微阳妹子，你又在绣什么？”屠萌凑过去。

姑娘蓦地抬头，便与睁着圆鼓鼓大眼睛的屠萌来了个对视，她莞尔一笑，拆穿屠萌的鬼话。

“小屠，我前几日刚满的十七，你该唤我阿姐。”

屠萌才不管，搬了张矮凳自觉地坐在林微阳身边，皱起了小鼻子：“不管，我是墨鲵的兄弟，自然是你大哥。”

他抬起下巴，倨傲十足：“这叫辈分。”

“随你随你。”林微阳失笑，低头继续绣着。

屠萌往那儿一瞥，疑问道：“这绣的啥啊，黑乎乎一团，芝麻大饼？”

林微阳手一颤：“……”

她抿唇咳了声，摊开给屠萌看：“哥哥最喜墨色衣衫，这是我新学的样子，叫乌云挽风。”

屠萌讪讪点头，表示自己明白，后又抬头四望，问道：“干爹干娘都不在吗，还有墨鲵，怎么都不见人？”

林微阳笑着说道：“爹娘在屋里休息，哥哥去龙侯山上了，晚些回来。”

“又去龙侯山？”屠萌拧着眉头，“他该不是被山里的精怪迷上了吧，不然怎么三天两头往山上跑？”

“扑哧！”林微阳眉眼都绽开笑意，“世上哪有精怪。”

“怎么没有——”屠萌猛地住嘴，白嫩嫩的手掌赶紧将嘴巴堵上，眨巴眨巴眼睛为刚才的话想借口。

过了一会儿，屠萌咂咂嘴：“唔，你又没见过，不能一言断之。”

林微阳只是缓缓摇头，桃花眼眯成了两道弯弯的月牙儿，眼尾勾起细碎的风华。

屠萌定定看了她一眼，努嘴在心里默默想着，要放在一年前他定然也觉得世间没有精怪，不过自从发现干爹干娘的秘密后，他可是万分确定精怪的存在。

连神仙都有，何况精怪？

不过，屠萌叹了口气，既然墨鲵交代过会在合适的机会告诉微阳妹子，那他就别多话。

他兀自想了一会儿，就见林微阳收起了绣布，往屋内走去。

“你不绣了？”屠萌屁颠屁颠地跟上。

林微阳叹了口气，无奈道：“天都快黑了，自然该去做饭了。小屠，你一天天在想什么呢？神情怪怪的。”

“没，没有。”屠萌憨憨地挠了挠脑门。

林微阳走到厨房，看着尾随在身后的屠萌，又道：“小屠就在这儿吃吧，白涧河里捞的鱼。”

屠萌小鸡啄米似的点头：“那敢情好，免得我回去独守空闺。”

林微阳一顿，“独守空闺”是这么用的？

看着林微阳有条有理收拾着厨房，又想起她做得一手好菜，屠萌口水都快要流下来了，搓搓手发出猥琐一笑：“微阳妹子这么贤惠，要不要哥哥给你做个媒？”

“有劳了，不必。”

“别客气啊，凭咱俩的关系，我肯定会给你介绍好的。镇上李老爷家的三公子怎么样？风度翩翩，丰神俊朗，风姿绰约。”

林微阳打断他：“疯疯癫癫。”

“啊——”屠萌喉间一哽，“也没有疯癫，最多神经兮兮，爱胡思乱想。”

林微阳几刀利落地将鱼鳞刮掉，无语地望了他一眼。

屠萌机灵地转转眼珠子，想了想又道：“好吧好吧，这个不算。镇上西街布坊老板如何，虽说年纪稍微大些，但眉清目秀，眉扬目展，美如冠玉。”

林微阳一刀剁下："没心没肺。"

屠萌怔："……"

哪有没心没肺，不就是经常忘了东事忘西事嘛！

林微阳将鱼放进热油锅里，滋滋的声音顿时传出，屠萌努努嘴道："你究竟喜欢哪样的？说来听听，我帮你去找。"

不多时，空气中就弥漫着蜜炖煎鱼的香味，屠萌长吸一口气，口水都快要流出来了。

"真香，微阳妹子手艺不错嘛。"

但林微阳一副闭口不谈的模样，屠萌只好急急追问："老实交代，不说不行！你可别砸了我屠老大的招牌。"

最后煎鱼盛盘，林微阳蓦地转身，将盘子放在屠萌手上，推他出去。

"哎，妹子妹子，别扫兴啊！"

屠萌以脚抵在厨房门下，坚决不让她关上门。

林微阳低叹一声："屠老大还是去做其他生意吧，我这儿可没有你用武之地。"

屠萌哼唧唧："最近不知道是不是运气不好，找我说亲的没几个，微阳妹子倒是体谅体谅我，你就说说吧，不管富贵公子还是俊秀书生，我都不在话下。"

说完后，他意味深长地凑近，悄悄道："就连隔壁镇的我都认识，只要你说得出来，就没有我屠老大找不到的。"

林微阳怔了下，忽而眨眨眼，眉梢一挑："真的？"

屠萌急急点头："真的！"

林微阳扬起一抹狡黠的笑，一字一句道："一杯一杯不落空，提笔狼毫尽在中。白涧河底呜咽起，张口囫囵吞东西。"

说罢，就将尚在发呆的屠萌推了出去，“砰”的一声关上了门。

被挡在外面的屠萌歪着他不精明的小脑袋，皱着眉头咕哝道：“这什么意思啊？最讨厌这些咬文嚼字的了！”

正在他抓耳挠腮时，一声“屠萌，你怎么在这儿”打断了他的思绪。

屠萌转身望去，就见林墨鲵背着一个竹筐回来了。林墨鲵将竹筐放在院子里，取出其中的药草，有条不紊地整理着。

屠萌瞬间就忘记了刚才的字谜，刺溜跑上前，托着脸质问：“你去龙侯山了？”

林墨鲵点点头，脸上没什么表情。

屠萌早已习惯他的反应，紧接着又追问：“就去采草药？”

林墨鲵先是愣了下，才冷漠道：“自然，否则还能做什么？”

“不是被山里的精怪给迷住了？”

“你想多了。”

屠萌耸耸肩：“这也不能怪我啊，谁让你三天两头往山上跑。镇上最近流传着一本小书，说山里最喜出妖怪，专就找你这种相貌堂堂的。戏官儿都唱上台了，别说，还真有点儿意思。”

林墨鲵眸光如凛凛寒气，射向屠萌：“戏客之言，你竟当真……还不走，待这儿蹭饭呢？”

“那可不。”屠萌坐在院里秋千上，晃悠着，“微阳妹子亲口请我留下的。”

他咂咂嘴，眯着眼睛享受般道：“今儿是煎鱼，可香了。”

说起微阳，林墨鲵嘴角衔起一抹笑：“微阳在厨房？我去看看。”

“去什么去，你手脚又不麻利，去了遭嫌。”屠萌哼哼。

林墨鲵终于忍不住翻了个白眼：“……”

不过屠萌的话倒也有理，林墨鲵想了想，也不过去了，就站在院子里，将采来的药草拾掇了一番。

没过多久，二老也从屋里出来，屠萌打了个招呼，目光又不经意滑到林墨鲵身上。

世事果然奇妙，若非当日自己亲眼所见，亲耳所听，怕是也不会相信林墨鲵会是他们的亲儿子。

瞧林父林母的模样，这看起来像兄弟、姐弟好吗！

啧，屠萌又是一阵感叹人生。

林微阳端着菜从厨房出来，见着林墨鲵正在院里择药草，抿唇笑着走过去：“哥哥回来了。”

林墨鲵一抬头，瞧见花猫似的林微阳，抿唇失笑点了点头。

他起身走近，伸手擦了擦林微阳的脸颊处：“都脏了。”

林微阳连忙抬起手去摸，却又触到林墨鲵温热的手指，她的脸瞬间就红了，支支吾吾道：“刚……刚才烧火的时候蹭到的。”

林墨鲵往里屋看了一眼，拉着微阳走进去，边走边道：“很香，辛苦你了。”

“没事。”林微阳低了低头，像是要掩去面上的臊意。

屠萌正在和二老唠嗑，见着林墨鲵、林微阳两人过来，不禁吹了个口哨：“哟，微阳妹子脸怎么红了？”

林微阳抬头瞪他。

屠萌忍不住扑哧笑了笑：“像猴屁股。”

林微阳：“……”

林墨鲵冷冷地瞥他：“什么妹子，没大没小，叫姐。”

“别啊，墨鲵。”屠萌坐直，摆上了兄长的气势，“咱俩可是拜过把子的，你的妹妹就是我的妹子，你的爹娘自然也是我的爹娘。”

“是吧，干娘。”屠萌挽着林母的手，竟撒娇起来。

直叫林墨鲵兄妹俩不忍直视。

林母眯着眼睛乐呵呵笑道：“当然，当然，萌萌小嘴真甜。”

萌萌！

林墨鲵与林微阳对视一眼：“……”呕。

偏生屠萌还在扬扬自得：“萌萌也就准干娘在家中唤一唤，在外面还是得叫一声屠老大的。”

看他不正经的模样，林父作势嫌弃道：“好了，菜都要冷了，都坐下。”

饭席间，倒也没有什么规矩，屠萌一个劲唠叨自己在镇上为各位公子小姐做媒的事，其间也有不少笑话，让众人笑得前仰后合。

不过，林墨鲵却是一脸正经模样，且心不在焉。

林微阳小口吃着饭，转头见身边的兄长目光涣散，几乎没有夹菜，筷子正有一搭没一搭地拈着米饭。

“哥哥，你在想什么呢？”见兄长没有反应，林微阳拧着眉，又唤，“哥哥？”

屠萌见此，猛地一抬胳膊，林墨鲵手不稳，竹筷啪嗒掉在桌上，引得所有人将目光放在了他身上。

林父对林墨鲵管得很严，此时见他吃饭时还心神恍惚，不由得怒声道：“墨鲵！”

林墨鲵目光从众人面上滑过，漫不经心站起来，只说了一句：“我吃饱了，你们慢用。”

说完后，便砰地关上门，将自己锁在屋内。

屠萌含着筷子望着紧闭的房门，讷讷道：“他这是怎么了？”

林微阳也狐疑地盯着那里，眼底滑过一丝不解。

眼看着林父就要发火，林微阳赶紧解释道：“哥哥今日上山采草药，许是太累了，爹娘别生气，待会儿我去看看他。”

屠萌见此，也挤眉弄眼道：“对对对，我帮干爹干娘收拾他去。”

林墨鲵一走，微阳也食不知味，草草填饱肚子，收拾完厨房后就和屠萌一起站在林墨鲵的房间外。

屠萌敲了两下，疑惑道：“没声音，是不是睡着了？”

林微阳摇摇头，也不大确定。

两人正想着，林墨鲵却从里面打开了门，一双凛寒的眼睛望向林微阳：“你们干什么？”

林微阳一窘。

屠萌忙道：“你今儿怎么回事，谁惹你了？”

“没事。”林墨鲵垂着眼睑，越过身前两人便要出去。

“去哪儿？”屠萌喊住林墨鲵。

林墨鲵淡淡道：“有事找爹娘。”

等到林墨鲵的身影消失在两人面前，屠萌抓了抓脸，有些纳闷：“真是奇怪，不过……”他顿了顿，又嘻嘻笑起来，“倒真是很像戏本里说的被妖精迷了心智后的模样啊。”

屠萌朝着林微阳挑了挑眉，谑笑一声：“你说是不是？有趣有趣。”

但林微阳此时哪里笑得出来，她静静望着林墨鲵离去的背影，心头忽而一酸。

“在想什么呢？”

林微阳抿抿唇，拉过屠萌：“没有，走吧，陪我去院里整理草药。”

主屋里很安静，林墨鲵进来的时候，林家父母正凑在一起小声说着话，虽不知道在谈论些什么事情，但只看二老的表情，便也可知定是在说些笑话吧。

念及此，林墨鲵笑了笑，眸间亦带上了几分无奈。

林父早在林墨鲵过来的时候就察觉了，此时见他呆站在那里，也不说话，顿时就气不打一处来。他负手起身，一张经历沧桑后却依旧年轻的脸不怒自威：“还站在那儿干什么，滚进来！”

“小声点。”林母瞪了瞪他，走过去问林墨鲵，“到底发生什么事情了，你好好说。”

林墨鲵顿了会儿，遂沉声道：“今早我见到玉旸上神了。”

“玉旸上神？”

一听到这个名字，林父仿佛像是被火烧了眉毛，急躁地站起来，向他怒道：“你又去龙侯山了？”

林墨鲵偏开脸，不愿去看父亲怒火中烧的模样，淡淡道：“玉旸上神是爹娘的故交，我去见见又何妨。”

“你别激动。”

“不激动，我早就提醒过这小子，不要去龙侯山见玉旸上神，他却没一次听话过！”

林墨鲵恍若未闻，嘴角掀起一抹讽刺的笑：“爹娘当年若非得龙侯山仙物相助，如何能够枯木逢春，更别说长生不死了。如今孩儿得玉旸上神相助，只求修炼成仙，为何不可？”

林父瞠目结舌：“你……你要成仙？”

林墨鲵颔首，反问道：“孩儿已有长生之躯，若不借机成仙，难道要如爹娘一般长居村里，荒废大好前程吗！”

“你，你！”林父胸膛起伏不定，急促地喘了几口气才道，“成仙，你以为那仙人是好当的吗？终年孤寂，万年不老。”

“是啊。”林母也开始劝他，走过去拉起林墨鲵的手，温言道，“娘知道，自打你懂事之后，便常常去龙侯山寻玉旸上神，开始还以为你只是好奇罢了，没想到现在却想着要成仙。”

林墨鲵一言不发。

林母叹了叹气，语气中也带上了几分敬畏：“确实，咱们一家人能够长生，是得缘于龙侯仙山，但这又何尝不是一种孽缘呢。鱼与熊掌不可兼得，长生之人，必将孤苦无依历经万苦。咱们家还算好，一家三口安稳度日倒也能弥补些，但你要知道，凡人成仙势必要断情绝爱，孤寂度日。”

“我都知道。”林墨鲵忽然开口。

林母皱了皱眉：“那你……”

林墨鲵毫不迟疑：“儿了意已决，绝不可能放弃。”

“啪！”林父直接甩了个巴掌在他脸上，怒极，“逆子！”

林母张了张嘴，却不知道该说什么。

林墨鲵摸了摸侧脸，依旧面无表情，只道：“恕儿子不孝，早间玉旸上神已告知孩儿成仙之途，孩儿即日便要离开，去寻求灵物。”

林父一张脸因为生气已变得通红，他额间青筋直跳，手指着林墨鲵，声音都带着些哆嗦：“你当真要去？”

林墨鲵道：“父亲应该知道，孩儿向来说一不二。”

“荒唐，荒唐至极！”

林父一个劲骂林墨鲵，但林墨鲵恍若未闻，只对着母亲点点头，便毅然转身，离开了主屋，留下破口大骂的林父以及皱着眉头满脸思索的母亲站在屋里，手足无措。

林墨鲵一出屋子，就与林微阳与屠萌打了个照面，林微阳愣愣地望着他，手上一阵发软，捧着的竹筐瞬间落在地上，干枯的药草随即散落开来。林微阳却仿佛毫无察觉，只呆呆望着林墨鲵，直到身边传来屠萌的惊呼声，她才稍稍回过神，拽着屠萌一起半跪在地上。

她慌慌张张地拾捡东西，屠萌更是一脸惊讶地望着她，不明白林微阳到底是怎么了。

林墨鲵低垂着头，被面前两人的行为弄得有些迷茫。过了半晌，地上的药草被捡干净，但林微阳依旧僵硬着身子动也不动。

屠萌小心地戳了戳她的胳膊，轻声询问：“微阳妹子，你这是咋了？”

林微阳摇了摇头，下一刻，就见眼前一黑，原是林墨鲵的身躯挡住了她的视线。微阳愣了愣，忙不迭从地上起来，张了张嘴，发出一声低喃：“成仙？”

屠萌当即拍了下脑袋，歉疚地瞥了一眼林墨鲵，解释道：“我竟忘了你还没告诉微阳，刚才还……”

还拉着微阳来偷听。

真是该死！屠萌抿了抿唇，转头又对林微阳道：“是，是我的错，你就别怪你哥了。”

林微阳眨着一双迷茫的眼，并不应屠萌的话，而是望着林墨鲵，讷讷道：“所以哥哥要成仙去？”

虽然林微阳并非他们林家亲生孩子，但近些年来她一直在林家长大，又常跟着林墨鲵玩耍，墨鲵早已将她当作了自己的亲妹妹。此时见妹妹满脸的失落和迷惘，林墨鲵不禁有些讪讪，抓住她的手，道：“你跟我来，我一五一十告诉你。”

林微阳点点头，林墨鲵就拉着她往屋里去，并对屠萌道：“不早了，你先回去吧。”

屠萌努嘴，摊了摊手：“好吧，那你们好好谈。”

第二章 有些往事难忘

百年之后，人已苍苍，
自当堕入黄泉。

绿罗村是白桥镇郊外的一座小村子，村中仅有两户人家，依山傍水，依的是龙侯仙山，傍的是白涧河水。不过说起龙侯仙山，除开绿罗村的几人，在其余人看来，不过是座寻常不过的大山罢了。

龙侯山下，白涧河底，曾有一条大鲵。

林墨鲵站在窗边，望着外面黑黢黢的竹林，沉声道："这件事情还要从二十年前说起，那时皇城昏君当道，民不聊生。于是众多江湖豪杰起义，连同诸王，誓要取昏君而代之。但天下皇位只此一个，权势的诱惑又实在太大，遂不多时，天下纷乱，战事四起，百姓无一日好过。"

林微阳一怔："二十年前？"

"是，二十年前。"林墨鲵叹了口气，只觉窗外夜风袭来，有些寒意，遂关上了窗户，来到书桌前，提笔在宣纸上勾画。

林微阳走过来，低头看去，就见林墨鲵一边勾画，一边说道："那时你我尚未出生，我的父母，却已年过不惑。"

"什么？"林微阳不敢相信，她面上一僵，心里只想着爹娘明明很年轻的啊。

但耳边忽而传来轻笑，林墨鲵放下笔，回头失笑道："微阳，莫非你一直没有怀疑过爹娘的年岁吗？不久我便要弱冠，可爹娘看起来也不到而立的年纪。"

被林墨鲵这般提醒之后，林微阳细细想来，才觉得这几年来自己忽略了太多事。她一阵恍惚，咬了咬下唇："哥哥的意思是……"

林墨鲵指着宣纸，微阳看去，只见上面仅用寥寥几笔便勾画出了一条大鱼的轮廓。

但，林微阳歪着头打量许久，还是不解："这是什么鱼类？我怎不曾见过。"

"它已经消失于世间了。"林墨鲵摇了摇头。

微阳怔愣片刻，不明白哥哥到底在说什么。

林墨鲵嘴角勾起一抹笑，继续道："二十年前，百姓流离失所，不少穷苦人家四散飘零，正在此时，有一年迈的老人为了躲避战乱，携着妻子阴差阳错来到了龙侯山下。但是山下荒无人烟，二老本就饥饿难耐，又想着不若一死，便于白涧河边而立，只想将一条老命归附天道。"

"那他们就寻死了吗？"林微阳听得心神一荡，不禁插嘴急问。

墨鲵摇摇头，将书案上的画卷拿起，紧紧盯着上面的大鱼，笑道："许是二老年轻时积过太多福祉，竟连上天都不愿他们死去。将将这会儿，河中缓缓出现一条四脚大鱼，老人便钓了它来，与妻分食。"

林微阳笑了："所以他们没有寻死，而是感念大鱼恩德，好好活下来了。"

林墨鲵重重点头："没错，你看到的这四脚鱼便是当日的那一条，也是世间唯一的一条，名叫大鲵，食之可返老长生。”

“长生？”林微阳讶然。

联系刚才林墨鲵的一番话，微阳几乎瞬间就明白了。

她倏而闭上眼睛，任着眼尾上挑的弧线勾勒出一抹了然：“原来爹娘是因为吃了大鲵的肉，所以你呢，哥哥……”

微阳蓦地瞪大眼睛，眼圈甚至泛起了红色。

她喃喃道：“所以哥哥可以长生不老，可以成仙吗……”

听到了“成仙”二字，林墨鲵抿抿唇，微抬下颌，勾出倨傲神情，嘴角微扬，笑道：“正是。”

林微阳默然片刻，见兄长双眸尽是向往，心肝不由得一颤。

下一刻，她敛衣行礼，鬓边垂下几丝乌黑碎发。

林墨鲵忙去扶她，纳闷道：“你这是做什么？”

手心传来温热的触感，微阳微微抬头看他，却又慌忙垂下浓密的睫羽，对着林墨鲵盈盈福身，咬了咬下唇，缓缓道：“恭喜哥哥。”

语气中带着几分哽咽，但此时的林墨鲵全然沉浸在成仙的喜悦中，并未察觉。

他将林微阳扶起，唇边浮现一道赞叹的轻笑：“我本以为你听到这般奇事，会觉得荒谬，如今却还好，想来是我小看了你。”

林微阳也跟着勾起唇，苦笑道：“原来哥哥一直往龙侯山去，是为了寻求成仙之道啊。”

“没错。”林墨鲵将画卷放回桌上，发出满足的低叹，“龙侯山是玉旸上神辖地，多亏父母机缘，上神允我一见，并告知了我成仙之法。”

话音落下，他深吸了一口气，急切地道：“微阳，这么多年了，我无时无刻不想着有朝一日能飞升成仙，总算，总算……”

林微阳不明白他的感情，但见心上之人如此，不由得问他：“成了仙，真的那么好吗？”

“我既已有长生之躯，若不成仙，着实浪费了。况且，人间感情算什么，爱恨别离苦，贪嗔痴怨长，我本就心无杂念。”林墨鲵毫不犹豫道。

心无杂念吗？

林微阳闻此言，眉间隐隐一皱，蹙起了眉头。

林墨鲵兀自畅想了一下成仙后的日子，只觉心神都不禁荡漾起来了。但他到底不愿表现得像个毛头小子般，又见妹妹一言不发，遂起身握住她细削的肩头。

“哥……”

林墨鲵瞟了一眼面前的人，语气带着几分迟疑：“虽是心无杂念，但我到底还有一事。自从四年前我将你于山脚救回家，就一直拿你当我的亲妹妹。”

亲妹妹……林微阳抿抿唇，同时低垂了眉眼。

林墨鲵犹豫道：“待我成仙之后，却不知该拿你如何才好。”

微阳心尖一颤，是啊，林家人皆有长生之躯，唯有她，是个再平凡不过的普通人。

想到这里，林微阳摇摇头，低声道：“百年之后，人已苍苍，自当堕入黄泉。”

林墨鲵有些不忍：“微阳……”

林微阳蓦地抬起头，对着他扬起一抹极为灿烂的笑容：“人世本该如此，哥哥不必为我伤怀。嗯……我还有些事，想去一趟小屠家，事情挺急的，我这就去了。”

说罢，便挣开林墨鲵的手，踉跄着步子转身离去。

林墨鲵瞧着她步履慌张的模样，有些不解，不过瞬间就又被将要成仙的喜悦占领了内心，面上虽不显，但心里已乐开了花儿。

天越发暗了，林微阳并没有打算去屠萌家叨扰，而是在村外的竹林里发呆。

竹林稀疏，其间有块极大且平滑的巨石，平日里他们休息时总喜欢摆放一盘棋子，两两对峙，或是放上一壶茶，分坐两旁，谈笑风生。而今日，衬着昏暗的夜色，林微阳默默走到巨石旁边，倚在石凳上，微一偏头，便靠着巨石发呆起来。

夜风微凉，牵起她鬓边细碎的发丝，林微阳抿着唇，脑海里不禁回忆起当日被林墨鲵救下的场景，心上竟不自在地疼了几分。若是那年，她不曾被救下，而是生身陨灭，怕也不会经历现在这般撕心裂肺的痛苦吧。

须臾间，她的记忆缓缓回到了四年前，还是繁花盛开的春天。

其实说到底她也不太记得了，那日醒来时她便在林家的床上，睁开眼睛，第一眼看见的就是拧紧眉头的林墨鲵。

见她醒来，林墨鲵欣喜万分，直道自己是在龙侯山脚下的一个杂草堆里发现的她，那时她脸色苍白，若非尚有点滴气息，便恍若死了一般。林墨鲵说他常去龙侯山采药，刚巧在下山路上瞧见了她，就将她救了回来。

而她已没有了记忆。仿佛是谁在她头上重重一击，关于身世，连同十几年的过往，全部都被她一一忘去，再也不记得分毫。她在这里住了十几日，养好身子后一时间也不知道该去哪里，得幸林家父母见她失了记忆，孤苦无依，便让她在此住下，又给了她林家的名字，取名林微阳。这一住便是整整四年。

微阳从来不敢忘记初见时的林墨鲵，颀长身姿，墨衣加身，金丝滚边，活像是城里倨傲无双的少爷。可微阳知道，他真的只是绿罗村里最为普通不过的村夫。他狭长的双眸中是沉静的目光，嘴唇很薄，每每对上她时，嘴角那几乎察觉不了的上扬，都会带给她独一无二的感受。

林墨鲵应该很想要个妹妹吧，若非如此，又怎会对她一个陌生女子如此怜爱呢，他们也只相处了四年而已啊。

想到这里，林微阳心中一阵酸楚。什么普通的村夫，明明就是盘龙上天的贵人！

他就要走了，等成了神仙，从此便再也见不到了。

曾经说过要做一辈子兄妹的话都已成了妄言，她心底深处隐藏最深的欲望，更是值不得他在意分毫。

林微阳趴在石块上，嘴角衔着一丝苦笑，微微阖上了双眼。

而在房间里，林微阳离开后，独自乐开花的林墨鲵就被自家父母喊到了主屋谈话，这么一谈就是整个晚上。

这晚屠萌一直没睡好，迷糊间总是听到隔壁传来吵闹的声音，叽叽喳喳的，时而怒骂时而愤慨，扰得他难以安眠。

倒是林微阳一直趴在竹林里的石块上睡觉，没能听到屋里的争吵，睡得虽不算香甜，倒也安静十分，比之屠萌则再好不过。

天亮之后，屠萌伸着懒腰从房里出来，先是在院子里乱吼一通，等到把心头的浊气都叫喊出来后，才慢悠悠往林家这边走。不过他走得算是悠闲，但脸上的阴霾可不少。

昨晚真是把他给折腾惨了，一晚上被吵得没睡好不说，一闭上眼脑海里就全是叽叽喳喳的声音，烦不胜烦。屠萌咬咬牙，自言自语道：“别以为我听不出是林墨鲵的声音，看我今天不收拾你！”

他气哄哄地站在林家院子外，对着里面喊：“林墨鲵！你给我出来！”

林家屋子：“……”

屠萌叉腰继续叫：“林墨鲵！”

“小屠，这么早啊。”身后传来林微阳的声音。

屠萌转身去看，惊了，又指了指屋里，讷讷问她：“你怎么在外面啊，这，这……”

林微阳揉揉眼睛，刚打算回他，就猛地一个喷嚏打出来，将屠萌吓了一跳：“这是咋，着凉了吗？”

“昨晚不小心在竹林睡着了。”林微阳晃了晃脑袋，觉得脑子里晕沉沉的。

屠萌连忙扶着她，叹了一声，教导般说道：“这天气夜晚最冷不过，你竟然还去外面睡，怪不得会受凉，走走走，赶紧进去我给你煮姜汤。”

说着就扶起林微阳扒拉开篱笆走进院子里，屠萌左看看右看看，纳闷道：“墨鲵还没起来呢，怎么不见人？”

刚准备坐下的林微阳怔了半晌。

屠萌见她呆呆的，恨铁不成钢地拉着她坐好，叨叨道：“你这是傻了吧？”

林微阳：“……”

屠萌啰嗦道：“你先坐着，我去给你煮姜汤……唉等等，要不我给你烧热水，你泡个澡吧，这样才驱寒。”

难得被屠萌关心，林微阳笑了笑：“那就谢谢小屠了。”

“客气客气。”屠萌摆摆手，就往厨房去。

却不料刚走到厨房，就被迎面过来的林母唤住，并拉到一个角落。

屠萌纳闷儿：“干娘，您这是做什么？”

林母鬼鬼祟祟往外面打量一通，才小声对屠萌道：“萌萌啊，你这是要去做什么啊？”

屠萌老实交代：“微阳妹子昨晚上受凉了，我来给她煮碗姜汤。”

“受凉了？”林母大惊。

屠萌“嗯”了声，直点头：“对，对啊，她昨天不知道怎么回事在竹林里睡着了，今早可不就着凉了，您也知道竹林子里寒气重。”

听了屠萌的话，林母倏地低下头，嘴里咕哝道：“怎么就受凉了，这多不好啊，听镇上的大夫说女人受凉的话，不容易怀上孩子的。”

屠萌：“……”

偏生林母还以为屠萌没听见，一个劲地小声说：“那可不行，绝对不行，得赶紧将身子养好。”

耳朵超级尖的屠萌：“……”

“我说萌萌啊，”林母抬起头，又见屠萌好一脸诡异的模样，不由得重了重声音，“萌萌，萌萌？”

“哎，我在。”屠萌嘿嘿笑。

林母思索着：“那是得喝点姜汤，你就别操心了，待会儿我亲自去给微阳熬。”

“啊？”

“啊什么啊，我是她母亲，熬点儿汤怎么了。”

屠萌忙解释说：“我不是那个意思，就是这多麻烦啊，再说我反正也没事。”

屠萌话音一落，就瞧见林母脸上绽开了“猥琐”的笑容，林母瞪他一眼：“谁说你没事，现在干娘有件大事要拜托你。”

“大事，您只管说就好。”屠萌点点头，他现在就是太闲了，特需要做点什么才行。

林母想了一下，试探道：“你不是咱们这儿最出名的媒人嘛。”

“嗯呢。”屠萌乖乖点头，“江湖人称屠老大。”

这可不是虚名，而是正正经经镇上的人专门封的。

林母一个不慎，顺口喊了一句：“屠老大啊。”

感觉突然上了台面的屠萌：“……”

做足了气势的屠萌抱拳道：“干娘请吩咐。”

林母思索了片刻，缓缓道：“干娘知道，你和我们家墨鲵从小就认识，算是一个窝里长大的。现在有件关于墨鲵的终身大事，还希望你帮着张罗张罗。”

屠萌瞬即拍拍胸脯：“那没问题，墨鲵的事就是我的事！”

他虽然与林墨鲵差了几岁，但好歹是绿罗村仅有的两个小伙子，自然应当守望相助咯。帮忙什么的，自然都不在话下，只是……

“干娘，我就是个媒人，能做的无非说说媒、跑跑腿、张罗张罗婚礼、搞搞气氛。墨鲵现在又不成亲，要我有啥用啊。”

说实话，他有点儿蒙。

但他干娘一点儿都不蒙，反而高兴道：“怎么没用？”

“啊？”

“萌萌啊，现在墨鲵就要成亲了，你这个兄弟是不是该帮忙？”

屠萌啼笑皆非：“怎么可能，他成天往龙侯山上跑，哪有喜欢的姑娘。”

林母不再和他磨蹭，直言道：“林微阳。”

“林……微阳？”屠萌愣愣看着她，深吸了一口气，“微阳妹子？”

林母点头。

“不可能。”屠萌摇头晃脑，“他俩是兄妹。”

林母望着他没有说话。

屠萌瞬间噤声，老老实实回答：“呃，不是亲的。”

“现在知道该做什么了吗？”林母和蔼极了。

屠萌咽了咽口水，艰难道：“知道了。”

林母：“嗯？”

屠萌脑袋有一瞬间的卡壳，随后站直身子：“保证完成任务！”

第三章 莫论往后，今朝已心甘情愿

生世？便是这一世哥哥都不愿给我半丝念想，
也想要霸占我的生生世世吗？

龙侯山像是被仙者镶嵌在了云朵之间，午时艳阳高照，阳光透过卷云射下闪闪金光，全然打在龙侯山上，云雾萦绕间光芒映照着山中的景致，让山下之人艳羡不已。

此时林墨鲵正站在龙侯山下，仰头紧盯着山路。去往龙侯山的山路很崎岖，弯弯绕绕，从山脚看去不知绕到了哪里，林墨鲵不禁想起自己也是找了许久才找到上山的路。从知晓家中的奇遇开始，他无时无刻不期盼着能够成功登上龙侯山，见到玉旸上神，而现在，所有的期盼都已成真，上天明晓他诚挚的渴望，派来玉旸上神提点一二。

可他没想到的是，这件事情自己念在心里许久父母都不曾应允，而现在他们好不容易松口，给出的唯一条件，就是，就是……娶了林微阳。

林墨鲵面上烦躁，不免有些责怪起父母来。且不说他要成仙，必定会忘却凡尘俗事，再者，娶妻生子实乃人生大事，若是给不了一生一世，那又何必多此一举。

还有，他这四年来，一直将林微阳当作亲妹妹，绝无其他想法啊。

想到这儿，林墨鲵重重叹了口气，眸中晦涩万分，凝望着龙侯山，也不知在想些什么。

身后冒出喘气声，林墨鲵循声看去，就见一书生背着包袱倚在树下歇息，书生瞧见林墨鲵的目光，忙起身拢了拢衣袖，恭敬道：“公子有礼。”

林墨鲵心下感叹一句“书生规矩多”后也跟着抱了抱拳，并不与他搭话。

书生走了过来，喘着气问林墨鲵：“公子可曾去过京城？”

林墨鲵摇头。

书生闻言有些泄气，自顾自道：“我正要去京城寻人，竟失了路途，现下也不知到了哪里？”

林墨鲵道：“此乃白桥镇。”

“白桥镇？”书生嘴里咕哝两声，又问他，“那宣州在何处？”

这个林墨鲵倒是知道。

他以手示意往镇上指了指，道：“从白桥镇走，再过一个小镇便是宣州。”

“原来如此！”书生大喜，忙向林墨鲵道谢，“既然这里离宣州不远，那就好办了，我在宣州有熟人，到时候可去投奔。”

林墨鲵淡淡点头。

书生欣喜，便要告辞离去，不想忽而顿住脚，回头望了望林墨鲵，见他一如刚才般紧盯着前面的大山，不免有些好奇：“公子，这座山有何奇怪不成？”

林墨鲵摇头：“并无。”

书生：“噢。”

林墨鲵怔松片刻，突然开口道：“不知先生可成亲了？”

书生羞了羞，红着脸点头：“还……还没，不过这下去京城便是提亲的。”

“京城……”林墨鲵有点儿动容。

“正是。”

林墨鲵犹豫了一会儿，似是难以启齿：“敢问娶妻之后，是否该一生相伴？”

书生瞧着林墨鲵高高大大、气势不凡的模样，还以为他会说什么高论，结果一听，竟是如小儿般，不免失笑：“听你这话，就知是从未有过心上人的呆头鹅。”

呆头鹅林墨鲵：“……”

书生摇头晃脑道：“自然应一生相伴，否则你娶她作甚，放在屋里当摆设吗？”

林墨鲵：“噢，先生请。”他转身，继续望着龙侯山。

得，这是在下逐客令了。

书生有眼力见的不和他多说，便要继续赶路。

林墨鲵呆了半晌，耳边倒放着书生的话，便如醍醐灌顶一般。

生而为人，若是连人性都丢了，何谈成仙成佛，怕是做个简单的人，都做不好了。

他在回去的路上一直在想，干脆好好再与父母谈谈，总归是不能将微阳给耽误了。却没想到，刚走到村口，就听见里面传出妇人矫揉造作的声音。

林墨鲵面上一僵，板着脸走进去，便见自家院子里三五个女子正围着林微阳。

他冷声道：“你们在干什么？”

一听见他的声音，那些女子就咋呼起来，一个身穿艳红长裙涂脂抹粉的妇人扭着身子走过来，甩起帕子娇声道：“哟，这位就是林公子吧，果然一表人才。林公子不常去镇上，没想到都长这么大了。”

林墨鲵：“……”

他浑身上下都散发着冷气，但是面前的妇人恍若未觉，招呼着喊道：“丫头们快过来，给咱们林公子记下尺寸。”

转眼间，围着林微阳的一群姑娘就围在了林墨鲵跟前，量着他的尺寸。

林墨鲵瞬间就黑了脸：“你们这是……”

妇人的帕子恨不得甩在林墨鲵脸上，笑道：“咱们是白桥镇玲珑绣坊的，这不，亲自上门来给两位新人量尺寸，回头好绣婚服。”

林墨鲵从嘴里吐出冰冷的两字：“婚服？”

然后他越过面前的几人望向正前方的林微阳，林微阳正低着头，手指攥紧了衣摆，讪讪站在那里，那模样简直委屈得好像林墨鲵是强娶黄花闺女的淫贼。

林墨鲵被自己脑中莫名其妙的念头惊住了：“……”

他心想着微阳定是被母亲所逼，所以才不得已要嫁给自己，便觉得有些对不起她，当即放缓了声音喊她：“微阳，我……”

可还没说什么，就被屠萌欢快的声音打断：“墨鲵，回来啦！”

林墨鲵白了他一眼：“嗯。”

正在给林墨鲵量身的姑娘们看见屠萌从屋里出来，顿时喜气洋洋对林墨鲵道：“你这小子还真是好运，和咱们屠老大是兄弟，否则说什么也不值得姐妹几个亲自过来。”

林墨鲵：“……”

屠萌呵呵直笑：“那是那是，姐姐们辛苦了。”

林墨鲵这下反应过来了，冷声道："是你叫他们来的？"

屠萌看见林墨鲵的黑脸，哽了哽，缩着脖子道："是。"

"你！"

"墨鲵你先别气！"屠萌赶忙给他消火，老实交代，"干娘吩咐的，我也不敢不从啊。所以今儿个我就赶忙请了玲珑坊的姐姐们来绣婚服。"

他说完之后还意味深长地觑了林微阳一眼。

而林微阳垂着脑袋，像个局外人般站在一旁。

玲珑坊姐姐们在一旁打趣道："屠老大客气，咱们都合作这么多回了，帮帮忙应该的。"

屠萌对着林墨鲵挑了挑眉。

林墨鲵无语："……"合着还应该谢谢你？

过了一会儿，玲珑坊的人总算走了，林墨鲵才得以脱身，他头一件事就是站在林微阳面前，双手抬起，握住林微阳细削的肩膀："微阳。"

林微阳有点儿不好意思："哥哥。"

何止是不好意思，仿佛还在梦里似的。早晨娘突然告诉她这件事情，林微阳当即心里就长起了小花儿，灿烂极了，只是面上不好意思表现出来，只小声对她娘说："微阳愿意听娘的安排。"

看着林微阳微微红的脸颊，以及微微红的眼圈，林墨鲵心道，定然是被母亲给逼迫了。

啧，真是作孽。

林墨鲵俯低下头，拿手指揩掉她桃花眼下的泪珠，温声道："你别担心，我会和母亲说清楚的。"

林微阳眨眨眼："……哥？"

林墨鲵叹了叹气："你不愿意，便是母亲也不能逼你。"

"啊……"林微阳惊讶地微微张开了唇。

林墨鲵对着她点点头："好了，我现在去和母亲说。"

林微阳呆滞了："……"

她没有不愿意啊!

她是喜极而泣了啊!

林墨鲵却不再多说，拍了拍她的肩膀之后就转身往里屋走去，留下林微阳站在院子里，蒙了。

屠萌在旁边调侃："这下有好戏看了。"

林微阳瞪他一眼，气呼呼地坐了下去。

屠萌瞧她恼羞成怒了，赶忙过来打趣道："这么多年了，我真没看出来啊。"

"没看出来什么？"

屠萌哼了哼，开始讨伐她："原来微阳妹子早就喜欢上墨鲵了，竟然不告诉我，亏我还总是在镇上帮你寻觅良人！"

林微阳脸更红了。

今早和母亲谈论这件事情的时候虽然屠萌不在，但母亲一走，这屠萌就从角落里蹿了出来，刚好就看见了自己欣喜若狂的模样，真真是臊死人!

眼下林墨鲵进屋子已经好久了，林微阳和屠萌也在外面对峙了许久，直到"砰"的一声打乱了两人的思绪。

屠萌连忙转身去看，只见林墨鲵站在房门口，一双深邃的眼睛紧紧盯着他。

不，盯着她，林微阳。

屠萌移了移步子，让自己的身子远离林墨鲵的视线。

林微阳愣了愣，似乎猜到了他们在屋里的谈话内容，心上一紧，就要上前解释。

林墨鲵冷冷道："不必说了。"说完之后就拂袖出了院子，怒气冲冲地往竹林里去了。

林微阳也只怔了一小下，就立马跟着林墨鲵跑了出去。

留下的屠萌望着两人的背影，抖了抖肩膀，看这情况，现下也不知道这婚礼办不办得成了。

这时身后传来林母的声音："萌萌。"

"干娘，那我现在？"

林母咬咬牙："继续，这场婚礼，怎么也得给我办下去！"

屠萌咂咂嘴，犹豫道："这……"

林母的态度很坚决："萌萌！"

屠萌只好叹了一口气："是。"

竹林里，林墨鲵背对着她，站在巨石边上，沉默不言。

终是林微阳打破了寂静："哥哥。"

林墨鲵冷声道："你别叫我哥。"

一心怜爱的妹妹，原来早在四年前就已喜欢上他了，且这场婚礼还是微阳亲口答应，这到底是怎么一回事，这让他再如何处之。

林微阳抿抿唇："哥哥……"

林墨鲵负手道："我不是你的兄长，你该知道，我们并非亲生。"

"是。"林微阳哽了一下，小声答道。

忽然低沉下去的声音让林墨鲵心坎一酸，他深吸了一口气，不紧不慢道："微阳，你还记得昨日我和你说的话吗？"

“记得。”

林墨鲵毅然决绝道：“我此生志在成仙，从无凡尘俗念。”

林微阳一怔。

他继续道：“我对你好，是因为你是我亲手从山脚救下的。这四年来，你就像是我的亲妹妹，当然，也仅此而已。”

林微阳闻言，不自觉咬了咬下唇。

见她不说话，林墨鲵也没觉得什么，又开口说：“母亲她不过一时接受不了，所以才开始胡思乱想，我希望你……”

林墨鲵顿了顿：“也莫要胡思乱想。”

林微阳苦涩一笑：“嗯……”

听到答复，林墨鲵板着的脸缓和了些，他转过身子，面对着林微阳说道：“一日为兄妹，生世当如此。”

不知是哪几个字触到了林微阳的逆鳞，她猛然抬起头，以一种陌生的眸光望着林墨鲵，急促道：“生世？便是这一世哥哥都不愿给我半丝念想，也想着要霸占我的生生世世吗？”

听到林微阳的话，林墨鲵不知该说什么：“我……”

林微阳轻轻笑了，垂眸道：“生生世世多么长远啊。”

林墨鲵却是摇头：“待我成仙，生世也只剩一世。所以我希望你，不管是怎样，都将我当作兄长。你该知道，我既要成仙，便是什么都给不了你。”

“我当然知道。”林微阳睫毛动了动，抬起桃花眼望他，“所以哥哥，不要谈生生世世，我只要这一世！”

她想了一下，直言道：“一世不行，仅在你成仙之前，可以吗？”

林墨鲵深深地望着她，看着林微阳桃花眼里泛起了万种情思，颇有些懊恼：“不可。”他脑海里又回想起书生的话。

这样都不行吗……林微阳咬咬牙，反问他：“给我一个原因。”

林墨鲵便将书生的那一番话讲给了林微阳听，就在林微阳发呆时，连忙说道：“不多时我便可成仙，届时留你一人，于心何忍。”

他想要让林微阳明白，成亲实乃人生大事，万不可草率作出决定。

林微阳呆了小会儿，转了转眼珠子，忽而扬起嘴角：“但爹娘已发话，除非哥哥娶妻，否则绝不同意你去寻求成仙之物。”

林墨鲵瞬间静默，他也正在担心这个问题。

但，总不能牺牲别人来助他成仙。

“你别管这个，我会好好和他们谈谈。”

林微阳挑了挑眉，又道：“哥哥以为依着母亲的脾性，她会听吗？”

林墨鲵泄气了。

他还真不敢保证。

但……林墨鲵道：“不管怎样，我都不会……”

林微阳见状脱口而出：“我是心甘情愿。”

林墨鲵一愣。

“心甘情愿。”林微阳加重了语气，“心甘情愿嫁给你，即便成亲只是为了欺瞒母亲。但只要是你，微阳都心甘情愿。”

“可我要……”

“你要成仙。但若因和母亲争执，白白浪费成仙的机会岂非不划算？若是母亲一直不允，难道哥哥就不去寻找仙物吗？哥哥是孝子，定不会气母亲，而哥哥成仙亦是心头所念，微阳不敢阻拦，只希望哥哥早一日得偿所愿。”

好说歹说，到头来竟被林微阳将了一军。

林墨鲵有些气，但细想微阳此话却有理。现在想来，似乎只有这一条路可走了。

林微阳心细，瞬间就察觉到了林墨鲵面上的松动，她扬起嘴角:“难道哥哥还有其他法子？”

除了和母亲闹翻，就是成亲，还能有什么办法。

林墨鲵黑着脸，吐出一句“我再想想”后，便拂袖离去，留下林微阳独自站在竹林里。

脚下一软，林微阳堪堪软倒在石块上，她撑着巨石直起身，心尖一滞，泄出一抹苦笑。

林墨鲵虽然说还要想想，但任是谁也知晓，他唯有这样做，才可两相成全。只是对于微阳，到底残忍了些。

他给不了微阳承诺，也不知该如何面对。

但林微阳却像是根本就不在意他的态度，忙前忙后帮着屠萌准备婚礼的事，整个家里，反倒是他一人无所事事，显得过于尴尬了。

林墨鲵不自在地摸摸鼻子，望着院子里被装饰得红火的树和石桌，心里闷闷的，却不知如何排解。屠萌拿着婚服从屋子里出来，递给林墨鲵：“拿去试试，看合不合身。”

林墨鲵将婚服拿过来，也不说话，径直往屋里走。

屠萌拉过身边正在忙活的林微阳，诧异道：“墨鲵这是同意了？”

林微阳淡淡道：“他只是无能为力。”

屠萌不明所以。

林微阳笑了一下：“你说，是不是因为我逼他太狠了。如果我没有同意母亲的提议，他会不会……”开心些呢？

“你别这么说，即便你不嫁，干娘也会另寻他人的。”

“会吗？”

“嗯。”屠萌点点头。

他是真的、真的感觉这件荒唐的事，并不怪林微阳。

哪怕林墨鲵稍微不孝顺些，哪怕是干娘稍微松下口，那这件事，就不会发生。

但干娘也只是为了林家的香火，毕竟他们活了那么多年，也只有林墨鲵这一个孩子罢了。突然想到这里，屠萌竟低声笑了笑，看吧，便是长生不老又如何，不也依旧被命运摆弄吗？

屠萌拉起林微阳的手，劝她道："大喜将近，你别多想。"

"嗯。"

"有件事情不得不告诉你。"

"何事？"

屠萌凑到林微阳耳边，贼贼道："先下手为强，等你们成了亲，你就可以名正言顺地……"

后面的几个字声音很小很小，但林微阳还是听清楚了，他说的是"勾引他"。

林微阳面上一臊。

屠萌挑眉："别羞啊，有什么问题只管问我。"

林微阳面上染上了红晕："您老忙，不必了。"

"我可真心实意的！"屠萌拍了拍胸脯。

林微阳略有些无语，望着他语气极淡地道："还用你马后炮，我早有此意。"

早在他俩在竹林里商量的时候，她就有了这个打算，只是还不知该如何行事，这件事还得慢慢来。

屠萌竖起了大拇指："高，还是你高。"

"彼此彼此。"

屠萌想了下，继续问她："所以你不打算让墨鲵成仙吗？这可是他的夙愿。”

林微阳摇摇头：“我无意阻他成仙之路，只是不想抱憾终身。如哥哥所言，他有长生之躯所以倾力成仙，而我既有幸嫁他，为何不能也如愿呢？”

屠萌闻言一怔，深深望了眼林微阳，只觉她浑身都散发着一股韧劲儿。

“你说得对！”他重重点头，“有什么需要就告诉我，我会帮你。”

“谢了，小屠。”林微阳失笑道。

算不上一个良辰吉日，也没有多少来道贺的亲朋，十里红妆更谈不上，看起来像是一场极为失败的婚礼，但林微阳很高兴，她一直扬着最灿烂的笑，攥紧手帕坐在房间里，心脏怦怦直跳，等着她的良人。

没过多久，屠萌扶着醉醺醺的林墨鲵走进来，林微阳自己掀开盖头，就对上了屠萌黑着的脸。

屠萌朝她抱怨道：“这小子一开酒席就狂喝酒，说什么也不听，醉成这样臭死了。”

林微阳忙走过去同他一起扶着林墨鲵，将林墨鲵带到床上躺下，林微阳帮他脱了鞋子，盖上被子，才对屠萌道：“很晚了，你先回去吧。”

屠萌探了探脖子望林墨鲵：“那他……”

林微阳扬起笑：“大喜之日，本该多喝些。没事。”

不过她的笑容此时在屠萌看来，却与强颜欢笑差不了多少。但这些都与屠萌无关，屠萌点点头，小心翼翼打量了下林微阳的脸色，觉得还行，便离开了房间。

等到他走后，林微阳伏低身子瞧了瞧林墨鲵的脸色，一股酒气迎面而来。

林微阳讪讪离远了些，走到厨房将醒酒茶热了热。得亏她早有准备，知道今晚林墨鲵也许会大喝一通，才提前准备好了醒酒茶。

醒酒茶很快就热好了，林微阳端着进房，关门一转身就瞧见林墨鲵掀开了被子，她忙走过去给他盖好。手指不小心触到了他的锁骨处，林微阳心上一颤，下一刻，一双大掌将她的纤腰锁住了。

林微阳惊慌失措，然而整个人已经趴在了林墨鲵的胸膛上，鼻间都是再熟悉不过的气息，却让她浑身禁不住打战。

她羞怯地咬了咬下唇，刚欲抬头，耳边就传来林墨鲵带着醉意的低喃："玉旸上神……"

玉旸。

似乎是龙侯山的那位上神。

林微阳张了张唇，心底那股莫名的醋劲儿还没有冒出头，就听见林墨鲵继续呢喃："多谢上神……助我成仙……"

林微阳气急竟笑出了声，从林墨鲵怀里直起身子，低头仔仔细细地看着他。

"成仙真有那么好？"

"当真值得你如此坚持吗？"

"褪去凡身，阻断七情。"

"究竟成仙成的是凡人妄想，还是世间淡漠呢？"

"明明做人也很好啊，凡间如此美好，又何必……"

林微阳将近些日子带给她的震撼一一吐露出来，正在她垂着眸子嘴里咕哝时，林墨鲵缓缓睁开眼睛。

第一眼就瞧见林微阳倚在自己身上。

林墨鲵心上一悸，脑中还没有多做想法，双手就下意识地将眼前的女子推了推：“……”

林微阳一时不慎跌在地上：“……”至于吗？

林墨鲵也知道自己力气重了，不自在地摸了摸鼻子，然后起身将林微阳扶了起来，低声道：“抱歉。”

林微阳扯着笑：“没事。”

她拽着林墨鲵的手站起来，刚一站起林墨鲵就像是抽筋一样缩回了手，林微阳脚下一颤。

林墨鲵不自在地偏了偏头：“不好意思。”

“没事。”林微阳笑了笑，从桌上拿起醒酒茶递给他，“醒醒酒。”

林墨鲵接过，仰头一饮而尽。

然后两人就相对无言，不知道该说什么了。

还是林微阳先开了口：“别喝太多酒，对身体不好。”

林墨鲵点了点头：“嗯。”

多年的妹妹一朝成为妻子，手足无措。

多年的兄长总算变成丈夫，欣喜若狂。

林墨鲵：“……”

林微阳：“……”

不过再怎么说今夜也是新婚夜，该做什么便要做什么，但这要做的，就不该林微阳动手了。林微阳想起便臊意十足，乖乖坐在婚床上，低着头静静望着地面。

林墨鲵呆若木鸡：“……”该做什么，怎么做，为什么要做，他们只是为了应付才成亲的啊！

林墨鲵愣了好一阵，在心里琢磨着如何开口。

难道真要直言说，我和你成亲是为了应付，我又不喜欢你，只当你是我亲妹子？

会不会有些尴尬？

林墨鲵喉间哽了哽："微阳……"

林微阳抬眼看他，轻启朱唇反问道："哥哥还不睡觉吗？"

"我……"

知道林墨鲵此刻恐有些难堪，林微阳笑了笑，指着床上的被褥道："哥哥不会不将床让给微阳吧，喏，今晚哥哥就睡木榻如何？"

"啊……嗯，好！"林墨鲵忙反应过来。

他眼疾手快将床上的被褥抱起走到木榻边铺好，然后才回身对林微阳道："你早点睡。"

林微阳头上还半搭着盖头，她索性将盖头全掀了，放在床边的小桌上，又拿起合卺酒饮下。

"哥哥也早睡些。"

"嗯。"

似是无话可说了。

桌上的红烛还在徐徐燃烧，屋内弥漫着暧昧的气息。

但显然两人之间并无丝毫暧昧，林墨鲵躺在木榻上，闭着眼睛，而林微阳则侧着身子，面对着墙。

寂静的空气里只剩下两人的呼吸声，林微阳默了许久，缓缓开口："哥哥明日便要启程吗？"

没想到林墨鲵也醒着，"嗯"了一声。

林墨鲵原以为微阳会问他去哪里，却许久都没有听到她开口。想来微阳应是睡了，林墨鲵也阖上了眼皮，不多时，陷入了沉睡。

听到身后传来沉稳的呼吸，林微阳转过身子，越过桌上的红烛望着对面的林墨鲵，喃喃道：“倘若日后能还我一场婚礼，微阳便死而无怨了。”

花烛微动，情愁绵绵。

林墨鲵翻了个身，深深吐出一口气。

“对不起。”

第四章 春寒料峭，善自珍重

人间真龙血，饶山师鱼鳞。
婴石悲泣泪，自是登天梯。

喜鹊在枝丫上叫唤着，惊醒了尚在睡梦中的人们。

林微阳睁开眼睛的时候，下意识地去看前方木榻，上面摆放着折叠好的被褥，但不见林墨鲵身影。

她也只愣了一下，起来收拾好床铺后就如往日般去厨房准备早饭。

料想着屠萌肯定要过来蹭饭，林微阳就多准备了些，待煮好早饭，摆在桌上却迟迟不见人来。

林微阳似乎本能地忘记了昨晚林墨鲵说的“明日启程”的话，准备去房间找他。

但家里几个屋子都不见人，林微阳正迷茫着，林父林母这时候出现了，看见林微阳慌慌张张的模样，林母拉着她的手：“他走了。”

“走了？”

林母咬牙切齿道：“若非我今天起早了些，还不知这逆子竟在新婚的第二天就去寻他的仙了！荒谬，荒谬！”

林母本意是想着让两个孩子成亲，好歹留下林家骨肉之后再放他走，没想到林墨鲵竟然成了亲就跑了，真是要把她给气死。

也不知道昨晚，有没有，有没有……

林母抿抿唇，隐晦地道："微阳啊，你们昨晚如何？"

林微阳才将将从他真的离开了这件事中反应过来，就听见林母挤眉弄眼对她讲话，不禁面上一臊。

"昨晚挺好的。"

林母忙不迭追问："那你们有没有？"

林微阳怎会不知母亲问的是什么，正要如实回答，却在话吐出嘴的当口一噎，想了想才做出一副羞涩模样，低低道："嗯……"

"太好了！"林母眼睛亮了亮。

等到应付完二老之后，林微阳才又回到房间，在书桌上翻找着，看林墨鲵是否留下书信。

果真被她找到了。

寥寥几字。

"兄为求仙，梦寐神驰。得卿相助，铭感无已。此行一别，恐难重逢。春寒料峭，善自珍重。"

林微阳脚下一软，跌坐在椅上。

"善自珍重……"

她目光颇有些呆滞，盯着手里的信件，指尖一颤，薄薄的信纸落在地上，林微阳连忙拾起，眼角却一偏，瞧见了椅子下面散落着的几张皱巴巴的纸。

上面凌乱地写着一首诗。

"人间真龙血，饶山师鱼鳞。婴石悲泣泪，自是登天梯。"

早间晨光还未洒下的时候，林墨鲵就冲到隔壁屠萌家，将屠萌从床上拉了起来。

屠萌迷迷糊糊被拉起来，还在打呵欠："谁？干什么啊？"

"是我。"

"墨鲵？"屠萌揉揉眼睛，"你怎么来了？"

林墨鲵冷声道："昨日你非说要和我一同去寻仙物，我现在就要启程了，你去是不去？"

寻、仙、物！

屠萌瞬间清醒了："去去去！"

说罢，就哆哆嗦嗦穿衣服，整理行李，他动作很快，没过多久就收拾好了。

临走时却忽而疑问："你就这么走了，微阳妹子怎么办？"

林墨鲵愣了一下："昨晚已和她说了。"

"哦。"

屠萌的父母早在几年前就去世了，这些年他一直独居，所以走时也没什么牵挂，盘缠衣服一收，就大摇大摆跟着林墨鲵去寻仙物了。

说起这仙物，屠萌来了兴致："到底是什么啊？"

林墨鲵将玉旸上神赠他的诗念出来："人间真龙血，饶山师鱼鳞。婴石悲泣泪，自是登天梯。"

"人间帝王，那咱们岂不是先得到京城去？"

"正是。"

"哇，太好了！我还是头一次去京城呢。"

屠萌欣喜得很，反倒是林墨鲵有些兴致缺缺："但饶山和婴石却不知在何处？"

屠萌也不知，但屠萌心态很好。

"到时候再说呗，现在只需要操心去京城的事就好了。"

林墨鲵轻笑："你倒是看得开。"

“那是。”屠萌默默吐槽他，“我又不成仙。”

林墨鲵：“……”成仙可是天大的事!

白桥镇与京城离得实在太远，两人从宣州过去，又紧赶慢赶了好些日子，才喘着气到达了京城地界。两人放眼望去，果然辉煌，连这地面都比白桥镇平整许多。

两个土包子你看我我看你：“……”

屠萌吐出一口气：“京城果然非比寻常。”

林墨鲵带着他找了间客栈住下，打算商讨如何进宫，取到真龙血。

屠萌摆摆手：“皇宫哪是那么好进的，咱们又不是朝廷大官。”

林墨鲵想了想觉得也是，但这法子都是人想出来的，他也只能说：“再想想办法。”

两人在客栈里好好睡了一觉，到第二日才开始出来找法子。

京城不比白桥镇，白桥镇几年才可以见到一个官，但京城随处可见穿着绫罗绸缎的富贵公子。林墨鲵想着要和帝王搭上的话，必定得先寻个大官，才有机会。

走在京城的街道上，处处是红墙绿瓦、雕梁画栋，车水马龙，好一番四海升平的繁华景象。林墨鲵不由得想起多年之前，当时的皇帝昏庸，导致百姓流离失所，他的父母因此有幸钓得大鲵，得长生之躯。却不知现在的帝王是何品性，但瞧着皇城底下如此场面，想来这位陛下应是一位难得的圣君。

这一想后，林墨鲵偏头去看屠萌，身边却已没了人。他朝四周望去，才瞧见屠萌此刻正大大咧咧地坐在面摊里，捧着一碗热腾腾的面条吃得极香。

林墨鲵：“……”

他无奈地走到面摊里，坐在屠萌身边：“早上不是吃了吗，怎么又饿了？”

屠萌刺溜一声吃了一筷子，才道：“那客栈的包子不好吃，干巴巴的，没油水。”

林墨鲵不知道该说什么，因为他也觉得那包子太干了。

屠萌吃完面条，感叹一声美味后又捧着腮帮子道：“真想去对面的酒楼吃，可惜咱们盘缠就快要用完了。”

对面是一家飞檐画角的酒楼，上书三个大字：鸳鸯楼。

酒楼装饰得金碧辉煌，仅从外面看就可得知里面是何等的富丽堂皇。

林墨鲵叹了口气，收回目光。

按照他们俩目前的盘缠，确实是进不了鸳鸯楼的。

屠萌觉得自已来京城一趟都没机会吃到美食，整个脸上都浮现着一种诡异的神情，以至于面摊老板来收账的时候给吓了一跳。

“墨鲵，咱们走吧。唉，只能等以后赚了钱再去鸳鸯楼解解馋了。”

“嗯。”

林墨鲵刚应了声，正欲离开，却被身后的面摊老板唤住了。

“两位公子是从外地来的吧？”

屠萌点点头。

面摊老板意味深长地指着对面的鸳鸯楼：“两位是想去鸳鸯楼吃饭？”

屠萌像棵蔫了的树苗，垂头丧气道：“对啊。”

面摊老板摇了摇头：“公子不知道，最近三日鸳鸯楼都不待客。”

“为何？”

“新科状元三日后娶妻，包下了鸳鸯楼专门为他准备喜宴，现下里头的厨子们都在研究菜色呢。”

屠萌有些讶异：“研究菜色？就吃平常的菜不行吗？”

“你们外地人不知道，这位新科状元就喜网罗四海美食。在他的婚宴上，必定要有与众不同的吃食才可。”

“可真讲究啊。”屠萌感叹道。

屠萌对这位新科状元很感兴趣，干脆就坐在面摊上听老板说他的事情，这才知道新科状元名叫许真，出自徐州书香名门，得中状元后便住在圣上恩赐的状元府里。

许真自幼喜爱美食，吃遍四海，到京城后更是将京城出名的酒楼吃了个遍。后来许真与京郊一位孤女定了亲，便一直在四大酒楼中徘徊不定，不知选哪家作为摆喜宴之地。

面摊老板道：“后来鸳鸯楼抢得先机，一举拿下婚礼喜宴的筹备资格。所以啊，这几日就一直在研究新菜色。”

屠萌恍然大悟：“原来如此。”

林墨鲵听他们唠了许久，只觉无趣，拉着屠萌就要离开，屠萌却在路上一直低着头琢磨着：“我觉得吧，那许真就是山珍海味吃多了，若是把咱们白桥镇的小吃呈上去，他恐怕以为是天赐珍馐呢！”

说完，屠萌就乐乐呵呵地笑出声来。

但笑着笑着就顿住了，他舔了舔嘴唇，咕哝道：“说起这个，我还有些想微阳妹子做的饭了。”

林微阳。

林墨鲵眸色一暗，加快了步子。

出去晃悠了一天也没有找到法子，两人灰溜溜回到客栈。才踏进内堂，就被掌柜的给拦住了。

屠萌有些纳闷：“啥事儿？”

掌柜摊摊手：“两位客人昨个只订了一日的房间。”

屠萌：“……”

林墨鲵：“……”

他们住在村子里，平日吃喝都是自给自足，花不了钱也赚不了多少钱。此次来到京城的路费还是屠萌平时说亲赚的银两，以及离开前几天林墨鲵帮镇上的人做事赚的。

白桥镇离京城极远，他们的盘缠又没有准备多少。

屠萌可怜兮兮地将怀里最后几两银子递给掌柜，才又得到三日的住店允许。

“不行啊，再这么下去，咱们连老家都回不去了。”回到客房后，屠萌恹恹地开口。

林墨鲵点头道：“现在银钱只花不赚，恐撑不了几日。”

屠萌以手指比了个数：“三日，我再也没银子了。”说完，就泄气般趴在桌案上，鼓着腮帮子发呆。

卖艺？赶货？摆摊？但他只会给人说亲啊。

咦？

屠萌噌地抬起头，眼睛亮晶晶的：“今个不是说状元爷要成亲嘛，不如我去帮他们办事？”

结果刚说完，还没等到林墨鲵回复，他自个儿就歇菜了。只有三日就要成亲了，媒人肯定早就找好了，哪还有空位子等着他去！

他摇摇头：“这法子不行。”

林墨鲵想了一会儿，忽而对他说：“我有办法了，去鸳鸯楼。”

“做饭？”

“嗯。”

屠萌扑哧笑出声来："就你这五谷不分的，还去给人家酒楼做饭？"

"自然不是我做。"

林墨鲵道："既然鸳鸯楼这两日急需好菜，那我不妨给他们出几个点子。微阳曾教过我不少美食，只是我手笨做不出。但若把方子卖给鸳鸯楼，还怕他们做不出！"

屠萌摸着下巴："有道理。"

想到便做，林墨鲵吩咐店小二准备笔墨之后，便大笔一挥，不多时，几个美食方子就写完了，他将方子递给屠萌，道："那明日你去一趟鸳鸯楼。"

屠萌点头："行，没问题，那你呢？"

"我？"林墨鲵眉眼深深，缓缓道，"真龙之血，刻不容缓。我必须马上找到接近圣上的机会。"

看着他这般笃定，屠萌讪讪道："其实，也没必要这么着急吧。十多年都等过来了，还怕多耽搁几日吗？"

"你不懂。"林墨鲵摇摇头，垂下眼帘，"等得太久，总怕会有意外。"

屠萌看着林墨鲵不自觉低沉下去的气息，嘟囔道："关心则乱。"

次日清早，屠萌就带着美食方子去了鸳鸯楼，而林墨鲵则在路口时便朝相反的方向走去。

他昨天已想到了法子，圣上住在宫中，他在宫外能见一面的机会微乎其微，更莫论还得去取圣上身上的血。虽说只要几滴，但也并非他这种寻常人可以做到的。

现在只有两个办法，其一是将圣上引到宫外，见机行事取之鲜血；其二则是进宫，但这需借达官贵人之力才可。

昨日他向掌柜的打探过，京城郊外的百瑛亭有一奇人常在那里携酒邀客，遇到有缘人后便会为其算上几卦，作为见面礼。不过，此人性情怪异，去拜访时须得小心为上。

林墨鲵提着一壶酒走在去百瑛亭的小路上，这酒名叫纷落，是微阳在家中酿成的，味道清新，酒香醇厚，不比京城有名酒坊的差。他出来时提了一点，没想到此时派上了用场。

穿过郊外一大片树林，映入眼前的是一座雕栏的凉亭，以及凉亭外的片片落花。林墨鲵抬头看去，就见亭上方写着泼墨般的三个大字“百瑛亭”。

亭中有一书生端坐，白衣胜雪，却有污痕。

从林墨鲵的角度看去，可以瞧见书生背后是一摊摊的泥迹。

“他就是陌臾先生？”林墨鲵心里想着，抬步走了过去。

亭外是一条弯曲的小路，路边夹杂着各色的花朵，林墨鲵缓步走在上面，临近凉亭的时候，他正要开口询问，不想，书生察觉他的到来，转过头，两人来了个灵魂对视。

“公子？”

“是你！”

两人同时开口，皆在对方的眼中看见了惊诧。

竟是在龙侯山下为他解惑的小书生。林墨鲵不免又想起了当日，种种感触顿时浮上心头。

哦，是山里遇见的那只呆头鹅。书生撇撇嘴。

“原来是公子，没想到又在京城遇见了。”书生站起来向他行了个礼。

林墨鲵抱拳，开门见山道：“陌臾先生。”

书生脚下差点儿一趔趄，纳闷道：“墨鱼？”

书生没去过临海地区，只依稀在书中瞧见过几句：“墨鱼者，亦称乌贼鱼，墨斗鱼。全身入药，佳珍美味。貌四不像，无类可归。”

写书的人大抵也没有见过墨鱼，所以并未在其中绘出它的模样，但既有四不像之称，模样应该好不到哪里去。

书生喉咙哽了哽，下意识摸了下自己的脸颊。

嗯，虽然比之潘安差点儿，但没有到四不像的地步吧？

书生正兀自怀疑着人生，就又听见林墨鲵拱手道：“没想到你竟是陌臾先生，果真人不可貌相。”

人，不可貌相！

这人果然是说他其貌不扬！

书生浑身都打起战来，气哼哼。

他咬咬牙，瞪着林墨鲵。林墨鲵一怔，不知道自己是哪里惹到这位清秀小书生了。听得掌柜的说这位陌臾先生黄发垂髫，却力大无穷，今日一见竟是小手小脚，白净柔弱。

书生见林墨鲵整个人都透露着一股慑人的气势，他不免有些拘谨，但如今被人言语欺辱，作为书生，定然不可草草了事。

这般一想，他握紧拳头怒道：“休嫌貌不扬，白璧璞中藏！”

林墨鲵感到莫名其妙。

掌柜说他是异人，真是够异的：“陌……”

又见林墨鲵要喊他墨鱼，书生气急间灵光一闪，才恍然反应过来。

他之前并没有与林墨鲵交换姓名，瞧林墨鲵现在的反应，他该不会是认错人了吧。

念及此，书生讪讪地摸摸鼻子，低了低声音：“小生并非墨鱼先生。”

林墨鲵：“……”尴尬大发了。

于是他重新抱拳道：“在下林墨鲵，见先生坐于此便以为是陌臾先生。对不住，冒犯先生了。”

被林墨鲵如此庄重道歉，书生还不好意思起来了，于是赶忙回道：“给林公子见礼，小生云椋。云淡风轻，椋子木也。”

林墨鲵未曾听说过椋子木，现下也没有时间多与他探讨，便随意地点了点头，而后便朝四周望去，想要找找陌臾先生的身影。

周围没有硕大的树，只栽种着些零星的花，以林墨鲵的眼力，足以将四周看得清清楚楚。

难道陌臾先生今日并未来此？

那他只好无功而返了。林墨鲵这样一想，面上更沉了几分。

第五章 事有转机

沐宅半年前出了内贼，
府中人死的死，散的散。

云椋看着林墨鲵的神色变化不定，不免就上心了几分。见林墨鲵似在寻人，他便问道：“公子可是在等人？”

林墨鲵道：“正是。”

“墨鱼先生？”

“嗯。”林墨鲵点了个头，走到亭中坐了下去。

云椋跟上，随他坐在一旁。

林墨鲵还记得这位书生是说要来京城提亲，便问道：“不知先生提亲一事可成了？”

闻言，云椋叹了口气，失落地摇了摇头。

林墨鲵一挑眉：“何解？”

云椋语气低沉，缓缓道：“我一到京城便想着去府里求见，不料竟听人说起，沐府早已覆灭，全家百余口人皆无生还。”

“竟是如此？”

“是啊，后来我寻了不少门路，才知原来是沐府家中出了歹人，为求钱财，杀害了全府性命。”

“那这歹人？”

云椋默了一下，才道：“已落水而亡。”

林墨鲵顿了一下：“那你日后有何打算？”

云椋想了想，眼底亮了亮，他道：“虽然府衙皆说沐府此事实乃治下不严，但我左思右想亦觉得并非如此简单。再者……”

他停顿了下，凑上去小声说：“并未找到霜儿的尸体。”

霜儿应该便是他的那未婚妻了。

林墨鲵想着，眼里发出意味深长的目光：“你去扒坟了？”

“呸呸呸！”云椋猛地拍了下桌子，义正词严道，“小生怎会如此行事，简直枉顾圣明！”

他瞪了瞪林墨鲵，才道：“小生去寻了当初验尸的官儿。”

林墨鲵问他：“所以你？”

云椋抿了抿唇：“此事绝对有问题。”

话音一落，他叹了口气，恹恹地说道：“可是京城这般大，我却不知该如何是好。只能多留一日是一日，我与霜儿两情相悦，定要寻到她才可。”

云椋将他的一番心思说完之后，才问林墨鲵：“公子你此行是？”

“我来找……”

他正要道出陌臾先生的大名，目光随意转动间，刚巧就在不远处瞧见了一位白发老者，他登时目光一亮，忙不迭对云椋说了一句“我还有事，改日再聊”后，就急急往那边跑去。

被留下的云椋呆愣愣地坐在亭中，半晌才反应过来：“可小生还不知公子住在何地啊？”

云椋无奈地叹了口气：“罢了，有缘自会相见。”

百瑛亭这里还算是比较空旷，所以林墨鲵没多久就跑到了白发老者的身后。

那老人家静静地站在一株繁盛的大树旁，林墨鲵站在他身后犹豫了一下，才上前问道：“请问可是陌臾先生？”

老者过了好一会儿才慢慢道：“老夫正是。”

林墨鲵松了一口气，赶紧拱手道：“听闻先生每日可算一卦，不知今日可否为在下指点迷津。”

老者道：“今日卦已满，公子明日请早。”

“先生……”

“老夫告辞。”

说罢，陌臾先生径自离去，丝毫不做犹豫。

林墨鲵咬咬牙，转身又回到了亭中。

云椋还坐在亭子里面思考人生，见到林墨鲵回来，他噌地抬起头，又望了望林墨鲵的身后，并没有瞧见其他的人。

“公子没有寻到人？”

林墨鲵摇摇头坐下，不解地问云椋：“先生在京城待了多日，难道不知这里有位陌臾先生吗？”

云椋懊恼道：“倒真没听说过，只是……方才我见公子去寻的那位白发老者，今早我见过他一次，那位便是陌臾先生？”

“正是。”林墨鲵有些诧异，“早间你见过他？”

云椋点了个头：“今晨我来得极早，原本想着到处找找线索，不料一时不慎摔进了泥地里，左右也没见到人，就只好在这亭里歇息歇息，而后那位老者就过来了。”

“他是否为你算了一卦？”

“算卦？”云椋愣了一愣，才反应过来，“也不算是算卦吧，他只是告知我，让我无须着急，霜儿那事必有转机。”

“想来是如此了。”

“何意？”

林墨鲵道：“陌臾先生一日只算一卦，我此来百瑛亭，便是有求于他。”

云椋咂咂嘴：“那你？”

“无妨。”林墨鲵摇摇头，“明日我会再来一趟。”

他又接着道：“既然陌臾先生道出你未婚妻一事，你心里也可放心些。”

但云椋还是不大相信，讷讷地问：“这位陌臾先生可信吗？”

说实话，林墨鲵也不太清楚。

但至少听之一言后，心里大概会轻松些吧。

林墨鲵无功而返，在客栈门口刚巧就与满面春风的屠萌打了个照面。

屠萌捧着一包烤鸡，乐呵呵凑到林墨鲵的身边来，笑道：“今儿一早我去鸳鸯楼，可巧楼里的掌厨正在烦恼菜色，我将你写的方子一递过去，他们都争着要呢！”

正说着就从怀里掏出一个鼓鼓的钱袋，说道：“真不错，至少可以抵得上十天半个月的吃住。”

屠萌浑身上下都透露着一股喜气，但林墨鲵仅点了个头，就走进了客栈。

屠萌“咦”了一声，跟上去，先到掌柜那里交完银子，等回到房间时林墨鲵正站在窗边。

“你这是怎么了？”屠萌问他。

林墨鲵叹了一口气，将今早发生的事情一一讲给了屠萌听。

屠萌听完后笑了一笑，毫不在意道：“这有什么，大不了明日再去就是。着什么急呀，左右也不过差了一天的时间。”

林墨鲵以一种晦涩的眸光望着他。

屠萌上前拍了下他的肩膀：“关心则乱，关心则乱。”

“嗯。”

“明日就再早些去吧。”

“嗯。”

屠萌歪着脑袋想了想，也不知想到了什么，眼睛噌地就亮了，他连忙道：“我有些事情忘记跟你说了。”

林墨鲵道：“何事？”

“今早我去鸳鸯楼的时候，见到那位状元大人了。那可真是风度翩翩，气宇不凡。”屠萌兀自感叹着。

待他感叹完，却没有听见林墨鲵的答复，瞬间就撇了嘴巴。

林墨鲵只好问他：“然后呢？”

屠萌无奈地瞧着他，目光里似是恨铁不成钢般的模样：“都说了要借机进宫，这有位活生生的状元郎，咱们还不上赶着过去吗？我今早见他，觉着人还不错，一点儿都不凶，整个人温温和和的。若能结交，想必不错。”

被屠萌提点了一下，林墨鲵也起了点儿心思，于是问道：“他去鸳鸯楼是为了看宴会的菜色？”

“是呢。”屠萌点头道，“都说这位状元郎爱好美食，喜吃四方。我原先还以为他定然是个矮矮肥肥的人，结果啊，竟是位仪表堂堂的公子哥。今早我见到他的时候，他正在试吃厨子们的新菜。说起来，咱们的方子能被看上，着实与他有些关系。”

说起今早，屠萌便有说不完的话了，他一边回忆一边讲给林墨鲵听。

屠萌那时与林墨鲵分开之后，就直直往鸳鸯楼去了，到的时候刚巧就看到传说中的状元爷正在试菜。

酒楼后厨忙忙碌碌，屠萌站在一个小二身后，好奇地往里面看。

状元爷身着锦衣华服，看起来金贵至极的手正执着竹筷，探向一碗散发着清香的菜里。

他的身边围了一圈厨子，状元爷低头尝了尝，然后在各位厨子期待的目光下淡淡地摇了摇头。

“不行。”

他身边的掌厨师傅叹了口气，说道：“许少爷，到底哪里不好？”

状元爷许真摇了摇头：“毫无特色。”

味美则美矣，却实在谈不上惊艳。他许真的婚宴待客，决不能出现任何岔子，在吃食这一项更得精益求精。

屠萌又道：“正是因为状元爷的挑剔，掌厨后来才选用了咱们的方子。说起来，多亏了他。你说说咱们既能对他的胃口，如何不能借机交往呢？”

林墨鲵摸了把下巴，说道：“你说的不无道理。这样，等我明日去拜访陌臾先生后，再作打算。”

屠萌点点头：“你自己思量就好。”

屠萌对林墨鲵成仙一事并不十分在意，其中原因不过是他身为凡人，实在不了解林墨鲵为何执意成仙。

眼看着屠萌神情恹恹，林墨鲵面色缓了缓，说道：“辛苦了，你在房里歇会儿吧，我再出去找找门路。”

“唔，好吧。”

林墨鲵离开客栈，在街上走着走着竟瞧见了一抹熟悉的背影。

他嘴里咕哝了两个字：“微阳……”

前方人影攒动，那抹袅娜的背影步伐急促，几个转眼间就已经消失在了林墨鲵的视线中。

林墨鲵叹了口气，揉揉额角低声道：“奇怪，微阳应还在绿罗村，如何会到京城来？”

他只道是最近心乱如麻，竟也出现了幻觉。

林墨鲵无奈地摇摇头，顺着笔直的街道往前走，也不知走了多久，只感觉周围的人越来越少，他抬眼一看，竟是走到了一座庄严肃穆的府邸前。

“沐宅。”

林墨鲵嘴里念着这两个字，并没有多想，刚打算转身离开，就见一名身着粗布麻衣的女子急匆匆跑过来。女子原先一直低着头，走到门前时才抬起来，紧接着就往四处望去，眼中满是戒备。

女子的目光在触及林墨鲵的时候愣了一下，然后慌张不已地垂下眸子，侧身往里走。

沐宅大门紧锁，女子不知从怀里拿出了什么东西，对着朱红大门弄了片刻，大门轰然而开，女子急急走进去，又是“砰”的一声关上门。

林墨鲵看清楚了她的一系列的动作，只觉奇怪不已。他转身去问坐在墙边的乞儿，乞儿瞥了一眼，耸耸肩膀道：“沐宅半年前出了内贼，府中人死的死，散的散。”

林墨鲵讶然，看来这里就是云棕所说的未婚妻的府邸。

那刚才的女子难道就是……

这位女子是否就是云椋的未婚妻？想到这里，林墨鲵也跟着走近府宅。所幸那女子并未从里面将大门锁住，林墨鲵用劲一推，就成功进去了。

里面果真荒凉，半年无人烟的府宅现已长满了蛛网。林墨鲵挥了挥眼前的蛛网，放轻了脚步声。

穿过一条长廊，林墨鲵一眼就看到了前方的干枯池塘。半年来未有人侍弄，那池子已然雾气沼沼，池边也是破破烂烂。更有甚者，靠近池塘的时候还可以闻到一股腥臭之气，像是从池子底部散发出来，缓缓朝着空中迸发。

被这股慑人的气息一震，林墨鲵险些咳嗽起来，他赶紧加快了步子往里面走。不多时，就走进了大堂，入眼的，则是地上乱七八糟的桌椅。这里看起来没有什么奇怪，林墨鲵更是坚信了外人传言，果真是被内贼所害。

想来是为求富贵，便杀害主人。只是天道庇荫，那贼人才取富贵，就溺死在了湖中。

林墨鲵感叹了一下，就开始寻找起刚才那位姑娘来。可是，他走遍了府里多个房间，都没有发现那女子的踪迹。反倒是闯进了一间奇怪的屋子，屋里全然没有荒废之感，整理得很干净舒适，像是一直有人住着。

林墨鲵将眼前所见一一记住，打算明日去告诉云椋。这样想后，他便不再寻找，转身离开了沐宅。

而在他离开之后，屋子里缓缓探出一个女子的身影，正是适才林墨鲵在府外遇见的姑娘。姑娘抿了抿唇，眉眼间闪现出熠熠的光芒。

且说鸳鸯楼里，掌厨师傅按照屠萌卖的美食方子做出了几样好菜，奉给许真品尝。

许真一尝，欣喜万分，直道：“不错，不错。”

他也算是吃尽四方，却从未品尝过如此美食，连忙吩咐掌厨师傅将屠萌找来。

得到这个大喜的消息时，屠萌正大剌剌躺在床上，哈喇子流得满脸都是。他被掌柜的叫醒，连忙拾掇自己，见林墨鲵还未回来，就独个儿跑到鸳鸯楼去了。

说来也好笑，屠萌还记得上次去的时候，仅仅只有一位不着调的小二带着，而这次过来，却是好几名厨师，包括鸳鸯楼的老板都站在大堂相迎了。

屠萌打了个招呼，许真见到这位白白嫩嫩的小哥，笑了笑，走上前说道：“你就是卖方子的大厨？”

“别别别。”屠萌连忙摆手道，“我可不是什么大厨，这方子是我老家妹子做的。”

许真感叹道：“原来如此。不知小哥可还有其他方子，在下愿以高价购买。”

“这……”屠萌愣了一下，这倒是能与状元爷一攀交情的好机会。

见他犹豫，鸳鸯楼的掌柜还以为屠萌不愿，连忙挤眉弄眼道：“你不是说外出寻人没有银钱了吗，许大人出手阔绰，你还不谢谢，竟还犹豫。”

屠萌笑着点头，话音一转对许真道：“多谢状元爷，可否给小的一点儿时间。”

许真道：“一日。”

屠萌噎了一下，心里打着鼓，又想林墨鲵应该不止记得那么一两个方子，定然还有多的。所以他也就点了个头，说道："好。"

被一行人簇拥着离开鸳鸯楼，屠萌并没有着急回去，而是找了个茶水摊坐着思量起来。

他啧了啧，心想要是林微阳也在，那便好了。

"只是，唉……"屠萌叹了口气，朝茶铺老板要了一碗解暑茶。

屠萌一边喝茶，一边咕哝道："微阳妹子啊，真是一日不见，如隔三秋啊。"

喝完茶水，屠萌放下钱准备离开，刚巧他一起身，身边的座位上就坐下了一名黄衫女子。

熟悉的感觉一刹那传来，屠萌愣了愣，转眼一看，是位婷婷袅袅的姑娘，正眉开眼笑地望着他。

"微阳？"

林微阳勾唇轻笑："一日不见，如隔三秋？小屠这话说的，倒是让我分外惊讶了。"

屠萌"哐当"一声坐下来，惊讶不已道："微阳妹子，你竟然也来京城了！"

林微阳挑挑眉："你们都能来，为何我不能来？"

"能能能。"屠萌只管笑，他拍了下桌子，慨然道，"我正想着你呢，这下你来了倒是了了墨鲵的一桩大事。"

林微阳出发比他们晚，今早才到京城，本想着寻到两人之后再找客栈住，这下倒好，她不过在城里找了一圈，就找着了屠萌。

此番听他说起墨鲵的大事，林微阳连忙道："有什么需要我帮忙的，只管说。"

于是屠萌便将鸳鸯楼以及状元爷摆婚宴一事告诉了林微阳，又道：

“现下可是个极好的机会，若是能因此与许真搭上门路，日后说不准就有机会见到圣上了。状元爷嘛，听说都是天子门生，极受恩宠。”

林微阳此次寻来，本就是为了陪伴林墨鲵。她本以为不会一下子参与到林墨鲵的寻仙之路，却未想到，刚刚遇上就已经纠缠其中了。

不过……林微阳仅犹豫了小会儿，便点了点头：“好，我帮你。”

“太好了！”屠萌拍掌一笑，笑完又觉得差了点儿什么，小心地瞟了一眼林微阳，见她面色并无异常，才支支吾吾道，“墨鲵执意求仙，你莫要太……”啧，他也不知道该怎么说了。

但林微阳只是笑着摇头道：“你放心，我不会干涉的，只是想尽尽为人妻的本分。”

屠萌一愣：“你别做傻事啊。”

“你想什么呢，我的意思是，想来陪陪他。”

屠萌恍然大悟，拍拍胸脯镇定了些：“这样啊，应该的应该的。”

林微阳睨了他一眼，哼笑道：“那你是以为，哥哥要成仙了，我便也随他而去吗？”

屠萌咧着嘴巴笑：“哪有，你想多了。”

两人一番笑谈之后，屠萌就带着林微阳去了客栈，定下了旁边的房间，并由着林微阳写下了好几个美食方子。

屠萌捧着这些东西直点头：“太好了，这下什么都不缺，就等墨鲵回来了。”

林微阳放下笔，问道：“哥哥去了哪里？”

屠萌便将陌舆先生一事也告诉了她，说完之后，只见林微阳沉默了一会儿，才缓缓道：“你先别告诉哥哥我也来京城了。”

“为何？”屠萌不解。

“你只管听我的便是。”

“哦。”

林微阳顿了下，又接着嘱咐：“可记住了？”

屠萌拖着声音道：“知道啦！你写的方子你就是大爷，我哪儿敢不听啊。”

林微阳失笑。

她的眉眼间皆是喜色，但屠萌哪里会知道，那眸子的最深处，却是一望无际的荒原。荒原里黑黝黝一片，唯有名叫“林墨鲵”的那个人在的时候，才发出耀眼的光芒。

她想，她一定要把握住机会，陪伴他这最后的时光。她又在须臾间想到，她一定一定要让林墨鲵知道，凡间之美，凡间之情，凡间之乐，仙界难抵。可过了一会儿，她又想仙凡不可恋，他们两人，难道真的是有缘无分吗？

林微阳叹了叹气，神色戚戚。

屠萌也知道她心里在想什么，拍了拍她的肩膀以作安慰，刚想要说什么，却突然听到门外的动静，他大惊：“微阳，肯定是墨鲵回来了！”

林微阳一下子就醒过神来，望了一眼房门，皱起了眉头：“我先藏起来。”

话音刚落她就噌地站起了身，目光急急在周围转了一圈，最后定格在床下。

屠萌“啊”了一声，就看见林微阳以迅雷不及掩耳之势钻进床下，然后伸出一只手将床帘扯下，掩盖住了痕迹。

“小屠，靠你了啊，别让哥哥发现我。”

屠萌扶额：“唔，好。”

下一刻，房门被推开，林墨鲵走了进来，入眼就见屠萌以一种贵妃醉酒的姿势瘫软在床上。

林墨鲵脚下生生顿住。

屠萌垂着一条腿在床边，扭了扭身子："墨鲵你回来了啊。"

林墨鲵哽了一下："你在干什么？"

"太累了，躺一会儿。"屠萌哼唧。

"你不是一直在房里睡觉吗？"

"睡累了。"屠萌继续哼唧。

林墨鲵有些无语："随你。"

那边的场景简直没眼看，林墨鲵索性就坐在靠外的桌子旁，给自己倒了一杯茶。

屠萌见他没有发现异样，也松了口气，问道："你出去转了一圈，如何？"

林墨鲵一只手端着茶正要送入嘴中，闻言又无奈地将茶杯放下，叹了口气，摇了摇头。

屠萌劝道："别太急了，万事随缘。"

林墨鲵艰难地"嗯"了声，而后就回到了自己房里。

待他走后，林微阳从床底出来，屠萌才道："你瞧他这个样子，想来今晚也没个好觉睡了。"

林微阳站在窗边，也不知在看什么："哥哥最近都是如此吗？"

屠萌点头："从离家到现在，一路上都没笑过几次，真怕他哪天忧心至极，伤了身子。"

林微阳心疼他，忙道："那就早些寻到仙物吧。"

"都是这般想，但哪有那么简单呢？"

林微阳又道："这些天我去厨房做些药膳，到时候你帮我拿给哥哥吃。身子不照顾好，如何能够求仙？”

说完，她也不知想到了什么，努努嘴巴，懊恼般捶了下窗沿：“便是有长生之躯又如何，日子过得不顺心，还不如不要呢！”

知道林微阳对此事心有芥蒂，屠萌识相地没有多话。

第六章 私奔

许状元家的新娘子昨日失踪了。

百瑛亭里，白发老者似已久候。

林墨鲵连忙过去，见老者坐在石凳上，他便直接站在其面前，拱手道：“陌臾先生。”

陌臾先生点了个头，抬眸望着林墨鲵。

林墨鲵被他窥探至深的眸光看着，心里有些奇怪。

陌臾先生看完之后，捋了捋胡须道：“公子可是从远方而来？”

“正是。”

“来京城所求为一贵事？”

“对。”

“那你想让老夫告诉你什么？”

林墨鲵顿了片刻，才道：“此事是否顺利？”

陌臾先生笑了：“我见公子贵不可言，不管遇到何事必定逢凶化吉。”

林墨鲵松了一口气，还想继续询问，但陌臾先生只道：“天机不可泄露。”

林墨鲵愣了一下，道："是，多谢先生。"

陌臾先生离开的时候，对林墨鲵说了一句："五行相生，因缘已定。"

林墨鲵在百瑛亭等了许久也没有等到云椋过来，他上次也忘记了问他住在何处，只好先行回去，心想有缘再相聚。回客栈的路上，林墨鲵一直在思考陌臾先生最后的那句话，但他左想右想也不清楚，只好作罢。

回到客栈也不见屠萌，今早他出门的时候就看见屠萌鬼鬼祟祟往外跑，也不知在忙些什么。过了一会儿，小二来送鸡汤，只道是屠萌早上交代的。

林墨鲵便以为是客栈厨房所做，端着进来，原来是一碗散发着浓郁香气的麻油鸡汤。他舀了一勺子低头闻了闻，肚子里的馋虫瞬间就被勾了出来。

林墨鲵还有些感动，觉得平日里屠萌虽然不着调，现在想来是看错了，这小子虽然整日嘻嘻哈哈，但是还挺关心他的。林墨鲵笑了笑，端着碗喝了起来。

鸡汤香浓，顺着喉咙直达胃里，让他浑身上下都舒服了不少。

林微阳站在房门外，咬了咬下唇，露出一抹清浅的笑。

她看了下时辰，打算去外面买些菜，晚上再给林墨鲵做些好吃的。走到菜场的时候，她直接略过外面摆放着的稀稀拉拉的菜叶子，往最里面走，选了一块肥美的五花肉。

付钱时突然听着身边人议论道："你们可听说了，明日便是状元爷大婚之喜啊。"

"许状元不是早就宣扬出去了吗，这里谁不知他明日大婚啊。”

“那你可知，昨晚新娘子失踪了？”

“什么？”

“是这样，我有个在衙门当差的亲眷，也说起那新娘子不见了，现下正着急找着呢。”

“天，这可是件大事。不会是哪位仇家前来报复吧？”

“那状元许真出自扬州书香门第，他自己平日里又修身养性，哪里会招惹仇家？”

“或是新娘子的呢？”

“不会不会，听说新娘子是孤儿，怎会有仇人？”

“说不准，官家之事咱们老百姓怎么能看清。”

林微阳接过店家找的银钱，愣了一下，询问身边人道：“真是失踪了？”

“是啊，现在京兆府都在派人找呢，状元府里也急得不行。”

“原来如此，多谢。”林微阳应了接话的人一声，又站在原地听了周围几嘴，才点了点头，转身离开菜场。

状元爷，林微阳心下一急：“岂不就是今早屠萌所说的那位？”

她刚才去给林墨鲵送鸡汤的时候并没有见到屠萌，按理说他应该早就回来了，莫非现在还在鸳鸯楼？想到这里，林微阳直直往鸳鸯楼而去。

说起屠萌，他大清早就拿着林微阳写好的几个方子去了鸳鸯楼，却被告知这方子是状元爷买的，需要送到状元府去。

这下可说到屠萌心坎上去了，他正急着不知道何时才能与状元爷搭上关系，现下可好，直接送上门。若是日后都如此，一来二去，岂不就熟稔了？

屠萌欢欣不已地往状元府去了，可哪知刚走到状元府门口，就被守门的人抓住，扯着他关进了柴房里。

“喂！我是来送方子的，为何要关着我！”

小厮道：“大人说了，若遇见生人在府外探头探脑，一律抓回。”

“我又没探头探脑！”明明就是超级正常地站在外头啊。

小厮瞥了他一眼，“看你这呆头呆脑、细皮嫩肉的模样，头一回犯事吧？”

屠萌气炸了：“你！”

小厮再不多言，利落地关上了柴房门。

屠萌咬着后槽牙：“你们欺负人！”

林微阳提着五花肉利索地赶来鸳鸯楼，却被告知屠萌去了状元府，她心里这才真正地慌乱了，连忙又往状元府去。

但她到底是比屠萌心思细腻些，猜到状元府现如今定然戒备森严，不会放过任何有嫌疑的人，所以她并没有直接跑到府宅门口，而是绕了一绕，打算从另外一边过去探探消息。

走着走着，竟走到了一处荒无人烟的地方，不过这里倒是有个大宅子。

林微阳抬眼看匾额上的字：“沐宅……”

她没有多做停留，转身将要走的时候，却与一个女子撞到了一起，两人许是都步伐较快，不慎便摔在了地上，林微阳提着的五花肉也从纸包中掉了出来，沾了不少灰尘。

“姑娘，实在对不住，我还有要事。”说罢，那女子就急匆匆从地上跳起来，直直往前面的府宅里跑去。

林微阳慌忙抬头，只来得及看她一眼，女子就消失不见了。

那女子的模样，倒称得上一句“艳若桃李”。

看她走路的速度与仪态，落落大方，丝毫不拖泥带水，想来是位江湖中人。

林微阳叹了口气，将地上的五花肉捡起来包好，正要走，却在原先放肉的旁边，见着了一对耳环。

她捡起来一看，是黄色小花形状，上面还有红色的花梗，很是好看。

应是刚才的女子丢失之物，林微阳想了想，将它放在怀里。

不知状元府那边是何情形，还是先去状元府为好，至于这耳环，待日后亲自送回也不迟，总归这女子是沐宅的人，也不会跑到哪儿去的。

林微阳左转右转来到状元府后面的小门，这里倒是宽松，只有一个老妇人坐在门槛上绣花，看见林微阳一直站这儿不走，便问道：“姑娘有何事？”

“我有位朋友今日前来送方子，却许久不曾回去，不知可是被府里大人留下商谈了？”

老妇人摇了摇头：“大人并未在府里，而是去了京兆府，你说的朋友老身不知。”

林微阳抿抿唇，道：“多谢。”

既然这位状元爷不在，那屠萌应该没有交上方子，这般便应回去才对。可屠萌也没有回客栈，该不会是……

她想了想，又问老妇人：“烦请最后一问，听闻府中出了大事，那前宅又人满为患，是否将今日来往的生人都扣住了？”

老妇人道：“确听府里这样说起过，只是不知姑娘朋友的情况。”

林微阳朝着老妇人俯了俯身子，道谢之后就离开了。

忆起屠萌平日的作态，林微阳猜想屠萌应该是被扣下了。却也并非说屠萌有问题，而是如今府里出了此等大事，想来会管得严些，况且状元爷又不在，无人识得屠萌。

不过这样的话，情况倒也不算坏。

她原先是以为那状元爷不分是非将屠萌扣下，如今一问竟是大人不在，小厮们自作主张行事，如此一来，等到状元爷回来，自会放了屠萌。

应是不会出问题的。林微阳这般想着，松了一口气。

且说被关在柴房里的屠萌见小厮离开了，他便恹恹地坐在柴木堆里。他现在还不知道新娘子失踪一事，于是左思右想也不明白自己到底犯了什么错。

他呆傻傻地歪坐着，从怀里将方子掏出来，一一摆在面前。

“这到底怎么回事啊，莫名其妙……该不会是匹夫无罪怀璧其罪？”想到这里，屠萌惊叫了一声，连忙将方子收好揣在了怀里。

他本就白皙的一张脸此时更白了几分，手掌捂着心口处，讪讪道：“应该不会这么倒霉吧，做菜的方子而已，又不是什么稀奇东西。”

屠萌歪在地上愣了好久，突然听到外面传来嘈杂声，他腾地起身，凑到窗户处舔了舔手指头，然后对着窗纸一戳，便戳出了一个圆圆的洞来。

正巧外面对着的是府宅的后庭，此刻正有不少人站在那里商谈着事情，屠萌连忙睁大眼睛观察着外面，也不忘竖起耳朵。

“大人吩咐过，只要见到生人在府外鬼鬼祟祟，一律拿下，等他回来再做处置。”

“是，刘管事。”

“你们几个去外面打探一下，看慕小姐失踪一事是否有人在外妄言谈说。”

“是！”

“听说你抓了一位小哥？”

屠萌咬咬唇：“咦，这小哥是说的我吧？”

外面传来一个男声：“是，刘管事。”

刘管事想了想：“先放在柴房，一切等大人回来再说。”

屠萌这才恍然大悟，回到原先的地方继续坐着，嘀咕道：“原来是有人失踪了，那为何要抓我？我长得这么正直，像是贼人吗？喊！”

“那这事就与我无关了，不如就在此地歇息一会儿，等那状元爷回来。”

这样一想，屠萌刚才的忐忑顿时烟消云散，他大剌剌地靠在墙边，正欲睡会儿觉，然而刚才被忽略的地方一下子从他脑中迸了出来。

“慕小姐？”

屠萌咂咂嘴，眸光倏地一暗：“难道是状元爷的未婚妻，慕子霜？”

别问他是如何知道的，这两日屠萌一直窝在鸳鸯楼里，将许真与慕子霜的事听得明明白白。

话说许真去年从扬州来到京城备考，住在京郊别院之中，约莫半年后，就因缘结识了这位慕小姐。二人相识一场，慕子霜落落大方，英姿飒爽；许真文质彬彬，才华卓越，两人不多时就相引为知己。

后来许真高中状元，欲求娶慕子霜。本以为扬州那边的亲人会嫌弃慕子霜无父无母，然却没有，相反他们在得知此事后迅速从扬州赶来，更将慕子霜接回状元府中住下，百般照顾，并定下了良辰吉日，得宜婚嫁。

屠萌从回忆中出来，琢磨着道："原来是未婚妻失踪了，难怪如此着急。"

他现在想到了一个法子，跃跃欲试："若是我将他的未婚妻找到，岂不是与这许真的关系更上一层楼了！"

屠萌眨眨眼，满脸皆是掩饰不住的笑意。

"有理有理。"屠萌舔了舔干涩的下唇，重重地点了个头，像是在给自己打气。

"那现在得出去才行。"他想着，又噌地站起来。

想了想，他连忙走过去"砰砰砰"地敲起门来。

外面守着的小厮隔着门对他吼道："吵什么吵，安静点！"

"官爷，小的有要事禀告！"

过了一会儿，屠萌隐约听到外面传来谈论声，又过了小会儿，柴房门才被推开，屠萌往外一看，只见一蓝衣黑髯的中年男子站在一行小厮中间，正以一种打量的目光将他的上下左右看了一个遍。

屠萌愣了一下，对着男子露出一个灿烂的笑。

刘管家被他的笑容闪了闪眼，问道："你有何事要禀告？"

屠萌狡黠一笑，朝着刘管家勾了勾手指："你进来些，我偷偷告诉你。"

刘管家身边的小厮粗声粗气地吼道："老实点！"

屠萌瞪他一眼，悠悠然道："跟你没关系，这位管家，你进来便是，这光天化日的，我还能做什么不成。况且尔等这般多的小厮排排站，难道还抵不过我这手无缚鸡之力的人吗？”

刘管家想了一下，见屠萌红唇白面，神色坦荡，确实不像贼人。他虽然心里也疑惑为何会把他抓进来，但也仅想了一下，就走了进去。

屠萌见此，自觉地凑上刘管家的耳畔，小声说了一句话，众人只看见刘管家脸色一变，瞬即道：“放了他吧。”

屠萌嘿嘿一笑。

那位将屠萌抓进府里的小厮闻言赶紧劝道：“刘管事，适才这位小哥在府外鬼鬼祟祟，逡巡不止，想是有疑。是否等到大人回来之后再做打算，现在就放的话，为时过早啊。”

“不必。”刘管事当即阻断他的话，意味深长地看了一眼屠萌，“我之后自会与大人禀告。”

于是屠萌乐呵呵地离开了状元府。

他并不是毫无办法，相反，他回忆着鸳鸯楼里听来的话，心里已有了思量。若没有猜错的话，那位失踪的慕小姐并非被人所掳，而是与人私奔了。

他之所以这样猜测，是因为无意间想起了一件从鸳鸯楼里听来的旧事。

慕小姐乃无父无母的孤儿，自定亲后便住在状元府里。而自从她住下之后，便再也没有出过门了。外面人只叹她过往无拘无束，如今竟也安分待嫁，一时间感叹纷纷。按道理说她定是十分在意这桩婚事，可屠萌昨儿个偷听到了楼里一个小二嘀嘀咕咕的话。

那小二也不知看到了什么，像是很疑惑，独个儿去后厨外面的茅房时，以为周围无人，便自顾自说了起来，却不知他旁边的隔间里正是吃坏肚子的屠萌。

屠萌从小二的话中得知，慕小姐曾偷偷去典卖过首饰，还与另外一名男子鬼鬼祟祟谈论着日后的行程。这个小二的胆子极小，刚巧说到此处时便被自己吓了一跳，赶忙慌慌张张地离开了。按照他的性子，屠萌想他估计没有将这档子事告诉别人，否则状元爷便不会到现在还在京兆府里焦急想法子了。

屠萌走在去典当行的路上，一直在想若她真是私奔，那会去何处呢？京城之大，且她昨晚就已离开，如果行路快，那便不好找了。

罢了，还是先去典当行里看看吧。

林微阳从状元府的后院小门离开之后，打算先回客栈看看屠萌有没有回来，若是没有，再将此事告知林墨鲵，以免他担心。

她计划得挺好，却不料在途中横生变故。

街道上人群熙熙攘攘，更有不少小厮在寻找人，许是因为小厮们实在太过霸道，在找人的时候硬是将街道两侧的小铺翻得乱七八糟，引来许多人的不满。偏那小厮像是不长眼般，自顾自地翻找着线索，全然不把小老百姓当回事。

所以在林微阳穿过几个街道过来的时候，就看见不少人围成圈在叽叽喳喳地吵架。

林微阳无意惹事，本想从那些人之间挤过，却因那里闹得实在太凶，甚至引来了官差，将这一块街道包围了起来，不准再闹。

有了官差，百姓们打足了气儿，直言这几个小厮行为浪荡，非要官爷做主。

林微阳站在一圈人中间，无奈地瞧着官差与小厮交涉，叹了口气，心里默默吐槽道：真是浪费时间。

呆着脸看他们将这些事情解决完，林微阳刚准备离开，就见一位锦衣华服的公子板着脸往这边过来。

身边的几人絮絮叨叨谈论着这人的身份。

林微阳下意识往那边看了一眼，正是那丢了未婚妻的状元爷许真。

许真听到消息过来，责骂了一番手下的小厮，又与官差寒暄两句后，就继续板着张脸找未婚妻。林微阳见此，也不再多管，径自离开了。

哪晓得竟在转身时被身后的人一撞，她脚下没有着力，直愣愣地摔在了地上，脚也崴了。

林微阳发出一声疼痛的惊呼，撞人的男子见此，连忙懊恼地停下着急的步子，对着林微阳僵硬地摆着手，又咿呀咿呀地发出低沉的声音。

原来是位聋哑人，林微阳艰难地从地上起来，也摆了摆手，露出一抹轻笑："没事。"

聋哑男子歉疚地咧了咧嘴角，然后就离开了。

林微阳的脚踝应该是扭着了，很痛很痛，她低着身子揉了揉，见周围的人陆陆续续散开，便想着赶紧回去才好，哪知她刚走两步就被一个低沉的声音唤住了。

"姑娘等等！"

林微阳转身一看，是那位状元爷。

她俯了俯身子，疑问道："大人是在唤我？"

林微阳话音刚落，就看到面前的许真手里拿着一对黄色的耳坠，正是她之前在沐宅外捡到的那对。

林微阳愣了愣，摸了下怀里，果然不见了，想是刚才摔倒时落了出来。

“大人，这是……”

许真还没等她说完，忙上前几步，急急问道：“这是你的？”

林微阳摇摇头：“不是。”

许真左右看了看耳坠，确实是自己记忆里熟悉的样子，他又赶忙道：“这是子霜的东西，你从何处寻得的？”

慕子霜？

林微阳怔了一下，而后带着许真去了沐宅。

两人在路上交谈了几句，林微阳将捡到耳坠的前后告诉了许真，许真便更加肯定她在沐宅外遇见的姑娘便是慕子霜，所以在来到沐宅时，许真便迫不及待地跑进去开始寻找起来。

林微阳见状只好跟上，却是久寻无果。

见许真紧紧捏着那对耳坠，林微阳便对他说道：“那位姑娘进来之后我就离开了，之后不曾见过。”

许真默了一会儿，才道：“这耳坠是她极为珍贵之物，以子霜的性子，是绝不会将它丢掉的。原来她并非被贼人所掳，而是不愿嫁我，所以才离开了吗？”

他话音落地的那一刻，林微阳似乎听到了极浅的哽咽声，她望着许真，竟见这位京中新贵满面沮丧，目光混浊，恍若呆滞了。

她又是一阵怔忪，忽而道：“既是极珍贵之物，那慕姑娘想必会来取的。”

许真一愣，眨了眨眼急促道：“当真？”

“我也只是猜想。”

许真思考了片刻，方才亮起的眸子瞬间又暗淡了些，许真摇摇头道："子霜要走，若是知道耳坠在我这里，怕也不会回来的。"

他曾想过无数个她失踪的理由，竟没想到是她主动要走，既然如此，那又为何要和他在一起，甚至缔结婚约呢？

许真想不明白，沉沉地叹了口气。

林微阳听完许真的话，却是一笑，反问道："谁说一定将耳坠放在大人那里呢，我有一计，大人愿听否？"

看着林微阳语气笃定，许真忙问："姑娘请说。"

林微阳眉梢一挑，点了点头："我与慕小姐尚有一面之缘，亦愿助大人一臂之力。"

许真深深吸了一口气："多谢。"

"不过。"林微阳接着道，"事成之后，希望大人也能助我一事。"

许真愣了一下，顿时脸色阴沉，哼道："原来是在这里等着我，不如先说是何事，否则届时若需要我行些不忠不孝之事，可不能成。再者，姑娘以为我非你不可吗，现下只要有这耳坠在，我便随意找来一人，亦无不可。"

林微阳失笑："自然不可。"

许真脸色一僵，就听林微阳继续道："且不说大人是否确定慕小姐真的会在意这耳坠，现下便是她回来寻找，大人也没有全然的把握抓到她，不是吗？"

许真冷着声音道："你如何知道本大人没有把握？"

她如何知道，自然是眼观鼻鼻观心了。

林微阳粲然一笑："大人关心则乱，定然是容不下丝毫的差错。"

许真被她直说到心坎上，面上僵硬了几分，却还硬着声音说道："那姑娘就能保证绝无差错？"

林微阳颔首轻笑："是。"

许真没想到面前的女子真的大言不惭，他犹豫许久，终是点了个头。

"如此，那许某就恭候姑娘的好消息了。"

林微阳扬了扬唇："好说好说。"

许真："……"

第七章 逃跑新娘果然回来了

唇下有痣，眉间柔肠，
杏眼明眸，风姿袅袅。

屠萌来到典当行的时候，正值日头高照。

他本意是想打探一下慕小姐典卖首饰的原委，不料这里管得森严，上到掌柜下到伙计皆守口如瓶，丝毫不泄露风声。

屠萌无功而返，他走在街上，想起刚才在李管事耳边大言不惭的话，很是为自己的小命担忧。

所以直到他灰溜溜地回客栈时，都一直蔫着张脸。

可巧在刚走近客栈时，便见林微阳也从另外一边过来，但与之相反，林微阳的脸上露出若有若无的笑，看起来像是经历了什么喜事。

屠萌来了兴致，几个大步上前，拉着林微阳来到客栈旁边的巷道中，才问："微阳妹子你今儿怎么回事呀，捡到银子了？"

"胡说什么？"林微阳失笑。

屠萌挠挠后脑勺，疑惑道："那你这喜笑颜开的，竟还正正经经在客栈外面晃悠，不是说先别让墨鲵知道你来了吗？"

林微阳"呀"了一声，懊恼道："我竟差点儿忘记了，对，先别告诉哥哥。"

“那你得说说有什么好事？”

“确实是好事。”林微阳神神叨叨地望着屠萌，“天大的好事，不过还得让我细细思量。”

屠萌不清楚林微阳在说什么，又说：“你直说呀。”

林微阳摇头：“这样，等会儿你们用完晚饭后，小屠你就来我房里，我有要事需要你帮忙。”

“噢。”屠萌点头，倏而再问，“要让墨鲵知道吗？”

“暂时不要。”

“好吧。”虽然屠萌不知道是什么事情，但看着林微阳一脸郑重的模样，想来真的是件大事。

屠萌与林微阳分开之后，便直接去了林墨鲵的房间，果然在林墨鲵看见他的时候，疑问道：“你去做什么了？怎么现在才回来？”

屠萌叹了口气，将今日所经历的事情告诉了他，但是并没有说出美食方子是林微阳所赠，而是谎说状元府那边想要多了解一下，所以才让过去拜访。

他说起来一惊一乍的：“状元爷的未婚妻失踪了，我已经和他们说好，定然帮忙找到，届时你与那状元爷岂不是攀上交情了。”

林墨鲵淡淡点头：“此话有理，可咱们该如何寻？你已心有良策？”

“你不知道。”屠萌贼里贼气凑近，悄声道，“那位小姐哪里是失踪，分明就是与人私奔了！”

林墨鲵一惊：“私奔？”

屠萌撇着嘴巴点了点头。

“你确定？”

“差不了。”

林墨鲵问道：“那现在有没有线索？”

屠萌摇了摇头，哭丧着一张脸，唉声叹气道：“我本来是想着从典当铺那里打探下消息，结果是我想多了，人家才不泄露消息呢，任我咋说都不透露。也不知他们是不是真的不晓得。”

听完屠萌的话，林墨鲵轻笑道：“当然是不知道了。”

“哎？”

林墨鲵无奈道：“傻啊，若是知道，此等大事早就禀告给那状元爷了。”

屠萌这才反应过来：“是哦。”

他猛拍了下自己的脑袋，懊恼得很：“我这也太蠢了！”

林墨鲵睨了他一眼，无奈地摇摇头。

“不过……”屠萌圆鼓鼓的大眼睛转了转，调侃道，“还好还好，反正他们也找不着我，便是找着了也没什么。”

被他这样一说，林墨鲵倒是越发疑惑，不禁问道：“何解？”

屠萌抿着唇笑道：“你可知我那时是怎么劝李管事将我放出的？”

林墨鲵一怔，面前人满脸狡黠，眼睛里泛着狐狸似的光。

屠萌全然没有自己已经卖了队友的意识，笑道：“噗哈哈哈，我告诉李管事，我姓林名墨鲵，现住京城凤来客栈东厢青竹阁，若是两日后寻不到人，便，便……”

面前林墨鲵的脸色在屠萌说话的当头越来越黑，越来越沉，沉得屠萌话都不好意思继续说下去了，他干脆也不说了，噌地从凳子上起来，凑到林墨鲵身边。

下一刻，抱住林墨鲵的大腿，开始哭爹喊娘。

“我那时实在没有办法，只想着赶紧出来给他找人。”

林墨鲵无话可说。

“反正你武功好，就算被抓住也没事。”屠萌竖起两根手指发誓，义正词严道，“你放心，我会想方设法不让你被抓的。”

林墨鲵：“……”

他无奈地摇摇头，面上也松了几分，将屠萌扶起来道：“罢了。”

屠萌坐在他身边，闻言眼睛一亮：“真的？”

林墨鲵抿抿唇：“你也是为我好。”

屠萌咧嘴笑了笑，一会儿才道：“那现在怎么办，典当行行不通，怎么去找呢？”

“只尽人事便可，若实在没有办法，想那状元爷也不会将你我处置。”

屠萌“哦”了一声，垂着脑袋兀自嘀咕道：“也是，到时候奉上微阳的美食方子自然迎刃而解，也就，也就是骗了一下李管事……”

看他嘀咕，林墨鲵横眉一挑：“你说什么？”

屠萌赶忙捂住嘴，看林墨鲵的模样应该没有听清，放了些心：“没事没事。”

然后两人便去客栈内堂用饭，屠萌一直记着林微阳的事情，放下筷子后便对林墨鲵扯了个谎，偷偷摸摸往林微阳的房间走去。

敲门进去的时候，正看见林微阳拿着狼毫在纸上写写画画，屠萌凑上去一看，只见宣纸上被画得乱七八糟，着实看不清楚。

林微阳落下最后一笔，偏头对屠萌道：“今晚咱们一同出去，有件大事要办，若是成了，明早自能收网。”

被她一说，屠萌兴致更高，连忙追问道：“到底是什么事情啊，你还不说清楚！”

屠萌嘟着嘴巴，满脸都是好奇。

林微阳失笑，桃花眼泛起亮盈盈的光芒，她眼尾稍稍上挑，端的是一股清润风情。

“就是你与哥哥如今心想之事。”

屠萌一怔，微微张开唇，有些惊讶：“你的意思是帮状元爷找慕小姐？”

林微阳颔首。

屠萌不太相信，犹豫着问：“不能吧，我今儿忙了一天都不知道该怎么办，你怎会晓得？”

“你呀。”林微阳拿起笔端敲了敲屠萌的脑门，嗔怪道，“你这话的意思，岂不是说自己颖悟绝伦了，不害臊。”

屠萌尴尬地挠挠头，转眼间又扬起脖子傲气十足道：“我害什么臊啊，白桥镇数我最聪慧。”

他可是凑成了好几对鸳鸯，怎会没点儿本事。

哼，屠萌自我感觉很是良好。

林微阳摇摇头，谑笑道：“行，你最聪明。”

得到了夸奖，屠萌得意极了，过了会儿才想起来大事，忙问道：“微阳妹子，你是想到了什么法子吗？”

“没错。”

林微阳从怀里拿出那对耳坠，放在桌上。屠萌见状瞧了瞧，不明所以地问：“你买的？”

“天赐机遇。”林微阳笑了笑，见屠萌面露疑惑之色，便解释道，“这是早上我去状元府寻你时，路遇沐宅捡到的。”

屠萌没有注意到林微阳的意思，耳朵里听了半句，便讶然道：“你来找过我？”

“可不是，听闻慕小姐失踪，念着你去鸳鸯楼久久不归，我便去鸳鸯楼瞧了瞧，后来才得知你被困状元府。”

林微阳话音一落，忽又想起什么，问他：“我想着那许真不在府里，你自当无碍，便就回去了，却不知你是如何出来的？”

听到这话，又看林微阳满脸好奇模样，屠萌就不好意思起来了。他支支吾吾地将如何坑林墨鲵的事情告诉了她，显而易见的，得到了林微阳无奈的目光。

屠萌讪讪道：“我那时就想出来……”所以才坑了林墨鲵。

林微阳头疼地揉了揉额角。

“微阳妹子……”

林微阳深吸一口气，才道：“无碍，就像哥哥所说，状元爷未必会迁怒。现在只管将他未婚妻寻到，一切自然迎刃而解。”

屠萌重重地点了点头：“那你有什么法子，需要我帮什么忙，只管吩咐！”

林微阳缓缓勾起嘴角，将目光移到了桌上的耳坠间。

屠萌望着它，不解道：“刚才你说天赐机遇，与这耳坠有关？”

“正是。”林微阳眉间隐隐露出喜色，“如果我没记错的话，沐宅外的那位姑娘就是慕子霜。”

她想起方才与许真交谈，听他描述慕子霜的模样时所说的一番话。

“唇下有痣，眉间柔肠，杏眼明眸，风姿袅袅。貌如桃李，却冷如冰霜。”

林微阳依稀记得与她相撞的女子唇下左方，有一颗圆圆的小痣，安静乖巧地点在唇下，更显朱唇若丹霞。

晚间的街道热闹非常，灯影如昼，人影幢幢，月已上梢头。

林墨鲵吃完晚饭之后，久久不见屠萌回来。他站在屋里待了会儿，想起屠萌的话，慕小姐失踪一事在京城内闹得沸沸扬扬，便还是打算出去一趟。

若是因此事真能与许真搭上关系，何乐而不为。但他如今全无头绪，心里唯记得屠萌说过，慕子霜曾不止一次去典当行典卖过首饰。

他出来以后，不由自主地就往典当行那边走，走着走着却又觉得荒谬。

慕子霜既然决意离开，又准备得如此充分，怎会到现在还待在京城里呢，只怕早就已经离开此地了。

林墨鲵叹了口气，无奈地摇摇头。身边人头攒动，他觉得有些挤，于是加快了步子，不多时就停在了典当行对面。

他抬眸去看，刚想过去，视线里却出现了一个熟悉的人影。

“是他。”林墨鲵只觉巧合，只见云椋着急不已地往典当行里走，扒在窗口处与其中的掌柜手舞足蹈说了一番话后，又急急忙忙出来。

林墨鲵发现云椋神情急躁，不觉有些讶异。他欲上前问问，就见云椋僵硬着身子，噌地低下头，试图将自己隐藏在典当行外的暗色阴影里。

“他这是怎么了？”林墨鲵眉头微动，抬步前去。

可才走几步，耳边就传来杂乱的声音，他见状偏头去看，原是一行身着兵服的京兆尹小厮在四处搜寻可疑人等。

林墨鲵似乎想到了什么，转头又看云椋，果真见他缩着身子尽力藏在阴影里。

可街市灯影幢幢，那些阴影尚且都不能挡住林墨鲵一人的视线，如何能瞒过一众官兵呢？云椋显然也察觉到了这个问题，他脚下一顿，开始四周寻找起藏身之处，却在寻找时目光悄然与林墨鲵的对上了。

两人相视，一人惊慌失措，一人疑虑徒增。

云椋看见林墨鲵，讶然地张着唇，见林墨鲵满面疑惑，他望了望不远处的官兵，又转头深深看着林墨鲵，狠狠地摇了摇头。

林墨鲵愣了一下，然后对着他点了个头。

云椋松了口气，但不远处的官兵越来越近，他左右都找不到可以藏身的地方。着实不能再等了，云椋咬紧牙关，顿了片刻后直接闷着头往前走。

怪只怪这条街道无处可藏，再往前面才有酒楼客栈一类。他许是想着与其等在这里，心慌意乱，还不如趁着现下人群慌乱，加紧往前，找一酒楼藏着。

可想归想，就在他闷头往前赶路的时候，身后的官兵已然发现了异常。

"前面何人，快快停下！"

云椋一惊，脚下生生僵住，他咬了咬牙，装作没有听见，继续往前。

这下可好，便是没有问题也得上去看看了，那队官兵互相对视一眼，点了点头，追了上去。

林墨鲵见状，隐在人群中快步往云椋靠近，就在几人越过一座短桥时，他急忙伸手把云椋拽了过来，云椋脚下一个趔趄，慌张之间就被林墨鲵拉着躲在了桥下。

"嘘！"林墨鲵瞥了一眼四处张望的官兵，示意他不要说话。

云椋点着头，胸口处起伏不定。

一众官兵眼看着云椋消失在人群中，四下找了找，忽而又听见前方传来奇怪的声音，便又连忙赶了过去。直到他们消失，云椋吊着的心才放了下来，长长地吐出一口气。

他和林墨鲵从桥下出来，两人站在一棵粗壮繁盛的树下。

云椋赶紧抱拳道：“多谢林公子相助。”

“无妨。”林墨鲵看着云椋心思浓重的模样，问道，“那些人为何抓你？”

“我……”云椋咬了咬下唇，摇摇头，一副不便与外人说道的表情。

林墨鲵更是疑惑，一双浓墨般的眼睛深深看着他。

云椋就这样与他僵持了一会儿，忽而又行了一个礼，沉声道：“小生现有要事，不便久留。待日后与君再见，定然重重感谢林公子恩情。”

说罢，他往周围看了几眼，见没有官兵了，便急急往外面走去。

林墨鲵看着他的背影，联系到近日京中发生的事情，竟起了一个荒谬的念头。这个念头在他脑间一闪而过，下一刻，林墨鲵就拂袖跟在了云椋身后。

云椋先前去典当行已经办好了事，现在只想着赶紧离开京城，可是后面跟着一个人，让他如何都忽略不了。

终于，在他走进一个荒无人烟的地方时，停下了步子，转身无奈道：“林公子，你这是要做什么？”

林墨鲵看着他满脸慌张，横眉一挑，直道：“先生要去何处？”

云椋哪晓得他如此难缠，烦闷道：“与公子无关。”

林墨鲵往前走了几步，靠近云椋，不解道：“我见先生不似宵小之辈，可那群官兵紧追不舍，先生又满面慌张，想来是有误会？亦或果真是先生犯了大事？”

“你！”云椋猛地抬眸一瞪。

林墨鲵坦然直视着他。

“先生若不便直说，那在下只好猜测了。”林墨鲵顿了一下，果然看见云椋的面上再次闪过慌张之色。

他心下已有思量，缓缓道："京中万事平静，近几日也唯有状元爷许真的未婚妻失踪一事闹得沸沸扬扬，刚才那队官兵应是奉了京兆尹之命寻找可疑人等。而先生自离开典当行后就急欲躲避官兵，若不是心里有鬼，怎会惧怕？"

云椋没有回话，但明显可以瞧见月光之下，他额间早已渗出了细碎的汗珠。

林墨鲵继续道："听说慕小姐失踪前曾去过几次典当行，且行事鬼祟。初见先生时先生只道是进京求亲，再遇又听闻你求亲之人举家遭难，却不见女子尸体……"

林墨鲵缓缓复述着前几日两人在百瑛亭里相遇时交谈的话，但云椋已然不愿再听，急急地将他打断。

"行了！"

林墨鲵眉间一动。

云椋叹了叹气，望着林墨鲵竟自嘲一笑："我还真是大意，为何要同你讲我未婚妻一事。"

林墨鲵不紧不慢道："你我相识有缘，自然将心事告知。"

云椋嘴角微抽："你想多了。"

林墨鲵双手交叉放于胸前，看着他，问道："那先生可要与我说了？"

云椋心里一悸，怔了许久才道："你既已猜到这些，想必其他的也就清楚明白了吧？"

"所以慕子霜便是你青梅竹马的恋人，如今状元爷的未婚妻？"

云椋深深吸了一口气，抬眸望向远方，只见那里被月晕笼罩，细碎的光芒从树叶中洒下，落在地上，成了点点朦胧的光芒。

他苦涩一笑，缓缓道："她本是姓沐的。"

林墨鲵眉梢一皱。

云椋闭了闭眼，再睁开时眸间星光熠熠。

“三水依木，沐霜才是她的名字。沐雨经霜，她本该无忧无虑，可后来过得很艰难。”

林墨鲵面露怔然。

云椋语中含着懊悔：“是我来晚了，错过了她最无助的时光。”

话音刚落，就听见一阵兵甲声，他一愣，下一刻就被林墨鲵拉着躲在了树后。

那群官兵仅仅停留了片刻，就被远处跑来的一个小厮唤住了。

“各位官爷，慕小姐已经找到，大人吩咐我们回去了。”

“是！”官兵们皆松了一口气，不多时就离开此地。

林墨鲵再去看云椋的时候，就见他一双瞳眸里此刻尽是惊惧，微微张着唇，讪讪道：“怎么会……”

且说不久前，林微阳与屠萌商量好之后，就让屠萌先去街上，而自己则缓步往沐宅走去。

一路上她都在想，或许慕子霜根本就没有发现东西遗落，早已离开京城，又该怎么办?

但她没有办法，这是唯一的机会。林微阳将耳坠从怀里拿出，放在手心，细细观察着。

耳坠上的花样很奇怪，林微阳没有见过这种模样的花朵，但不知为何，当她摒弃心中杂念，细细看着它时，总会觉得浑身舒畅，像是从心头开始，有一股暖流直往身体四处而去，带给她无尽的舒爽。

林微阳无意识地将手按至心口处，缓缓吐出一口气。接着她收紧手掌，将耳坠紧紧握住。

越临近沐宅，林微阳就不自觉地想，屠萌是否按照了她的安排去行事。

若是不能引来慕子霜，此事就难办了。

而现在，被她一心挂念着的屠萌，狠狠地打了个喷嚏。

他甩了甩脑袋，背着一个重重的包袱，来到京城最繁华的一个地方。

屠萌走到一个卖糖人的铺子旁边，利落地将包袱打开，拿出一张毯子铺在地上，而后将包袱里的首饰依次摆在上面，放得整整齐齐。

摆好之后，他又不知从哪里弄了一块招牌竖起，上书：万两银钱不足惜。

将一应东西放好后，他就优哉游哉地坐在小木凳上，旁边糖人老板看见他竖起的牌子，惊讶不已："小兄弟，莫非你这些首饰要卖万两银？"

屠萌点点头："自然。"

"可我看不过是寻常物什，如何值得了？"

屠萌嬉笑一声："自然值得了，不信且看。"

那糖人老板见这小伙子说不通，只道是他初入此行，尚且天真，不明白物价，也就无奈地摇了摇头，回了自家铺子。

京城何其繁华，更莫论屠萌寻了一个人流最多的地方。他不过等了一小会儿，就有不少人过来看，在问了价钱之后，皆无语离开了。但屠萌并没有因此消沉，反倒是笑得越发开怀，一脸莫名的自信，让陆续而来的人好奇不已。

一位穿红戴绿的妇人走近，拿起一块玉佩问道："小兄弟，你这是什么玉，卖多少银子？"

屠萌看了一眼，笑道："鸡血玉，三万两。"

在屠萌话音落地的刹那，妇人尚且还未开口，围着看热闹的百姓倒惊讶起来了。

"喔唷，这么贵。"

"看不出来啊，我见这玉佩质量下乘，还不如明玉轩的好。"

"你这不识货的，小哥既然开价如此，那肯定是有点儿名堂的。"

"此话有理，我见这玉通体清润，想是不错。"

身边叽叽喳喳，妇人看完之后又将玉佩放下，转而拿起另外一根金步摇："这个呢？"

屠萌笑得灿烂，越说越离谱："十万两。"

有个看热闹的瞬间喊道："天，这也太贵了，不知是什么好物。"

屠萌笑得眼睛都眯起了，装作不经意抬眸，就见妇人以手摩挲着金步摇，脸色时好时坏，不知在想些什么。终于，妇人叹了口气，将金步摇放下，梗着脖子说："东西是好的，只是忆起家中步摇繁多，只好割舍了。"

屠萌抿唇轻笑："无妨，夫人可再看看别的，皆是上乘好物。"

妇人咬了咬牙，摸了摸自己的发髻："罢了，天色不早，须得回去才是。"

屠萌依旧面不改色，妇人愣了一下，转身离去了。

待那妇人离开之后，周遭又吵闹了起来。

"刚才的夫人可是侯府的，可见这东西确实好。"

"说的是，而且瞧小兄弟喊起价格面不改色，想必真真是成算在心。"

"……"

就在百姓们谈论的时候，又来了好几位富贵子弟，看稀奇一样瞧着毯子上的首饰。

屠萌心中失笑，想着林微阳的话果真是对的，这京城遍地都是豪门或富商，越是卖得贵些，越能激起众夫人小姐公子哥儿的猎奇心理。卖不卖得出去不重要，关键是要将事情闹大，闹得越大越好。

所以在不少金贵的公子小姐光临之后，屠萌这个小摊子很快就被传扬了出去，吸引了不少也来玩耍的人物，不多时，就已围满了他的摊子。

屠萌心喜，但抬眼一看，却没有瞧见有异常的人。他想了想，将视线挪到放置在最中间的那对耳坠上面，心里思量一下，便张口喊道："这对耳坠乃是佛门宝物，是小人师父的师祖百年前寻得的世间至宝，各位看看，这其上纹理世间难得，又通体带着股怡人心脾的檀木香气。"

离得最近的好几位妇人都重重地点了点头，也不知是真的晓得还是装的，但她们都左看看右看看地说："好，好东西。"

"我看这耳坠比明玉轩的琉璃金镶玉那套更甚。"

"哟，我家相公两年前为我买了一对那明玉轩的，看起来却比不上这个。哎，小兄弟，你这耳坠多少银两？"

屠萌笑逐颜开："二十万两……黄金。"

"喔哟，你这小兄弟说话果真不含糊。"

"难道吴大夫人手头紧了不成？"身边有人笑道。

"怎……怎会，我看李家娘子也喜欢得很，不如戴上瞧瞧，可配得上娘子的金贵之躯？"

"哎哟，最近我和我家老爷吃斋念佛，实在不适合戴这些花花绿绿的玩意儿。"

"那真是可惜了。"

屠萌听着她们各说各的，看起来想买却又不舍得花钱的模样，心里就好笑，但他面上并没露出半分，反而一脸笑意，看似并不在意。

他不在意，却自有人在意。渐渐地，这天价耳坠的消息就铺天盖地地传了出去，更引了不少人来看。

屠萌等了许久都没有等到那人过来，心里其实已有些烦躁，他叹了口气，转头就见一位猥琐气的公子哥正拿着一只银钗看来看去，他无语地翻了个白眼，刚欲与他说话，耳边便传来一极为清冷的声音。

“这对耳坠我要了。”

屠萌一怔，转头望去，是一名容色清冷的女子。

唇下小痣在月色下晦暗莫名。

他心里一喜，连忙对女子笑道：“姑娘好眼光，这对耳坠正是我师父的师祖在百年前去往……”

“多少银子？”

屠萌还想着把刚才介绍耳坠的一番话说完，却被女子蓦地打断，他讪讪道：“二十万两黄金。”

女子愣了一下。

身边有妇人还自以为聪明地啰唆道：“虽也值这价，但以姑娘的身家恐怕买不得。”

女子理也不理她，兀自对屠萌道：“我身上没有带够银子，小哥可与我回去取？”

“自然自然。”屠萌忙道。

女子僵硬地笑了一下。

说着屠萌就吆喝一声，然后将毯子收好，把首饰放进包袱里，在一众唏嘘的目光中跟着女子离开了。

屠萌跟在女子的身后，走了一会儿便开始啰唆道：“姑娘眼光极好，我这耳坠可不是世间凡物，刚才许多夫人娘子想买，却都拿不出钱来，还是姑娘厉害。”

“嗯。”

“今儿摆了许久，却也只卖出这么一物，可与姑娘便宜几两银，算作开门红。”

“嗯。”

屠萌看着她面无表情的侧脸，又道：“不知姑娘是哪家的小姐？”

“……”

“真是出手阔绰，失敬失敬。”

“……”

一路上都是屠萌在说话，许是一直在观察女子，竟没注意已经随她来到了一处昏暗的巷道。就在屠萌反应过来的时候，女子蓦地转身，以迅雷不及掩耳之势从束袖中取出一把匕首，扣在屠萌脖颈，又压着他靠向巷子墙壁。

屠萌惊呼一声，垂着眼小心地看了下脖颈上的匕首，咽了咽口水。

“说！这耳坠你从何处寻得的？”

“我，这是我师父的师祖百年前从……”

女子冷哼一声，紧了紧握匕首的手：“胡言乱语！给我老实交代！”

屠萌被吓得手一松，耳坠险些落地，女子眼疾手快，一把抓住，握在了手心。

但在她触上的那一刻，一种陌生的感觉传了出来。女子愣了一下，摊开手心去看，蓦地脸色顿变：“这是仿物？”

屠萌嘿嘿笑道："被姑娘发现了。"

女子眉眼更加凌厉。

屠萌脸色瞬间变得可怜兮兮的，装模作样道："求姑娘大慈大悲莫与我计较，小的只是家徒四壁，生活所迫，所以才出来骗人的，请姑娘莫将我送到府衙。"

女子拿着匕首更近两分，冷声道："闭嘴！"

屠萌猛地抿唇，再不说话。

女子问他："既是仿物，那它的真品在何处？"

"我……"屠萌作势犹犹豫豫地说，"这个，嗯，实在是……"

"废话少说！"

屠萌的眼睛一下子变得水汪汪的，委屈道："是今早我在沐宅门前看见的，见它精致不已，本想着拿去卖，不料刚准备捡起，就有一位小姐着急过来，只说耳坠是她的东西，就拿去了。但小的心里挂念，只好按照记忆仿制。"

"小姐？什么小姐？"

屠萌偏着脑袋张口胡说："黄色衣衫，长得漂亮，看起来很是温柔。"

"她住在何处？"

"就在沐宅对面，我看她进了一个小院子。那小院没有名字，但绿瓦红墙，很是不错。听附近的乞儿说，院子早就被租赁出去，不知何人租住。"

女子回忆着近日遇见的人，一下子就明白了："原来是她。"

沐宅外被撞到的姑娘。

女子猜想，许是她拾到了耳坠，又不知其主人，便纳为己用了。

这般一想，心中疑惑顿开，神色中的戒备也逐渐淡去了。

西桦门正街，是一条很清冷的街道，而沐宅正在其中。月光正盛，林微阳在沐宅对面的院落里，正靠在庭中秋千上。她抱着一丝希望，在等鱼儿上钩。

庭中清冷，林微阳穿得不多，寒意缓缓渗透进她的皮肤里，让她打了个冷战。

她心知慕子霜行事谨慎，若非是自己早上有缘撞见了她，恐怕不会贸贸然过来。但微阳赌对了，前方风声疾疾，她抬眸一看，隐约瞧见了不远处有个黑色的身影。

身姿绰约，一眼便知是女子。

林微阳笑了笑，靠在秋千上，从怀里拿出那对耳环，对着月光捧着细看。

看了许久也没有见那处有动静，林微阳嘴角一勾，似娇似蛮地赞叹道："这对耳坠着实不错，竟不知是何人丢了去，如今被我拾得，只当是天赐之物。"

她说着就要拿起耳坠往自己的耳垂上弄去，但只稍微碰到耳垂处，就听见一声惊呼："姑娘且等等！"

林微阳闻言手一顿，放下耳坠，那黑色身影从暗处走过来，停在了秋千前方。

果然是她，慕子霜。

慕子霜看着林微阳昳丽的面庞，又见她眉眼间尽是温婉，便直言道："姑娘，实不相瞒，这对耳坠是小女子所遗，不知可否还与我？"

林微阳歪着脑袋，不解道："怎么确定就是你的呢？"

慕子霜顿了一下，便将耳坠的模样描述了一番，林微阳作势垂眸一看，点点头："倒确实与你所说一致。"

慕子霜想了想，也不隐瞒，直言道："它对小女子十分重要，乃是未来夫家所赠，意义非凡。"

"未来夫家？"

"正是！"

林微阳皱了皱眉头："莫非是定情之物？"

慕子霜踌躇片刻，终是颔首。

"原来如此。"

林微阳自言自语地说了一句，目光从慕子霜的身上轻飘飘拂过，落在庭外假山边上的一片蓝色衣角上，遂笑道："既是这般，那小女子岂能夺人之乐？"

说着她便上前，欲将耳坠还给慕子霜。

慕子霜见此，心下一喜，急急上前两步。却在两人将要靠近时，慕子霜的耳边传来飒飒风声，她眉间一凛，停下了脚步。

下一刻，只见一众小厮不知从何处冒出，又脚步凌乱地围了过来，将两人围在了中央。

慕子霜一惊，怒视着林微阳："你！你！"

林微阳垂着眸子，语气中带着几分歉意："慕小姐，抱歉。"

"你识得我？"慕子霜瞠目结舌，凌厉目光往四周一望，在看见这些熟悉的小厮时，冷哼了一声，"原来你和状元府是一路的，竟是为了引我出来？"

林微阳张了张唇："我……"

她不知从何说起，但慕子霜所言确是事实。林微阳心知自己骗了她，眼睑微垂，不知该如何说了。

正在这时，慕子霜背后围成圈的小厮缓缓让开一条路，一位蓝衣长袍的公子走了过来。

“子霜。”

慕子霜连忙转身，却在看见许真焦急的面色时，微微一愣。

许真靠近她，愁容满面：“子霜，今日本该是你我成亲之日，你为何要离开？”

慕子霜也不知想到了什么，脚下一个趔趄，似逃离般急急后退了几步。

“子霜？”

“你别过来！”

许真一怔，缓缓地摇着头，一字一句道：“告诉我原因。”

但慕子霜只低着头，一言不发。

第八章 兄妹与情郎

男女之事，若非两情相悦，
怎会结白首之约？

云椋与林墨鲵赶来的时候，正好看见庭院中场面僵持。

两人藏身于一块巨石后，云椋一到这里就看见沐霜被围在其中，看情形似有剑拔弩张之意。他神经蓦地紧张起来，若非林墨鲵将他拦住，恐是要冲出去了。

“林公子，你放手，我要去救霜儿！”

林墨鲵摇摇头，压低了声音道：“她现在是许真的未婚妻，你有什么资格去？”

云椋怒视林墨鲵，否定道：“不，她是我的。”

“可你要知道，若非出了事故，按理今日便是他们成亲之时。”

“你不知道原委，她对许真无意，定亲实属情势所迫。”

林墨鲵愣了愣：“情势所迫？”

云椋重重地点了点头，而后又忙不迭地摇了摇头，定定地看着林墨鲵，眸中恳求之色愈盛。

“你相信我，这不是她的本意。”

林墨鲵笑了，低声反问道：“莫非是有人逼她不成？许真？荒谬！

男女之事，若非两情相悦，怎会结白首之约？”

云椋急忙否定他的话：“世间诸事，多的是身不由己。难道成亲便必定怀有爱慕吗？”

这话倒是说到了林墨鲵的心坎上，他蓦地想起自己也是成过亲的人，一时间神情讪讪，颇有几分窘迫。

云椋见他不说话了，语气更硬了些，央求道：“林公子，林兄！你相信我，此中尚有一段纠葛往事，无奈现下不能道明。待我、待我救出霜儿后，自会告知。”

云椋舔了舔下唇，呼吸紊乱：“可否助我？”

林墨鲵一怔，欲言又止。

恰在此时，那庭院里的情势已然又成了另外一番光景。

许真迫切地想要知道慕子霜为何要离开，是不愿意做他的新娘，还是其中有不能道明的隐情？所以他步步紧逼，目光如炬。

瞧着许真一副“若不开口你便无路可走”的模样，慕子霜不愿与他再多僵持。

她四下看了眼，目光对上自己身后的林微阳，踌躇了片刻，慕子霜掏出袖中藏匿的匕首，脚底轻快一转，转眼间就已落在林微阳的身旁，云手一翻，匕首在空中绕了一个圈，最后反手抓住，直直地横在林微阳的喉间。

“慕小姐，你！”

“别说话！”慕子霜冷声道。

林微阳不说话了，她心知慕子霜不会杀她，所以也没有惊叫，挨着慕子霜，跟随她的步子往前走。

慕子霜一手握住匕首，一手指向许真，语带寒意：“放我离开。”

许真没料到她会出手，急急上前想要阻止。慕子霜见此，便压着匕首，毫不客气地往林微阳白皙的脖子上一划，一丝鲜血渗了出来。

林微阳闷哼一声，眉梢皱起。

许真连忙停下步子，唤道："子霜，你别这样。"

"那你就放我走。"慕子霜拉着林微阳往前走，对许真道，"你应该是不想出人命吧，许大人？"

许真"啧"了一声，见慕子霜神情凌厉，丝毫不作假，亦不知该如何是好了。

此时的庭外巨石后，一直挂念慕子霜的云椋时刻观察着那边的动静，发现她竟找了一人以作挟持，顿时松了口气。

"那位姑娘是谁，看似并非状元府中人。"

林墨鲵刚才正在思考到底该偏向哪一方，犹豫间听见云椋的话，他下意识定眼一看，却见到了一位熟悉的人。

林墨鲵心头一慌："她怎么会在这里？"

说着就要抬步往那边去，倒是云椋被他的反应惊到了，赶忙拉住了他。

"你这人怎么回事，刚才不让我过去，现在又莫名其妙往那里跑。"

林墨鲵看着那边林微阳被慕子霜挟持，匕首冰凉地按在她的脖颈上，心尖就是一揪。

偏生云椋没有看出他的异常，低声笑道："你看霜儿刚巧抓到了一个人质，若是许真心还存善，必然会放了她。"

林微阳被慕子霜抓着，原本红润的小脸被月光衬得白了好几分。在林墨鲵看来，他柔弱的妹妹肯定是被这场景吓住了，不然怎会脸色苍白至此。

林墨鲵的脸色瞬间阴沉起来。

云棕唏嘘道："这是哪家的姑娘，怎么会出现在这里……难道是这庭院的主人？"

林墨鲵转过头，冷冷地看着他。

"林兄，你怎么了？脸色真奇怪。"

林墨鲵板着一张冷峻的脸："在下正想，是否应该将你抓了去？"

云棕嘴角一抽："什么意思？"

林墨鲵话不多说，不知道从哪里掏出一把短剑，一手缚住云棕的手腕，另一只手握住剑柄横在了他的脖子上。

"怎么回事啊，林兄！哎，你小心些，别碰到我肉了！"

林墨鲵紧咬着后槽牙，寒声道："你的未婚妻倒是会选人。"

云棕不明所以："啊？"

"她是我妹妹。"

"……大水冲了龙王庙啊！"

林墨鲵拿短剑怼向他的脖子："谁和你一家人！"

许真既身为朝廷命官，就不能枉顾百姓性命，他咬咬牙，命令小厮们让出一条道。

慕子霜见此，松了一口气，挟持着林微阳往庭外走。但许真并没有打算放她离开，只是离得较远，却依旧跟在了后面。

慕子霜知道许真的性子，也不管他是否跟随，只要先离开此地便好。

她满脸戒备地带着林微阳刚刚踏出院子，却没想到院外还有人守着。

慕子霜冷眼看着巨石："给我出来！"

没想到下一刻就听见了熟悉的声音。

“霜儿。”

她一愣，就见巨石后面缓缓出现了两个身影。林墨鲵以短剑相挟，云椋无奈地看着慕子霜。林微阳哪里知道自家哥哥也在，又是一阵怔忪。

四目相对，有些尴尬。

而站在几人身后，还在庭中的许真也发现了这异样，皱着眉头不明所以。

终究还是林微阳打破了这一寂静：“哥哥。”

慕子霜偏头问她：“他是你兄长？”

林微阳眼睛一直看着林墨鲵，听到身旁人问话，便下意识点头，却没有注意自己的脖颈上还横着把匕首。点头的瞬间，细嫩的皮肤再次被划到，原先渗出血丝的地方又被划深了一些，滴滴鲜血落在了匕首上，还有一些顺着颈项向下，直至领口沾染上了血迹。

林墨鲵呼吸一滞：“微阳！”

林微阳低呼一声，咽了咽口水，摇摇头道：“哥哥别担心，我没事。”

听到了林微阳的话，林墨鲵这才将目光投在慕子霜的身上，语气已是怒不可遏：“你住手！”

慕子霜本也无意伤人，见林墨鲵神情紧张，她笑了笑：“你放了云郎，让我们离开此地，我自然不会伤你妹妹。”

她显然是将林墨鲵也看作了许真一路人。

云郎。

云郎！

这边四人还没有说话，许真耳朵尖，听到了这个称呼，忙不迭跑过来，站在他们中间，指着云椋对慕子霜怒声道：“云郎，云郎，原来你真的另有所属，要与人私奔？”

现下这情形慕子霜不欲与他多说，只反问一声：“是又如何？”

许真胸口剧烈地起伏，他忍着滔天的怒火，放缓了声音：“子霜，我对你如何你忘了吗？那日求娶，你也应了我，你我已有媒妁之约！现在是什么意思，他是何人？”

又提起这话，慕子霜眉眼有些许不自然：“你便忘了那日吧。”

许真一愣。

慕子霜喉间哽了一下：“对不起。”

许真暴躁了：“如此大事仅是这三个字就能当作没发生吗？你既然无意于我，为何要应了我？既然应了我，又为何要逃婚？”

一番话落下，许真平缓了一下怒火，喘着气惶然道：“子霜，你是不是有什么难言之隐？你告诉我，我不会怪你的，只要你告诉我。”

其余几人皆被许真的一番话惊住，下意识地都去看慕子霜。

唯有云椋隐晦地对着慕子霜摇了摇头。

慕子霜见状，深吸了一口气，眼中已是清明：“虽有隐情，却不能告知。许大人，你只当是我玩弄真情，配不上你，放我离开吧。”

“绝不可能！”许真瞳孔蓦地瞪大，看着慕子霜，又转头去看被挟持着的云椋，“是不是因为他，你和他莫非真有私情？”

慕子霜不语。

这下，许真将势头对上了云椋。

被他如火的目光看着，云椋心中一阵感慨，但他此刻却什么都不能说，最终只望着慕子霜摇摇头：“霜儿，咱们走吧。”

慕子霜“嗯”了一声。

被无视的许真：“……”

慕子霜拉着林微阳要走，林墨鲵冷哼一声，抓着云椋不放，目色如炬。

“我说放你们走了吗？”

云椋叹了口气：“林兄，你到底想干什么？”

林墨鲵抬了抬下巴：“放了我妹妹。”

慕子霜瞪着她，决然道：“绝无可能。”

云椋犹豫了一下，对林墨鲵说：“林兄，要是放了你妹妹，咱们都走不了了。”

林墨鲵冷哼一声，毫不客气：“是你们走不了。”

“行行行。”云椋不知该说什么了，无奈地看着慕子霜。

场面再度僵持。

一时间，众人纷纷思量。

林墨鲵心想：若能将慕子霜顺利留住，在许真那里也算是记了一功，届时求取真龙之血，便更有几分把握了，只是现下微阳被掳……

云椋叹了口气，心道：不管怎样，一定要救出霜儿。

慕子霜：我决意离开许真，离开京城，无论如何。

林微阳目光紧紧追随着林墨鲵，只道：是她使计引得慕小姐现身，只求许真能记上一功，为哥哥求仙之路顺利。但云椋与慕子霜决意离开，似乎容不得半丝犹豫。她该如何做呢？

许真气势汹汹望着这四个人：这到底怎么一回事？好好的一桩婚事如何就成了这般？

……

良久之后，林墨鲵突然咳了一声。

“先离开这里。”

云椋与慕子霜同时松了一口气，慕子霜道：“好。”

林微阳没想到哥哥关键时刻还将自己放在第一位，心中一时感触颇深，脸颊红了红，脚下有些发软，慕子霜伸出一只手揽住她的身体，林微阳便跟着她走。

这四人倒是商量得极好，全然没有把许真放在眼里。许真咬了咬牙，下令身后众位小厮：“给我跟上他们！”

“是！大人！”

于是，慕子霜与林墨鲵各自挟持了一位人质，两人目光戒备地往后退去，许真则与一众小厮紧紧跟上，似乎并不想将他们放了。

不多时几人就站在了街道上，慕子霜拉着林微阳急急往后退，又见许真步步紧逼，她犹豫了片刻，停在宅子对面的沐宅门前，对着林墨鲵抬了抬下巴，道：“进去。”

林墨鲵点了点头，然后就带着云椋先行进去了。

慕子霜站在沐宅大门前，狠狠瞪了一眼许真，眸中满是戒备之色，让许真欲跟上的步子一顿，站在门口竟不知该如何是好。

见此情形，慕子霜连忙挟着林微阳进了沐宅，又将红漆大门紧紧闭上了。

许真眼皮狠狠一跳，身边有小厮问：“大人，现在怎么办？”

许真抬眼望着面前紧闭的大门，倏而目光凝住，冷声道：“给我将沐宅团团围住，一只苍蝇都不准放出来！”

一门之隔。

云椋无奈地看着对面与林墨鲵僵持不下的慕子霜，叹了叹气。

“林兄，都说了大水冲了龙王庙，咱们何必呢？你我早在白桥镇就相识，到京城后你又救了我一命，我自认为与林兄算是交情不浅了，实在不愿闹成如今这般。”

林墨鲵不说话，云椋想了想，又对林微阳道：“林姑娘，不如这样，咱们各退一步？”

林微阳咬了咬下唇，抬眼看林墨鲵：“哥哥？”

“好。”林墨鲵哼了声，将冷冷的目光对上慕子霜。

云椋微微一笑：“霜儿，放了她吧。”

犹豫片刻，慕子霜与林墨鲵同时放开了人质。

林墨鲵收回短剑，就连忙将林微阳拉到身边，眉心皱起，眸中尽是关怀。

他带着些气恼的语气道：“微阳，你怎么会来京城？”

林微阳低垂着脑袋，轻轻地说道：“哥哥不辞而别，我又怎能安居在家呢。何况，何况你我还有夫妻情分……”

“别说了！”林墨鲵蓦地打断她的话。

林微阳一愣，目光闪烁：“嗯。”

见她如此柔顺模样，林墨鲵蓦地懊恼起来，发觉自己太过凶恶，便连忙放缓了声音，手指也触上林微阳裸露在外的脖颈：“疼不疼？”

林微阳摇摇头，轻声道：“不疼……阿嚏！”

她打了个喷嚏，又甩了甩脑袋。林墨鲵见此，连忙脱下外袍给林微阳披上：“夜里冷，万万别着凉了。”

林微阳理了理袍子，心底一暖。

话音落后，林墨鲵拉着微阳走到不远处的两人面前，疑惑地看着他们：“适才听闻两位所言，只觉事有蹊跷，不知能否告知？且看现在这种情况，若不将事情道明，恐怕不能安生离开了。”

慕子霜点头，正要开口，就见云椋忙阻止道：“现在还不能说！”

“云郎你别急。”慕子霜示意他先别说话，对林墨鲵道：“如两位所见，我与云郎青梅竹马，家里也早定有婚事，和许真并无干系。”

林微阳疑问道：“可姑娘与许大人不是也定了亲吗？”

慕子霜闭了闭眼，无奈道：“那不过是误会。”

林微阳有些不相信：“果真如此简单？”

慕子霜戏谑一笑：“那林姑娘以为如何？”

“我……”林微阳目光闪了闪。

“林姑娘，不知可否将耳坠还与我了？”

“啊，好的。”林微阳这才忆起耳坠的事情，赶紧从怀里拿出，正要还给慕子霜，可就在她刚伸出手的时候，却被身旁的林墨鲵抓住了。

林墨鲵的大掌环住她的手，将其带了回来。

慕子霜看向林墨鲵，气势汹汹道：“你什么意思？”

林墨鲵一点儿目光都不施舍给她，握住林微阳的手后，将耳坠从她手心拿了过来。

他看着这花样奇怪的饰品，哼笑道：“看起来只是寻常的首饰，姑娘既已逃离京城，为何要回来取之，莫非此物……”

慕子霜手臂环在胸前，反问道：“它是我与云郎定情之物，更是云郎家的传家宝，如此珍贵，怎能舍之？”

“是吗？”

“自然！”

云椋看见林墨鲵讽刺一笑，也连忙道：“林兄，不敢瞒你，这确实是我家的传家之宝。”

林墨鲵轻声道：“恐怕不止于此吧？”

果然，他看见对面两人的神情一变。

林墨鲵心中已有思量，他看着慕子霜，毫不犹豫道："你本名沐霜，想这沐宅便是你家中宅院吧。"

慕子霜一愣，紧抿着唇没有说话。

林微阳听到这话，也是惊讶不已。

林墨鲵顿了一下，又将目光投向慕子霜身旁面容僵住的云椋，直言道："你刚才离开典当行后害怕被官兵抓住，我便在想，到底是什么东西值得你冒险回来。现下也猜到了，恐是你与沐姑娘分路而行，势要寻到耳坠。你以为是沐姑娘曾经典卖时将它误落在了典当行，所以才去了那里，对是不对？"

"若真决意要走，身外之物比之性命来说，算得了什么？"林墨鲵言之凿凿，手里攥着耳坠，竟觉得有一股清润之气游入五脏六腑，他心底一震，不可思议地望着它。

林微阳见此，走近对林墨鲵道："哥哥是否也觉得这耳坠有些奇怪？"

林墨鲵点点头："看起来并非人间之物。"

他在这里随口一说，对面的两人却是神情大乱。

林墨鲵恍然道："云先生，你说过沐宅半年前遭内贼所害，沐霜姑娘是唯一幸存人。后来沐霜姑娘改名换姓意图嫁入状元府，这样看来，不过是孤女为求富贵，尚且在情理之中。但是沐霜姑娘在成亲前日与你私奔，却是有问题了。"

"有什么问题！"云椋强装镇定，急急忙忙道，"是我进京太晚，留霜儿独自面对家宅之祸，如今我已归来，自然要带霜儿离开。"

林墨鲵缓缓摇头，他目光沉沉，说道："你的话自然有道理，但你却忘了沐霜姑娘是何等为人。"

云椋一愣，沐霜微微惊慌：“你什么意思？”

林墨鲵沉思片刻才道：“自云先生将沐宅一事告诉了在下之后，在下便去打探过。”

他不经意地抬头，往四周望了望。虽然夜色漆黑，但是在月光下隐约可以看见沐宅庭院里的曲折游廊，黄石假山叠叠，廊院尽头是垂花木门。

而庭中原有绿柳繁花，现在只剩一片败柳荒芜。

“这里不算寻常人家，我不过稍加查证，便已知一二。”

林墨鲵的目光依次在他们的面上滑过，停顿了一下，便轻描淡写道：“沐家祖上乃登州云县豪绅，商铺遍地，富比王侯。传至第三代，育有两女。长女青嘉，次女青岑。沐青嘉自幼活泼精怪，惯好争名夺利。及笄后进宫为侍，后得圣上恩宠，获封妃名，生一子，六岁溺亡。次女沐青岑，性稳重，好隐忍，才情盛名……”

沐霜终是变了脸，打断了他的话：“你别说了。”

“好。”林墨鲵眉梢一挑，嘴角泛起轻笑，“是了，关于沐家次女，姑娘该比谁都清楚。毕竟县志典籍间，亦有诸多遗漏，比如那些不可与外人道的往事。”

听了林墨鲵的一番话，林微阳有些发愣，她拉了拉兄长的衣袖，咬着下唇道：“哥哥。”

“没事。”林墨鲵对她一笑，而后又望向远方，眉眼舒展，“眼下月光正盛，虽庭院破败，却有桂树独开。不如于树下长谈，解解在下心头之惑。”

林微阳随着他的目光看去，只见在前方游廊外，月光正盛。在光晕的照耀下，一棵桂树兀自盛开，幽幽的清香阻断了池塘里破败腐烂的气味，顺着月光，洒下阵阵馥郁的清香。

林微阳发出惊讶的低叹，她竟才发现，荒凉的院落里，还隐藏着一番独艳的美丽。

“那么，便一起去坐坐？”林微阳轻声问。

云椋垂眸看着沐霜，双手分别握住她的两肩，低低道：“霜儿。”

沐霜眨眨眼，眼中竟是起了几分不知所措。

“别担心。”云椋紧了紧手，偏头沉声对林墨鲵道，“我相信林兄，今日之事他必定不会宣扬出去，是吗林兄？”

林墨鲵颔首：“自然。”

沐霜无言了好一会儿，才咬咬牙：“好。”

第九章 椋子木也

皇亲国戚，自当行事谨慎，
不能留丝毫差错。

登州云县县志言：次女沐青岑，性稳重，好隐忍，才情盛名。从同县富豪李家长子，婚后安宁，生女名霜。后一年李家破败，逃亡。

青岑携女回沐家，女改名沐霜，独母供养，至三年后，与同县云府二子定亲。又过一年，长姐沐青嘉蒙受盛宠，风光无限，家族受皇恩。时沐霜六岁，随家迁至京城。

林墨鲵淡淡道：“县志中仅有这些，云县沐家举家至京城后，再无记载。”

沐霜叹了口气，徐徐道：“六岁那年我举家来到京城，彼时姨母长子虽已溺亡一年有余，但她又身怀龙种。得姨母怜惜，她时常召我进宫陪伴。因姨母身份之贵，母亲时常教我谨慎，不可妄言。就这样在京都生活了十多年，但当年母亲为我定下婚事，又因我年幼常与云椋玩耍，故即便迁往京城，也不忘每年回去一趟。”

林微阳一时恍然：“难怪姑娘身在京城，却与极远的云县子弟定了婚事。”

林墨鲵笑了笑，道：“所以我才说以沐霜姑娘的品性，绝不可能做出罔顾婚约、罔顾母亲教导的错事。姑娘既谨言慎行，那与许真定亲，又在婚礼前日逃离，应是确有内情了。”

云椋一噎，佩服道：“林兄高才。”

没想到仅仅几句话，他就能猜到沐霜性情。

林墨鲵道：“皇亲国戚，自当行事谨慎，不能出丝毫差错。”

“可是……”林微阳不解道，“沐宅现今为何成了荒凉模样？果真是半年前内贼作祟？”

林微阳说完后，下意识地去看沐霜，却见她眉头紧拧，面上一僵，林微阳顿觉疑惑。

沐霜闭了闭眼，一股浓浓的悲哀浮上她的心头。

“我们不过凡尘寻常百姓，但因姨母一念之差，就成了他人的眼中钉肉中刺……”

宫深似海，世事蹉跎。

沐青嘉长子六岁溺亡后，她便日日哀伤。不出几月，整个人就像是生了一场大病，面黄肌瘦，终日倦倦。

彼时先皇年迈，膝下无子。忧思成疾，缠绵病榻。

半年后，沐青嘉突然容光焕发，竟怀了身孕。先皇欣然开怀，身子越发健朗，沐青嘉重获盛宠。也正是在这个时候，沐青嘉将远在登州云县的亲人召来了京城，并在京都西桦门正街安置了一处华美宅院。

沐霜泫然欲泣：“可姨母的孩子终究还是胎死腹中。”

林微阳一惊，忙问道：“发生了什么？”

沐霜呼吸紊乱，想到那些过往，更觉心痛难当。云椋伸手揽住她的肩膀，将沐霜揽入怀中安慰道：“霜儿，没事了。”

沐霜吸了吸鼻子，在他怀里摇了摇头，才又重新坐直道：“那时我也不过七岁，只依稀记得自那日后，姨母身子越发差了。她每晚都会失眠，独自坐在窗前，看着远方，眉眼很温柔，是我从不曾见过的那种温柔。”

“很快，姨母又怀孕了。她每日胆战心惊，戒备十足，想着一定要将这个孩子留下，不惜一切代价。所以，她找来了云椋的父亲，那时登州云县的一位大夫。”

“云公子的父亲？”

“是，也是那时候，我与云郎才知道，原来……”

原来云家不是寻常百姓家。

云椋的祖祖辈辈都是仙山常客，他们中有些人身怀术法，可以去往仙山境界，寻访世间稀奇药材，云椋的父亲云风便是其中之一。

沐青嘉幼时机缘巧合见过一次，此后便一直心中惦念。在长子溺亡后，就开始寻找知晓云家术法的人，后来寻到云风，云风献药，使她怀上龙种，可终究还是胎死腹中。沐青嘉开始害怕了，于是她想方设法将云风带到身边，定要保证肚里正怀的这第二个孩子安好无虞。

林微阳放软了声音，问道：“那……后来如何了？”

沐霜喃喃道：“后来那个孩子，倒是安稳生下。可不过三月，便夭折了。”

林微阳呼吸一滞。

庭院中久久无人说话，四下一片静谧。

林墨鲵打破了这一寂静，他拿着耳坠摩挲着，试探般问道：“这个，在其中又扮演着怎样的角色呢？”

沐霜没有说话，倒是云椋无奈道：“林兄可还记得，当日我曾说起，我的名字正取自于椋子木。”

林墨鲵一怔。

云椋又道："椋子木生于山谷林中，有花，梗色鲜红，黄花小瓣。入药，养血安胎。"

他将目光投到林墨鲵手中的耳坠，缓缓道："世间最后一棵椋子木，木心灵气郁郁，为防止被贼人所掳，族长便炼化灵气，藏于耳坠间。此乃家族至宝，后归于我父亲。父亲用它使得沐青嘉两次身怀龙种，但还是抵不过皇室暗涌。"

皇位之争，何其惨烈。

先皇年迈无子，诸王横生乱心。沐青嘉这才知晓，原来一切都在他们的计划之中。为争皇位，首先要杀害的，便是她的孩子。孩子一而再地死去，早已让沐青嘉心思郁结，浑浑终日。

在这个时候，她才幡然悔悟，或许在多年前，她就不应该来到皇宫，来这个吃人不眨眼的地方。三个孩子相继死去，沐青嘉亦心如死灰。她将自己关在房里，便是先皇驾临也不愿再见。慢慢地，先皇也心死了，他不再来看沐青嘉，于官家和民间广招秀女，意图留下一个继承人。可先皇早已年迈，身体更是虚弱至极，短短数月，就驾崩了。

先皇驾崩后，因无子嗣，便由亲王赵金煜登上皇位，沐青嘉身为后妃，本应随君入陵，奈何先皇留有遗诏，遂封沐青嘉为静太妃。后沐青嘉长居深宫，再不理内宫诸事。

西桦门沐宅一日间没了沐青嘉照拂，地位一落千丈。但平日沐家二老与沐青岑行事谨慎，不落人把柄，故在京城尚有一席之地。至此后，沐宅更为低调，渐渐淡出了京中贵族圈子。就这么平平淡淡过了数年，直到半年前，被内贼所害。

听到这些宫闱秘事，林微阳一时感慨万分，不由得问道："查出来了吗，真的是府里内贼谋财害命吗？"

沐霜讽刺一笑："那些不过是坊间传言罢了。"

"事实上。"云椋气急败坏，"当今圣上多疑，自上位开始便心浮气躁，从来没有放弃过寻找线索。"

"什么线索？"林墨鲵问道。

云椋叹了口气："应是他为祸太多，他常常梦到沐太妃死去的三个孩子。时间一久，他竟开始担忧当初的三个孩子是否尚在人间，你们说是不是很荒谬？"

听完云椋的话后，林微阳直言道："长子溺亡，后面两个孩子也早夭了，确实荒谬。"

林墨鲵嘴角浮现出一丝晦涩的笑，沉声道："为恶之人，自有天收。因缘种种，早已定下。"

"是啊。"云椋冷冷道，"于是他开始寻找，想方设法都要找到那三个孩子，毕竟他们才是真正的帝王血脉。果然皇天不负有心人，就在他心乱如麻的当头，那个溺亡的孩子让霜儿碰到了。"

"什么？"林家兄妹大惊。

林微阳唏嘘不已："原来当日他没有被溺死？"

云椋道："按年岁，当日溺亡的皇子比霜儿还大一些，霜儿遇见他后不敢张扬，想着偷偷进宫去见沐太妃。这些事也是我不久前来到京城与霜儿碰面后才知道的。"

林墨鲵眼皮子狠狠一跳，不禁问道："莫非是许真？"

"对。原来当日皇子被人所救，带回了扬州。扬州许家无子，以为他不过是弃婴，便将他当作亲儿。许真苦读数年，于半年前赴京赶考。"

沐霜不假思索道："我发现许真身份后，心知此事重大，恐累及家中妇孺。便将沐宅一干人等在几日内全部迁回了登州老家，又怕官家心疑，故才编造是被内贼谋财害命。”

林墨鲵一切都明白了。

原来初到京城在百瑛亭遇见云椋的时候，听他说沐宅遭难，是因为当时他尚未遇见沐霜。后来再见云椋时，他并无伤怀之色，应是晓得了沐霜所做之事。

林微阳不禁问道：“姑娘接近许大人，是为了保护他？”

“非也。”沐霜摇摇头。

林微阳顿时怔住。

倒是林墨鲵沉思了片刻，低低道：“恐怕是为了隐瞒身份。”

沐霜没料到面前的公子如此聪慧，点了点头：“嗯，我正是奉姨母之命，将许真的皇子身份瞒天过海。”

林微阳微微皱眉：“瞒天过海？”

沐宅外，许真按了按太阳穴，显得很无奈，身边有小厮道：“大人，天色不早了，不如您先回府休息。”

许真摆了摆手，继续等在门外。

夜色已深，周遭越发安静。许真坐在小厮搬来的椅子上，头往后仰着，看着无垠天空。他想起初见慕子霜的时候，那时他是真正地相信，他们两人是有缘的。一样的爱好，一样的品性，他真真切切地感觉到慕子霜对他的关怀。那种不加半分藏掩和修饰的爱护，寸寸俘虏了许真的心。

所以他不顾慕子霜的孤女身份，不顾门楣，只愿娶她为妻，一生相伴。

明明一切都安排得很好，明明今日就该是他们成婚之日。但一切都被打乱了，他心爱的姑娘看起来对他全无感情，他不知发生了什么，现在满心都是无奈。

许真眯了眯眼睛，似是想起了往日里相处的时光，嘴角不自觉便滑出一丝浅笑："子霜……"

突然身边的小厮喊出了声："大人，那边有人！"

许真略有些诧异，偏头就看见一个白净小子鬼鬼祟祟地站在沐宅旁巷口的角落里。

"将他带来。"

小厮领命，气势汹汹地过去，倒把屠萌吓了一跳。

"喂！你们干吗啊！"

"我们大人唤你过去！"

"什么大人啊……"屠萌被拖着过来，在看见许真时惊讶不已，顿时扒拉开身边的小厮，对着许真笑道："原来是许大人，幸会幸会。"

许真微微一笑。

"您怎么会在这里？"屠萌望了望周围，讪讪道，"还有这么多小厮，这是在做什么呢？"

许真并不回答，而是反问道："月黑风高，屠小哥怎么过来了？"

屠萌根本就不知道现在的情况，他办了林微阳交代的事情之后就回客栈了，可久久不见林微阳回来，他就去找林墨鲵，结果也不见人。无奈只好来沐宅看看，却没想到原来许真也来了。

屠萌自然而然地以为许真得到了林微阳的消息，过来抓人的，便直言道："微阳使计说要引慕小姐现身，但到现在她还没回去，我担忧微阳，所以来看看。"

听屠萌一言，许真愣了一愣，忍不住问道："屠小哥和林微阳相识？"

“当然！”屠萌点点头，“还是我之前在街市招摇，引得慕小姐来这边的。许大人，您是不是已经找到慕小姐了？”

许真意味深长地点了点头。

屠萌看着他，目光忽然变得轻松，欢喜道：“真是太好了！”

“很好，很好。”许真扯开嘴角，从椅子上起来，走近屠萌，缓缓道，“好计策……来人，给我把他抓住！”

屠萌听了这话，猛然一愣。下一刻就见身边的小厮熟练地压着他跪在地上。

惊慌之下屠萌低吼道：“许大人，你什么意思？”

只见许真面色深沉，冷哼一声，才道：“有你在这里，不怕他们不出来了！”

“啊……”屠萌浑然不知发生了什么事情，张了张嘴，泄出一声低叹。

利箭在空中划过，狠狠射向了桂树的枝干。

坐在桂树边的林微阳吓了一跳，林墨鲵见箭上有封信，便连忙从树上将箭拔出，展信看去，越看脸色越黑，林微阳忙问道：“发生了何事？”

林墨鲵将信丢在几人中间的石桌上，沉声道：“屠萌被抓了。”

林微阳噌地站起来，面上焦急。

对面的两人疑问道：“屠萌是？”

林微阳莫名地看了沐霜一眼，讪讪道：“便是之前在街市引姑娘过来的那人。”

“是他？”沐霜脸色变了，意味深长地看向林微阳，似笑非笑道，“林姑娘果然心思细腻。”

“沐姑娘客气了。”林微阳支支吾吾地说道。

林墨鲵也看向林微阳，顿时恍然道：“原来屠萌早知你来京城了，也一直与你有联系。”

林微阳吐了吐舌头，尴尬道：“是。”

林墨鲵忽然间有股被身边人抛弃的感觉，很是不舒服。

看见林墨鲵憋屈的脸色，微阳连忙凑近了些，温声细语道：“哥哥，以后我再不瞒你了。”

“罢了。”林墨鲵摇摇头，低声道，“许真让我们交出沐霜姑娘，否则便将屠萌以干扰公务之罪下狱。”

林微阳有些焦急：“这该如何是好？”

林墨鲵看了面前两人一眼，良久之后，咬咬牙道：“我出去救他。”

“哥哥！”林微阳赶紧将他拉住，“先别急，咱们再想想。”

倒是沐霜笑了笑，走上前来对林墨鲵道：“外面诸多小厮，以你一人之力，如何能抵？”

她身边的云棕讶然问道：“霜儿，你是打算？”

沐霜失笑：“对，许真既要的是我，我出去便是。”

话音落后，她唇边浮起一丝意味深长的笑：“有些事情，当断则断。”说罢，沐霜就往门口走去。云棕见状咬了咬牙，亦跟了上去。

沐宅外，屠萌被两个小厮抓着跪在地上，苦兮兮地望着许真。

“这到底怎么回事啊，不是要寻慕小姐吗？”

许真嘴角一扬，许是人坐在黑夜里，泛着光的眸子加上若有若无的轻笑，平白给他添了股慑人的气势。

屠萌看过去，刚巧就见到这般场景，愣了一下，才又继续道：“寻慕小姐，我也算是帮了忙，如何要这样对待我？”

许真哼了哼，不再看他。

就在屠萌鬼哭狼嚎，许真一派优哉游哉的时候，沐宅的红漆大门缓缓从内打开了。

许真终究还是带走了沐霜，云椋欲与她同去，却被沐霜拦住了。

沐霜笑了笑："云郎别担心，不日我便回来。"

许真看着两人一派情真的模样，心里更加憋屈，冷冷地甩袖离去了。身后小厮见此，挟着沐霜赶紧跟上。眼见着一行人越走越远，直至消失在了云椋的视线里，云椋叹了口气，转身欲走。

"云先生。"林墨鲵唤道。

云椋脚下一顿，也不转身，就这样背对着他问道："林兄还有何事？"

林墨鲵语气中含着些愧疚，缓缓道："此次是我们搅了局，实在抱歉。"

云椋轻笑了声，转身摇头道："这与你们有何干系，便是你们不来，我与霜儿也终究会闹这么一遭。不过是天意了，天意难违，有些事情越是想要瞒着便越是瞒不住的。"

"云先生……"

云椋再没有回答，转身离开了这个是非之地，留下三人站在沐宅外，面面相觑。过了一会儿，林墨鲵冷冷哼了一声，带头回客栈，后面两个小跟班亦步亦趋地跟上，一路无言。

临近客栈，屠萌抬眼小心翼翼地望了下前方挺直的背，戳了戳身旁林微阳的胳膊。

"干吗？"林微阳压低了声音问。

屠萌撇了撇嘴："微阳妹子，他这是怎么了？生谁的气呢？"

林微阳抿了抿唇，看着前方走起来气势汹汹的林墨鲵，突然间有一股无力感。

“不知道。”她摇摇头，闷头跟了上去。

屠萌咦了一声，嘟囔道：“奇怪。”

一直到进入客栈内堂，林墨鲵都一言不发，径直往二楼走去。林微阳与屠萌跟着上了二楼，眼见着林墨鲵进去，砰的一声关上了门。两人无奈地对视一眼，都从对方的眼中看到了一丝无措。

屠萌咂咂嘴：“怎么回事啊？”

看到林墨鲵的行为，林微阳心里闷闷的，也懒得和屠萌搭话，就要往自己房里去。哪知她才走一两步，就听见东厢青竹阁里传来一道低沉的喊声。

“微阳，你进来。”

林微阳脚下一顿，生生僵在原地。

屠萌赶紧过来，再次戳了戳林微阳的胳膊，轻轻说道：“喏，快去吧。”

林微阳对着他勉强地笑了笑：“那我去了，晚安小屠。”

屠萌其实心里还惦念着今日发生的事情，原本是打算问问的，可现在看林墨鲵的样子，恐怕是生了谁的气。他自然明白不是自己惹了他，现在看来，就是林微阳擅自来京城一事吧。于是他便摇头道：“请吧请吧。”

然后就赶紧回到了自个儿的房间。

林微阳点了点头，待屠萌走后，她推开了青竹阁的雕花房门。

林微阳进去的时候，林墨鲵正坐在靠门的桌边，倒了一杯茶放在桌上，而后抬起眸子示意她过来。

他眉眼间的模样明明那般熟悉，此时看来却又有些不大一样。林微阳一直记得往日里的哥哥性子虽然冷峻，但四年来却一直将她捧在手心呵护，对她是极温柔的，温柔到有些事情她明明知道是不可能的，却还是想要个万一。

万一他对自己不仅仅是亲情呢？

想到这里，林微阳不由得耳根发红。恰在此时，窗外传来几声闷闷的雷声，林微阳吃了一惊，惶惶然抚着胸口处，念及刚才所想，脸颊亦红了几分。

听到雷声，林墨鲵走到窗前，往外看了一眼后将窗户关上，回头对林微阳道："八月旱雷，雨应是下不来。"

林微阳支支吾吾地应了一声，快步走到林墨鲵对面坐下。

林墨鲵拿着茶杯递过去："暖暖身子。"

"谢谢哥哥。"林微阳双手捧着茶杯，小小地啜了一口。

不过她虽是在喝茶，但眼睛却睁得大大的，左转转右转转打量着林墨鲵的神色。

林墨鲵拍了下桌子，沉声道："别闹，好好喝。"

"唔。"林微阳猛然间回过神来，仓皇失措道，"嗯，好，好的。"遂大口大口往嘴里灌。

林墨鲵见她这样，倒是越发无奈，又揉了揉额角处，终是开口道："微阳。"

"嗯……哥哥？"林微阳放下茶杯，望着他。

林墨鲵犹豫了一会儿，缓缓道："你回去吧，明日就走，我会找人送你。"

林微阳听得一愣，不由得皱起眉，当即就站起身来，急促地说道："我不要回去。"

"回去！"林墨鲵按了按太阳穴，语气重了些。

林微阳的心里蓦地一空，一股不知是失落还是悲愤的情绪涌上心头，让她瞬息之间眼眶泛红，酸酸涨涨难受得很。

林墨鲵生怕自己为她的情绪所累，便偏开脸不去看她："你怎么就跑到京城来了？"

林微阳依旧十分执拗道："我要跟着你。"

"父亲母亲可知道？"

林微阳小心地瞥了他一眼，心虚道："我留了书信。"

"你！"林墨鲵盯着她，咬牙道，"和谁学的些乱七八糟的东西，父母尚在家中，你竟离家出走，是我许久没管过你了吗？"

林微阳沉沉地盯着林墨鲵，嘴角带笑："和哥哥学的。"

林墨鲵的脸一黑，再次偏开头，只盯着桌面，但耳边却有人聒噪得很，嗡嗡道："哥哥自己都不告而别，如何能叫当妹妹的学好？"

她的声音越来越小，但语气中却是愤愤极了："哥哥以前那么疼惜我，而现在竟也开始骂我了，果然是男人心海底针，不仅不靠谱更是捞不着！"

"你……你和谁学的这些胡言！"林墨鲵瞪大了眼睛。

林微阳撇着嘴巴，就是不回答。

林墨鲵噌地站起来，垂目看着她，目光中带着担忧："我此行是为寻求仙物，尚不知有何危难，且路途极远，你身子薄弱，还是回去的好。"

林微阳听他这样说，皱着眉头说道："能有多远？便是真真到了荒芜之地，亦有哥哥相护，我定然不会伤了身体。反正我已经离开绿罗村了，现在不管如何，都不会回去。"

“林微阳！”林墨鲵有些生气了。

随着这声呵斥，林微阳心头一颤，她抿了抿唇，闷闷道：“大路朝天各走一边，便是哥哥不要我相随，我也会偷偷跟上，你撵不走我的。”

林墨鲵脸上僵了一下，他哪里知道女子执拗起来竟然如此难缠，想起从前林微阳体贴温柔的模样，不禁嘴角一抽。

“你是打定主意不走了？”

“对。”林微阳重重地点头，忽地想起什么，又问，“哥哥还记得你不告而别时留下的书信吗？”

林墨鲵一怔。

林微阳缓缓道：“你说过‘得卿相助，铭感无已’。”

“是，那时多亏了你。”

“但哥哥可知，当日我所思所想？”

见林墨鲵摇了摇头，林微阳深深地吸了一口气，苦涩一笑：“我一直不敢告诉你，害怕哥哥觉得我心思不纯。但我也是现在才知道，我心本不纯，能隐瞒到几时呢？当日我没有告诉哥哥，嫁给你并不单纯。”

林微阳对着他露出轻轻一笑，继续道：“我原想着先占住妻子的名分，日后不管发生什么，哥哥于我来说都是相伴一生的人。”

林墨鲵忍不住打断她，冷然笑道：“我意在成仙，相伴一生绝无可能。”

“是啊，但我还抱着幻想，在你成仙之前的日子里，一定会有我相伴。”林微阳意料之中地看到了林墨鲵面色大变，于是莞尔笑道，“当日我决心嫁给哥哥，便是如此想的，所以不管怎样，我都不可能离开。”

她心意已决，似乎不管别人再说什么都不会放弃，林墨鲵只觉浑身上下被下了一种叫作无可奈何的蛊，不然为何一见到林微阳的时候，心里就无奈得很。打不得骂不得，疼不起爱不起。究竟如何是好？他沉沉地叹了口气。

林微阳见面前人许久都不说话，她也不好逼得太紧，于是轻声道："眼下天色已晚，我就先回房了，哥哥早些睡。"

然后便要退下，林墨鲵忽而将她唤住，问道："你住在何处？"

"西厢芙蓉阁。"

林墨鲵点点头，又道："你就在这里吧，我去芙蓉阁住。"

林微阳怔了怔："哥哥……"

她还记得，初来客栈投宿时，掌柜说东厢的房间皆是上房，早已住满，姑娘若不嫌弃就住西厢，那里虽然简陋，但好在便宜，总吃不了亏的。

想到这里，林微阳心里暖了暖。

她下意识抬眸去看林墨鲵，却见他已打开房门往外走，入眼只见他宽阔挺拔的背影，带着深夜里的点点寒气离开了。

第十章 长路漫漫，终有你相伴

我发现一提到微阳你就怪怪的，
你告诉兄弟，是不是留恋红尘了？

一夜好眠。

林墨鲵起床的时候不算早，却也晚不了多少。他刚收拾好自己，就听见外面传来小二的喊声：“林公子，您起了吗？小的来送早饭。”

林墨鲵前去开门，望了一眼小二，见他双手捧着一个菜盘，遂道：“进来。”

小二将菜盘上的三碟糕点一一放在桌上，又端着一碗菜粥奉上。

林墨鲵还以为是屠萌吩咐的，心里感谢了番，就听见小二道：“这是林夫人亲手做的，特让小的端来给公子。”

林墨鲵以为自己睡迷糊了，疑问道：“林夫人？”

“是啊，就是公子的夫人，很早就起了，亲自到厨房做的。”小二嬉笑道，“公子真是好福气。”

林墨鲵额上青筋直跳，对着小二摆了摆手：“多谢，你下去吧。”

直到小二离开，林墨鲵面上的暗色都没有消下去。

桌上依次摆放着三碟糕点和一碗菜粥，林墨鲵的目光一一从上面划过去，最后停留在菜粥上，徐徐叹了口气，终是拿起勺子开始吃粥。

他开始想，到底该拿林微阳怎么办?

听了昨晚微阳的一番话，让她回去估计没有希望了，但是若要她跟着同行，林墨鲵的心里还是有点儿芥蒂。

待他寻到仙物后便要飞升，是决然不会再贪恋凡尘俗事的，届时微阳该如何自处?林墨鲵按了按额头，顿时心乱如麻。

没过多久，屠萌就打着哈欠来敲门了，一进来就开始叽叽喳喳：“我说墨鲵你怎么来这边睡觉了，刚才我去青竹阁敲门，见是微阳妹子，吓了我一跳！”

“微阳?她现在已经回房了?”

屠萌眨眨眼：“她刚才不在房间吗?”

看来是做了早饭后就回去了，林墨鲵想着，心里却还是别扭起来了。明明是她亲自下厨做了吃的，为何不过来看看?要是自己没有吃，或是不在房间呢，让菜粥放冷没味了怎么办?又或是那小二瞧着糕点美味，自己偷摸着吃了些又该怎么办?越想他心里就越来气，糕点吃了一口就丢在碟子里，只觉不太美味了。

屠萌自觉地坐下，捞了一块糕点咬在嘴里，看到林墨鲵神情奇怪得很，于是他伸手在林墨鲵面前晃了晃，没有反应，又晃了晃。

屠萌问道：“墨鲵，你怎么了?”

“嗯?”林墨鲵猛然间醒过神来，察觉到自己刚才的异常，忙摇了摇头道，“没事，你说刚才去了青竹阁，微阳她吃了早饭没有?”

“也正在吃呢。”屠萌再次熟练地从碟子里捞了一块，咕哝道，“她正喝粥呢，咦?奇怪，你这里的东西怎么和微阳的一样?”

林墨鲵咳了咳：“是吗?”

“是啊！”屠萌仔细看着这些点心，皱了皱眉头，气哼哼道，“微阳妹子太过分了，给你做了早饭却不给我弄点，真是见色忘义！”

林墨鲵差点儿被米粥噎住，猛地将粥碗放下，大声咳嗽起来：“咳咳！”

“这么激动啊？”屠萌气够了，似笑非笑地瞥了他一眼。

而后屠萌撑着桌子靠近了些，盯着林墨鲵的眼睛眉梢挑了挑，调笑道：“看你这模样，该不会是心猿意马了吧，老实交代！”

林墨鲵冷眼看了看他：“交代什么。”

“当然是说实话！”屠萌直觉他一定有问题，于是穷追不舍道，“我发现一提到微阳你就怪怪的，你告诉兄弟，是不是留恋红尘了？”

见林墨鲵没有说话，屠萌兀自道：“要我说你们俩本就有夫妻之名了，微阳又对你那般好，何不好生一起过活。娇妻美眷，再生一儿半女，快活似神仙啊。”

林墨鲵执筷子的手一颤，沉声道：“我要的是成仙。”

他说完后就垂下眸子，继续吃点心，时不时喝一口菜粥，看起来并没有将屠萌的话放在心上，但又有何人知道，在屠萌话音落地的刹那，他心尖上竟莫名其妙地疼了疼。

林墨鲵也不懂这种感受，只觉屠萌话说得好生奇怪，所谓娇妻美眷，定要两情相悦，但他对林微阳仅有兄妹之情，何来情爱一说。

屠萌瞥了瞥他，耸耸肩膀道：“你自己安排就好，总之我自打随你出来后，便就只当我是个解闷儿的。”

“屠萌。”林墨鲵一时脸色有些微怔，缓缓道，“谢了。”

屠萌走过来拍了拍林墨鲵的肩膀，笑道：“你我之间何须言谢。”

吃完早饭，两人还没有想好接下来该怎么做，就收到了掌柜送来的信件。

掌柜解释道："今早状元府送来的，只说交给林公子。"

屠萌道了声谢后接过来，拿给林墨鲵，林墨鲵摊开一看，面上带着几分疑惑。

屠萌莫名就觉得心里一个"咯噔"，连忙问道："该不会是因为昨晚的事情，要办我们了？"

"别担心。"林墨鲵摇摇头，一边将信递给屠萌看，一边说，"许真说要设宴请我们三人去状元府。"

屠萌瞪大了眼睛："鸿门宴？"

林墨鲵抚了抚额，无奈道："你想太多了，咱们过去看看便知。"

"会不会有问题哦，咱们也算是惹了他，许真会这么好，还请客？"屠萌不相信，撇着嘴巴摇了摇头。

摇完头后心里一惊，于是开始出主意："要不咱们先离开吧，就装作不晓得他要设宴。"

林墨鲵看着面前人脸色突然变得煞白，只得安慰道："你不知昨晚便是情势危急时，他也念着人命，不敢妄动。想来这位状元爷是位爱民如子的好官，断然不会因此事就枉害你我性命。"

"真的？"屠萌昨天没有进沐宅，回来后也没来得及问他们，所以很多事情都不太清楚。

林墨鲵点了个头，倏而眉眼幽深，缓缓道："再者真龙血一事，若能攀上许真这条线，就容易许多了。"

屠萌努了努嘴："这也对，咱们在京城许久了，也就只和许真有点儿联系，是不能断。他虽然不是皇亲国戚，高官贵胄，但好歹也有个状元爷之名，算是京中新贵，好好攀攀交情也是不错。"

林墨鲵给了他一个意味深长的眼神，沉声道："状元……或许不止吧？"

“什么意思？”屠萌挠了挠头。

林墨鲵站起身，拉着屠萌就往青竹阁里去，边走边说：“没什么，去找微阳吧，今日赴宴，给你们打扮打扮。”

屠萌听后表示拒绝：“啊！我一个大男人，打扮什么？”

“至少要换身衣裳。”

屠萌吐了吐舌头，心道确实该换了，自打来京城就穿着这几件从家里带来的衣裳，每日出去见着的皆是身着绫罗绸缎之辈，是有些“丢人”。

屠萌穿着新买的衣服嘚瑟极了，大摇大摆走在街上，生怕别人看不见似的。他拉着衣袖兀自感叹道：“京城的布料确实比白桥镇的好，穿起来也舒服。”

感叹完之后又偏头看了眼身边的林微阳，啧啧啧地道:“微阳妹子，这颜色真衬你，某人还挺有眼光的啊。”

有眼光的林某人：“……”

林微阳抿唇轻笑，她穿着一件水蓝色的长裙，袅娜行步间，都是一股淡雅的味道。

状元府不算远，三人穿过两个街道之后就到了。或是许真先前有过吩咐，三人一到大门外就被守门的小厮恭恭敬敬地请了进去。

府里的下人来引路，屠萌压低了声音对身边两人道：“看起来府里没什么问题，你们说到底怎么回事啊？”

林墨鲵道：“别担心。”

但屠萌还是有点儿害怕，他畏畏缩缩环视一圈，见周围人并没有注意他，又哆哆嗦嗦从怀里掏出一个东西悄悄塞到林微阳的手里：“拿好。”

林微阳突然感觉手里一片冰凉：“小屠？”

屠萌凑到她耳边轻声道：“嘘！收着防身的。”

林墨鲵突然往他俩这儿看了一眼，微阳一愣，赶紧将匕首放入袖中，点点头：“知道了。”

见她收起了，屠萌也放下心来，扬扬自得道：“好了，现在不管是不是鸿门宴，咱们都能防身。”

林墨鲵只淡淡瞥了他一眼，道：“微阳不会用刀。”

屠萌噌地偏头问她：“不会？”

林微阳摇了摇头。

屠萌顿了片刻，又笑了笑：“不会没关系，到时候拿起来乱甩便是。”

林墨鲵默了默，缓缓道：“别担心，我既然敢带你们来，自然不会让你们受伤。”

“你的身手我当然相信，但咱们现在是羊入虎穴，双拳难敌四手。”屠萌娓娓道来。

就在三人谈笑的当头，前方带路的下人就已停下了。

“三位贵客，大人如今正在停风水榭等候，请。”

他弯腰以手示意前方，三人看过去，只见前方有一个依水而建的八角楼阁，楼阁中有一张青石石桌，此刻正有几人坐在其中，但因皆背对着这头，所以林墨鲵等人看不清楚到底有哪些人。

林墨鲵道：“走吧。”随后踏步上前。

屠萌与林微阳对视一眼，皆在对方眼里看到了一丝戒备，终林微阳拍了拍屠萌的肩膀，安慰道：“有哥哥在呢，没事，咱们快跟上去吧。”

进了停风水榭，待看到石桌前坐着的三人时，屠萌惊讶不已。他在来的路上已经从林微阳口中将昨晚发生的事情全部都弄清楚了，此时看见许真、云椋和沐霜三人安好地坐在一起，竟不知其中到底还有什么内情。

几人互相点了个头，许真道：“你们来了，快坐下吧。”

林微阳有些疑惑：“许大人，您这是……”

“我是来感谢你们的，多亏了诸位，才使我明晓前情往事。”

林墨鲵闻言，与云椋对望一眼，云椋默默地点了个头，林墨鲵这才笑道：“大人真是客气了。”

看现在的情况，应是云椋他们已将实情全部告知。

许真倒了一杯酒：“来，诸位请。”

众人共举杯，许真闷了一大口，才堪堪将酒杯放下，他双眼泛红，也不知是醉了还是如何。过了一会儿，竟感慨万分地道：“如今我才知晓，原来曾经以为将要拥有的，不过是虚妄；曾经不敢念想的，现在却触之可及。”

沐霜看了他一眼，将酒杯砰地放在桌上，惊醒了身边的许真。

许真转头看她，无奈地笑笑：“霜儿啊霜儿，从前你是温柔可人，万般娴静。现在变成了冷若冰霜，到底哪一个才是你啊。”

沐霜板着脸瞪了瞪他：“表兄！”

许真作势求饶：“罢了罢了，从前你为了接近我，倒是不管不顾换了个性子。”

林微阳纳罕：“原来你们已经相认了？”

“是啊。”许真无奈地摇了摇头，“诸位来评评理，我是不是倒了霉才碰上了这丫头。”

几人皆是付之一笑，并不多言。

但许真并不在意，反倒是酒意上头，话停也停不下来了，一股脑地将往日与慕子霜相识相知相恋的事情道了出来。

他自嘲地一笑："我当世上哪有这么多的缘分，一眼就入了心坎上的人更是少之又少，如何就被我碰上了。原来啊，不过是亲情使然，不过是有目的的接近。"

沐霜抿了抿唇，叹声道："表哥……"

许真推了她一把，笑了笑才说："你别说抱歉的话，昨个我都听腻了。"

许真既已开始自嘲，便是心态好了些，见此众人哄笑不止。直到宴席结束后，林墨皖等才知道，原来许真不止知道了沐霜答应嫁给他的前情，亦明白了其中的纠葛。

自半年前沐霜遇见许真，使计让沐府消失于京城之后，就开始想方设法接近许真，意图将沐青嘉的种种遭遇告诉他。她那时还没有找到机会说明，但在同一时刻，现今圣上的爪牙就将利爪放在了沐霜身上。

皇帝许是早就开始忌惮沐青嘉，查到沐霜常与沐青嘉偷偷相见，忐忑不已，甚至起了要杀人的心思。沐霜无可奈何只好先将许真一事放一放，借机见到姨母后再行打算。

而在沐青嘉知晓如此大事后，竟没有如沐霜所想那般想方设法为其恢复皇室身份，反而让沐霜千万不要将许真拉入这皇家污秽事中。沐霜明白姨母心有顾虑，害怕往日之事重现，故应了这个要求。

可谁又能想到，就在沐霜决定不将许真的身份道明的时候，皇帝也已经对沐霜有了猜疑。那段时间，沐霜时时都被皇室的爪牙监控着，她不敢再像往常那般接近许真，所以一番思量后打算离去，就此远离皇城的是是非非。

她临走之时害怕许真有难，既然她可以知道许真的身份，就难免别人不会知道。所以沐霜便打算在临走之时前许真身上代表身份的东西毁去。

沐霜无奈于皇室的监视，只好将自己乔装打扮，一改从前妆容模样，扮作孤苦无依的孤女，以女儿家娇羞的姿态去面对许真，此事虽然没有被上面发觉，但许真却已经在一日日的相处中喜欢上了沐霜，甚至想要求娶她。

沐霜本想拒绝，但未免事情功亏一篑，只好索性答应了这桩婚事，欲借此机会接近许真。在这段时间里，云椋也从云县来到了京城，两人相遇了。

随着婚期越来越近，沐霜终于在成亲的前晚毁掉了许真身上独有的胎记。见自己成功了，她就准备与云椋离开，也就是外人误以为的私奔了。

一番恩怨纠葛，不过就在转瞬之间。

至于云氏的传家宝椋子木，云风将它留给了云椋，而云椋又将其送给了沐霜作为定情之物。直至后来她不小心将耳环掉在了沐府外，被林微阳捡到，一切纠葛，都一一明了。

离开状元府前，林墨鲵拉着许真走到一无人的地方，没有谁知道他们又说了什么，他们只知道，在两人说完之后，皆是满面笑颜，可疑得很。

询问他们在谈论何事，却只得到了两人意味深长的眼神。

旁人作罢，便不再多问。等到与状元府一行人告辞之后，屠萌才疑惑地问林墨鲵：“现在许真知晓了这些事情，那么他就是名正言顺的皇位继承人，他的血便是真龙之血了？”

林墨鲵道："我已取得了许真的血，不过，"他摇摇头，沉声道，"他能否继承皇位，还未可知。"

林微阳想了一下，狐疑地看着屠萌道："也不尽然，他即便有皇室血脉，也不一定是人间帝王。"

屠萌一愣："是吗？"

林墨鲵走在前方，优哉游哉道："微阳说得不错，要成为真正的人间帝王，所需要的不仅仅是高出寻常人的皇室血脉，还要有很多很多。"

"可有些人一生下来就是皇子，自然继承皇位，还要什么？"屠萌很是不解。

林墨鲵但笑不语。

屠萌皱了皱眉头，拉住身边的林微阳："你说。"

但林微阳也有很多不明白的，她默默地想了想，犹豫着说道："应该要才华横溢，文武全才，总不能随便来个心思糊涂的吧。"

"就这些吗？"

"应该不止吧，不过我也不大清楚，你还是问问哥哥吧……"

屠萌越发沮丧了，他叫嚷着喊林墨鲵："喂，你走那么快干什么？"

林墨鲵脚下一顿，转身无奈地看向身后两人："现在回客栈收拾行李，即日启程。"

"去哪儿？"

林墨鲵正色道："饶山。"

屠萌立刻瞪大了眼睛，很不可思议地望着他，忙问道："那我们不在京城再等等真龙血了吗？"

林墨鲵微微笑了笑，目光望向不远处，正是皇城的大门，他喃喃道："皇室大乱，帝王未定，真龙之血还未可知。"

屠萌和林微阳顺着林墨鲵的目光看过去，屠萌扯了扯林微阳的袖子，小声问道：“你懂了吗？”

林微阳垂眸浅笑：“懂了。”

“啊。”屠萌挠了挠小脑袋，“我怎么还不懂。”

林墨鲵摇头失笑：“走吧。”

他虽然还不知前路在何方，但所幸长路漫漫，终是有人相伴。

第十一章 吃醋的微阳很可爱

眉眼深深处，情思绕千里。
眉眼混沌处，爱怨难分明。

几人没过多久就回到了客栈，他们的东西不算多，收拾了片刻就准备离开了，临走之时许真派人送来了一个包袱，打开一看，竟是白花花的银两和好几张银票。

屠萌“哇”了一声，惊讶道：“这么多，可以花上好几年吧！”

林微阳也很诧异，但她心有顾虑，便道：“无功不受禄，要不还是还回去？”

听到她的话，屠萌猛地将捧在手里的银子放回去，接着将包袱收拢抱在怀里，摇头晃脑道：“不行，人家送来了岂有收回的道理。”

随着银两送来的还有一封信，林墨鲵展信一看，随口对身边两人道：“无妨，收着吧。”

屠萌贼贼地笑了下，连连点头。

他看着白花花的银子直流口水，也不忘瞪了林微阳一眼。

林微阳细想了一会儿，刚想要问林墨鲵，就见他微微摇头，说道：“没事。”

说完他伸手往前一捞，就把包袱拿到身前，将其中的银两银票分为三份分开收好了才又道："别耽搁了，咱们走吧。"

屠萌点点头，抓起自己的行李就准备离开。

林微阳微微皱眉，问道："哥哥，你知道饶山怎么走吗？"

林墨鲵怔了片刻，仙山仙境凡人本是寻不到的。他们确实是住在龙侯山下，但这个龙侯山与仙山龙侯并非一样，龙侯仙山藏身于龙侯山中，若是有缘，或者得到仙山仙人的指引才能寻到。而当初林墨鲵也是因为父母与大鲵的关系，才有机缘进入龙侯仙山，见到玉旸上神。

但是离开了龙侯山，若是要出来寻找其他的仙山，却是难上加难。

当日玉旸上神并未道明如何进入饶山，如何找到饶山师鱼的鳞片，自然也没有点明婴石所在地。这一切都需要他自己寻找，所谓历练，亦是关乎机缘。

凡人成仙，若是自身毫无半分仙缘，前途怕是堪忧。

他想了想，从包袱里拿出一卷羊皮书，放在桌上摊开，屠萌与林微阳也凑过来看，只见上面密密麻麻都是村名、镇名、州名，正是一张描绘细致的山川地图。

林墨鲵看了有一会儿，指着上面的一处地方说道："你们看，浔州安城与墨阳城交接之处，有一座饶山。"

"万一这只是普通的饶山呢？"屠萌思量着，义正词严道，"既然有成仙之物，那肯定是得在仙山之境，凡间寻常的崇山峻岭便是再繁茂再毓秀也是不会出仙物的。"

林微阳问他："哥哥是决定去这里了？"

林墨鲵若有所思地看了羊皮卷片刻，才道："现在咱们也算是无头苍蝇，既然有座饶山在这里，就去看看吧。"

屠萌撇撇嘴，点了个头："你都觉得没问题了，那我与微阳还有何要说的，自然听你的便是。”

林微阳也跟着点点头。

“好。”林墨鲵收起地图和包袱，“事不宜迟，走吧。”

一路跋涉。

林墨鲵也不知怎么回事儿，像是等不得了，先前从京城离开的时候路上还顾及着微阳的身子，现在越往北方浔州去，心里就越是急躁，恨不得马上冲到饶山上面。

浔州位于京城偏北方，气候较为寒凉，加上他们久不停歇地赶路，林微阳显然已经撑不住了。

屠萌一眼瞧出她晕晕乎乎、神色迷乱，连忙走近将林微阳扶住，急急问道：“微阳，你怎么了？微阳！”

听到屠萌焦急的喊声，走在前方带路的林墨鲵神情一凛，当即转身，在看见林微阳脸色苍白，虚弱地倒在屠萌怀里时，面色顿变。

他三步化作两步跑上前，从屠萌怀中将人带过来，摸了摸她的脸颊。

皮肤粗糙，满脸冰凉。

林墨鲵咒骂了自己一声，而后赶紧将身上的衣服扯下，把林微阳围住，双手也搂紧了她的纤腰，同时低声唤道：“微阳，微阳！先别睡，微阳。”

林微阳恍惚间睁开了眼睛，她舔了舔干涩的下唇，嘴唇微张：“哥哥。”

林墨鲵紧拧着眉头往四周望去，他们此时正在一片树林里，周围是连绵的群山，一眼望去，渺无人烟。

“该死！”林墨鲵懊恼地捶了下地面。

看见他的动作，跪坐在另一旁的屠萌冷哼一声："现在知道担心了，之前长途跋涉，怎么不顾念着微阳的身子？"

四年前林微阳流落在龙侯山下时，她的身子就不大好。本来长居绿罗村里，空气清新，气候得宜，时不时又有从山上寻来的珍奇草药，身子已渐好了些，哪知如今出来没多久，就已经成了现在这副样子。

念及此，林墨鲵咬咬牙，然后轻轻地抚上林微阳的脸颊，试图让昏睡的人醒过神来。

"微阳，先醒醒，等找到落脚处之后再睡，乖。"

耳边传来低沉温柔的轻唤，林微阳也不知听到了哪个字，嘴角微微掀起，撑起虚软无力的身子往林墨鲵的怀里蹭了蹭。

看见林微阳如此依赖自己，林墨鲵此时也管不了那么多，一把将她捞在怀里，打横抱起，然后对身边的屠萌道："今天不赶路了，先找个地方住上一晚。"

说着就大踏步地往前面走。

屠萌点了点头，亦是赶紧跟上，行路间也不忘四处寻找。

浔州多雨，林微阳醒来的时候听见耳边淅淅沥沥的连绵雨声，这才想起自己先前经受不住长途跋涉的疲累昏倒了。

她徐徐吐出一口浊气，想要起身，双手撑在床上时才恍然发觉自己身在一个陌生的地方。这是一个小木屋，木屋里很简陋，她现在正躺在里间的房里，越过床尾处的遮布可以看到外面才是木屋的前堂。

林微阳此刻已觉得脑袋里清明不少，便想要坐起身来，谁知她这一动，才发觉自己的衣裳不知被何人换下，现在正穿着一件暗红色的粗木麻衣，麻衣粗糙，身子微微一动，细嫩的皮肤就一阵酥痒。

她咬了咬下唇，又摇摇头，待晃去脑中莫名其妙的念头之后才缓缓从床上起身。

林微阳正要出去，蓦地便听见外面传来一个娇娇柔柔的女声：“两位公子，这是奴家自己酿的黄花酒，快喝下可以祛寒。”

紧接着林墨鲵低沉的声音响起：“有劳姑娘。”

“哥哥……”林微阳不觉已唤出了声来。

外面紧接着传来一阵急促的脚步声，林墨鲵猛地掀开帷帐，一眼就看见林微阳赤脚站在地上。他面色又是一凛，额角上的青筋若隐若现，立马跨步上前把林微阳抱在床上放好。

没想到并非林墨鲵一人，林微阳刚在床上坐好，抬眼看去，就见屠萌与一名陌生女子站在林墨鲵身后望着她。

林微阳脸色微微一红，刚要说话，那名陌生的女子就越过身前的林墨鲵挤到了床边。

“看姑娘面色红润，想来已无大碍了。”

林微阳望向她，只见这女子虽然衣着简陋，但却有一股若有若无的娇媚之气。凤眼含情，樱桃小嘴，举手投足间都是风情。

眼见着林微阳望向女子时的疑惑神情，屠萌十分有眼力见儿地对她说道：“微阳妹子，这位丹粟姑娘是木屋的主人，你适才身子不爽利，所以我们在她这儿借住一宿。”

“借住”两个字被屠萌说得极重，说完后他又翻了个白眼，意味深长地瞟了眼丹粟。

但丹粟神色未变，依旧将嘴角上挑成一个极为魅惑的角度。

林微阳不明所以，愣愣地看着屠萌，又呆呆地望了眼丹粟，想来身上的衣裳应是她换下的吧，想到这里，林微阳露出极浅的笑容，缓了一会儿才道：“多谢丹粟姑娘。”

丹粟凑上来坐在她身边，揽着林微阳的肩膀亲热不已。

林微阳不太能消受她的热情：“姑娘？”

“可别叫我姑娘。”丹粟忸怩地动了动身子，嗔怪道，“我一见你就觉得你我有姐妹之缘，不如你唤我丹粟姐姐，我就称你微阳吧。”

林微阳愣了一下，点点头：“好。”

站在几人身后的屠萌懊恼地拍了拍脑袋，后以一副恨铁不成钢的神情看着林微阳。不过他的表情只是片刻，几人并没有察觉。

过了一会儿，林墨鲵上前俯下身细细看了下林微阳的面色，见她确实无甚大碍，神情顿时就和缓了些：“要不要再睡会儿？”

林墨鲵双手捧着林微阳的脸颊，捏了捏。

“哥哥。”林微阳抿着唇，尽力想要忍耐住脸颊上绯红之色，她试探着问道，“我不睡了，要不还是启程吧？”

但林墨鲵还未回答，身后的屠萌就挤了过来，嚷嚷道：“启什么程！微阳你没清醒呢，至少也得等明日再走，要不然你身子哪里撑得住。”

他刚一说完，就听见丹粟笑道：“是啊，就多休息一日。”

屠萌再次翻了个白眼，瞧着微阳面无丝毫戒备，还被丹粟揽着，心里就是急躁难忍，当即就啐道：“微阳身子弱，快躺着。”然后就将丹粟挤开，成功占据了丹粟原先的位置。

丹粟一时不慎，狠狠后退两步，眼看着就要摔在地上，幸好被林墨鲵扶住，才没摔跤。

丹粟俯了俯身子，娇声娇气开口：“奴家谢林公子。”

林墨鲵只点了个头，示意举手之劳。

屠萌看不惯丹粟的模样，冷冷地哼了声，又继续嚷道：“你们先出去吧，我陪微阳待会儿，怎么样微阳？”

屠萌边说边对着林微阳挤了挤眼。

林微阳福至心灵，转头对林墨鲵及丹粟道：“哥哥，丹粟姐姐，我身子还有点儿不爽利，就让小屠给我讲个笑话吧。”

林墨鲵点了点头，与丹粟离开了小房间。

等他们两人离开之后，林微阳才疑惑地看向屠萌，小声问道：“刚才怎么回事啊，咱们现在借住在丹粟姐姐家，说起话来何必如此不客气？”

屠萌咬牙切齿：“你是客气了，人家可不会客气！”

“什么意思？”

“你唤她一声姐姐，那丹粟怕是想当你嫂嫂！”屠萌眉头紧紧皱起，便将之前初到木屋时的情景告诉了林微阳。

“那时你昏着，咱们好不容易找着间木屋，原看着主人是位贤淑有礼的姑娘，哪知她一见墨鲵，就想着法儿往上凑呢。”

林微阳听着，顿时心里一阵气闷。

屠萌还在继续抱怨：“她的那般动作，怕也只有墨鲵那呆子才看不明白，我可是从小见过不少姑娘大婶，谁的伎俩能逃得过我的眼睛？”

林微阳忽然想起丹粟适才看林墨鲵的眼神，确实不太一般。

看着林微阳面含忧色，屠萌顿时打起了精神，捏紧了拳头道：“你也别太担心，有我呢，保准让她离墨鲵远远的。”

林微阳动了动唇，说道：“多谢小屠了。”

屠萌见她面色和缓，也微微露出喜色，笑道：“现在你最重要的就是养好身子，而且我看墨鲵还是挺关心你的嘛。”

“有吗？”

“当然！之前你晕倒的时候，他可是着急得很。”

林微阳笑了笑，抬起手对着屠萌摊开，屠萌不解她是何意，疑惑地看了看，随后恍然大悟，乐呵呵地将手拍上去，双手合十像是定了个约定。

“小屠你放心，哥哥是我的，谁也抢不走。”林微阳缓缓露出狡黠的目光。

屠萌见此，咧嘴直笑，眉梢一挑说道：“我相信你哦。”

林微阳又躺了一会儿，但心里顾忌着适才屠萌说的话，便睡不着了，于是她从床上起来，走到外堂的时候却没看见另外的三个人。

她心里正疑惑，推开木屋虚掩着的门往外看去，远远看见林墨鲵和丹粟站在一棵树下，似乎相谈甚欢。林微阳皱了皱眉头，不经意往一旁一瞥，顿时愣了愣。

屠萌此刻正双手环抱胸前，靠在离林墨鲵、丹粟他们稍远的树干上，以一种审视的目光盯着两人。

林微阳被他板着小脸的样子弄笑了：“扑哧！”

也难为屠萌眼观鼻鼻观心，离得这么远竟也听到了，只见他顿时警觉地抬起眼来左顾右盼，最后将目光停留在木屋前的林微阳身上。

林微阳对着他招了招手。

屠萌便准备过来，可才走两步又生生顿住，回头望了眼那边还在谈笑的两人，努嘴骂了两声后才蹦蹦跳跳地过来了。

他一过来就开始和林微阳抱怨：“你说他们有什么可聊的，气煞我也！”

林微阳的嘴角轻轻扬起，像是在笑却又没有半分笑意，眼神略微含着些空洞和无措。望着前方的两人，眉眼深深。

只说眉眼深深处，情思绕千里。

眉眼混沌处，爱怨难分明。

此刻屠萌看她的模样，竟也不知是爱还是怨，是醋还是愁了。

屠萌被她的眼神看得慌了，不由得问道：“微阳，你没事吧？”

“没有啊，我能有什么事，好着呢。”林微阳收回目光，淡淡道。

“可你眼神怪怪的……”屠萌歪着脑袋思索，蓦地想到什么，讶然睁大了眼睛笑道，“你该不会在想什么法子整他们吧？”

听到这话，林微阳反笑道：“想什么呢，我整他们作甚？”

屠萌眼巴巴望着她，犹犹豫豫道：“你有什么只管和我说，相信我，我绝对和你是一路的！若真要收拾收拾那两位，我也是随叫随到的。”

林微阳自然知道他一心想着自己和林墨鲵修成正果，也真心真意将自己当作亲人看待，所以在听到这话时，她眉眼柔和了许多，笑道：“好啊，我确实有事需要小屠帮忙。”

“什么事？”屠萌亮着眼睛急问。

林微阳又将目光投到屋外远方的两人身上，也不知是不是心有灵犀，林微阳刚抬眼看去，那边的林墨鲵就蓦地转头往她这里看了看，隐约还皱着眉头。

林微阳似乎是害怕被他瞧见，忙又收回目光，垂眸对屠萌道：“还请小屠好好歇歇，此事莫要掺和进来。”

“为什么？”屠萌噘起嘴哼哼，“你嫌弃我啊。”

林微阳失笑：“哪会？”

说着，她白皙的脸颊上忽然浮现出两抹红晕，声音娇软却目光坚毅而狡黠。

“我的人自然身与心都归我，他人岂可染指？”

屠萌被她说得来了兴致，问道：“你要去和丹粟争？放心，绝对是你赢。”

林微阳笑着摇摇头，桃花眼中闪现着熠熠光芒，似与繁星争艳。

“何论争抢，他本就是我的。”说罢，她翩然转身，往木屋外的大树下走去。

在繁茂的树下，丹粟美艳的脸上满是喜色。

林微阳走过去的时候，刚好见丹粟眉眼盈盈，双手拳状抵在胸前，低声吟唱着一首悠长缠绵的调子。

林微阳拊掌轻叹：“很好听，是姐姐家乡的曲调吗？”

丹粟羞了羞脸，微微点了个头：“是啊，不过我已经很久没有回家乡了，突然念及，却是有些想念了。”

林微阳幽幽地点点头，带着试探般的语气问道：“原来如此，姐姐既然思念家乡，何不回去探访，女子孤身在外总是不好的。”

“我……”丹粟羞怯地望了一眼身旁的林墨鲵，悄声道，“当初离家，是想得一人心的，但如今什么也没有，便是回去了也无趣。”

林微阳心里一揪，也顺着丹粟的目光看了眼林墨鲵。

林墨鲵不明所以：“……”

这就忍耐不住，开始表明心意了。林微阳如是想着，心里越发觉得不爽利了。她想了想，又问林墨鲵：“哥哥在和丹粟姑娘谈什么呢，笑得这般开怀？”

林墨鲵如实回道：“适才见丹粟姑娘——”

话未说完便被丹粟打断，丹粟不动声色地道：“林大哥见我面色红润，有些好奇，所以来问问。一时间又想到不少趣事，故才说得忘了时间。”

丹粟一边说一边对着林墨鲵挤眉弄眼，加之那一番话说得隐晦，直让人听起来认为两人有什么不可告人的秘密。但这秘密又并非是不可与外人道知的大事，反倒是做了个欲语还休的姿态。

林微阳心里更是憋闷，她偏头去看林墨鲵：“是吗，哥哥？”

林墨鲵也不知眼前两位女子心里的伎俩，听丹粟说的话也没错，便点点头道：“正是。”

林微阳自然也不是傻子，那丹粟说起话来分明带着股亲密和炫耀的意思，但是看林墨鲵的样子分明是不太明白的。

林微阳先在心里腹诽了一下丹粟的心思，然后才缓缓地笑起来，大大的桃花眼弯成了月牙形状，她笑着说道：“原来是这样，不知哥哥劳累来询问丹粟姐姐这些事要做什么，连妹妹也不告知，难道是嫌我了？”

“怎么会？”林墨鲵忙道。

他走了过来，站在林微阳的面前，先是看了她几眼，就在另外两人不明所以的时候，忽而抬起手触上林微阳有些粗糙的脸颊上。

“都怪我，让你日夜劳累陪同，如今……”如今你面黄肌瘦，林墨鲵哽了一下，才继续说道，“所以我才来请教丹粟姑娘，想求来个方子，只求你莫要再使我心疼。”

林微阳一怔，微微张着唇竟不知该说什么了。

和林微阳一样，丹粟也是十分惊讶。她原先看两人哥哥妹妹喊得自然，想着他俩必定是亲生的兄妹，可在发现林微阳苏醒后看林墨鲵的眼神，以及屠萌时不时露出戒备的神情后，她心里也不确定了。但这样的事情也不好直接相问，她只好心里惦念着，准备多观察一些日子，但现在竟发觉林墨鲵与林微阳两人间仿佛有一种外人丝毫不能进入的气氛，直接将两人圈在其中，再出来不得。

丹粟想到这里，只觉若真是如自己所想，两人互生情愫，那自己行事就得快些了，以免因为林微阳而耽搁要事。

她一时间想了许多，蓦地抬眼去看，就见两人已相携往木屋里走去。

丹粟一愣，这也太不客气了，好歹那也是她的屋子啊！

她一脸蒙地站在原地，气得直跺脚。

且说林微阳知道林墨鲵是为了自己的事，才去央求丹粟，一时间心里又是气又是爱，在面对林墨鲵的时候也不知该如何才好，只好微微低着头不去看他。

林墨鲵还在继续说话："丹粟姑娘说她平日里是去最近的城里买的玉膏，等明日我也去帮你买一盒来，咱们也不好总在她这里住着，明日就去外面的客栈，可好？"

林微阳低垂着眉眼，听到他问话便道："哥哥安排就好。"

此时的林微阳语气特别乖巧，若在往日本属寻常，只不过最近林墨鲵许是发现了不少林微阳的另一面，便觉她这会儿的乖巧有些奇怪了。

他停下了脚步，偏头疑惑地问她："刚才我见你脸色不好，是不是最近有心事？"

林微阳愣了一下，忽而微微一笑，目光从林墨鲵的脸上掠过，又飘飘然抬起眸子，望向他的身后。

他身后不远处正是僵着脸的丹粟，察觉到林微阳的目光投来，便挑眉轻轻地笑了笑。

林微阳同时回她一笑，然后对林墨鲵道："只是在想，何时离开丹粟姐姐这里。"

"丹粟姑娘独居在此，我们再住在此地确实不便，不过你也别担心，今日先暂住一晚，明天就离开。"

听到这话，林微阳心不在焉地点了好几个头，脚尖在地上踌躇摩挲着。林墨鲵垂眸看她，隐约觉得她心里不太舒服。

林墨鲵顿时有些好笑地摇了摇头，抬手放在她头上揉了一把方才轻声道："你在想什么？"

林微阳朱唇轻轻地嘟起，闷闷道："没什么。"

"微阳。"林墨鲵似是静默了片刻，才又继续道，"我与丹粟姑娘最多不过租客与主人的关系，你莫要多想，我与她并非你想的那般。"

"哥哥……"林微阳这回是真的怔了。

她慌不迭抬起头来，睁着一双瑰丽的眸子看向他，似有些艰难地开口问道："哥哥很在乎我的想法吗？"

林墨鲵微顿，然后笑着拍了拍她的肩膀："当然，你是我的妹妹。"

"只是妹妹？"林微阳语气艰涩。

林墨鲵不语。

林微阳的身躯突然僵住，讷讷地问道："既然只当我是妹妹，那兄长与谁相交都与我无关，又何必担心我多想呢。便是我多想了一些莫名的事，也与兄长无碍。"

林墨鲵一听，竟觉得有些烦闷，低沉道："你一定要这么和我说话？"

"当然不。"林微阳微微抬起眼皮，向他看了一眼，而后又一颔首笑道，"哥哥似乎很害怕我误会你与丹粟姐姐的关系，所以是在担心我呢，还是在担心丹粟姐姐？"

林墨鲵一噎，惶惶然问道："我担心她作甚？"

"自然是怕她知晓你我的关系。"林微阳眉梢一挑，"你我尚且还是夫妻啊。"

听到林微阳提起"夫妻"二字，林墨鲵微微皱眉，他脸上的表情忽然凝住了，沉默良久后，才又苦涩一笑：“你当真如此认为？”

林微阳自然知晓他不是那个意思，原本也只想这般问问，好让林墨鲵明白自己其实是在乎她的，甚至是喜欢她的，却不想如何成了现在这副样子。

她此时已暗暗悔恨自己失言，却又不知该如何去解释，只好舔了舔干涩的下唇，犹豫许久，刚刚准备解释一番，林墨鲵却已先她一步开口。

只见林墨鲵幽幽叹息，沉声道：“你既这样胡思乱想，那便莫要同行了。”

“哥哥！”林微阳一惊。

林墨鲵低低苦笑：“往后途中万般诸事，若事事都如不了你的愿，那是否每日都要循例提醒我一句‘夫妻情分’？我不愿你多想，也不愿自己为难。”

“或者……”林墨鲵长叹了一声，语气之中隐隐带着几分无奈与悲意，“你我成亲本是错误，你我同行更是不该。你我心中各有所愿，但你阻止不了我，我也无法阻止你。不妨各退一步，各走各路，方为上策。”

林微阳心下戚戚，被他说得浑身一颤。

林墨鲵没等她回答，又淡淡道：“那就如此吧，原本你来京城的时候我就该让你回去，平白耽误了这么久，现在也莫要停留，就此转身，回绿罗村去，爹娘应该很想你了。”

“那你呢？”

林微阳蓦地开口，抬眸刚好对上了林墨鲵乌黑深邃的瞳眸，林微阳紧抿了抿唇，试探般问道：“你想我吗？若我回去，你会想我吗？”

良久后，林墨鲵皱起了眉头。

“哥哥，若你说‘想’，我便回去……”林微阳忽而道，然而她说到此处，语调已是微微颤抖，情绪看起来也有几分激荡，“我会听你的话，所以哥哥，你会想我吗？”

林墨鲵脸色微微变了，脸上浮现出了些许倦色。

过了一会儿，在林微阳几近迫切的目光下，他缓缓开口：“想。”

林微阳笑了。

但她的笑意忽然变得很苍白，像是在寂寞的夜里瞧见了飞舞的萤火虫，但那些萤火终究等不到白日的到来，便覆灭在无垠的黑暗里。那般苍白无力的笑，又带着一丝丝的绝望和无奈，但终究还是笑了。

所以林墨鲵以为她应当是开心的。

耳边传来踩踏声，林微阳定眼看去，就见屠萌不知何时藏身在了一丛小灌木中，正竖起耳朵瞪着眼睛往这边看来。

林微阳瞧着他呆头呆脑的模样有些好笑，目光回转继续看着林墨鲵，心上微动。

她迟疑良久，忽然间往前走了两步，双手抚上他的肩膀，继而踮起脚尖凑上去，想要吻上他的唇，可林墨鲵蓦地反应过来，偏头躲开，最终只触上了他的嘴角。

但林微阳已经满足了，她歪着脑袋露出一副天真烂漫的笑容，轻快地笑道：“我就知道哥哥会想我。”

林墨鲵眉心一蹙，只觉林微阳笑得奇怪，刚要说话又被她打断了。

“哥哥身边既留不得我，我也没脸继续待着，该走的总是要走。”

林墨鲵顿了一下，才道：“我会找人送你回去。”

但林微阳不以为然地笑了笑：“不必。”说完，就转身回了木屋。

林墨鲵喊了她一声，但林微阳走得极快，转眼间就进了屋子，并没有回答。林墨鲵长叹一声，站在原地，揉着发青的额角，面沉如水。

屠萌在灌木里蹲了好一会儿，见着林微阳离开后才蹑手蹑脚站起来，跑到林墨鲵身边像个狗腿子一样问道：“你们吵架了？”

“没有。”林墨鲵一本正经道。

“欸？”屠萌指了指木屋，挠挠脑袋不解道，“那你们这是干啥？我刚才可有听到你要赶微阳回去。”

林墨鲵无语地看向他：“你既听到了又何必再问。”

屠萌惊讶地“啊”了一声，急急问道：“那微阳妹子真的要回去吗？”

林墨鲵点了点头。

“你这人怎么回事啊？”屠萌恨铁不成钢地咬咬牙，怒道，“微阳和你可是有夫妻名分的，又不顾一切离家来陪你，之前在京城的时候若不是她，咱们办事可不会这么顺利。怎么，你这是要过河拆桥吗？”

林墨鲵听了这话，并未反驳，只是垂眸冷声道：“‘夫妻’二字，以后莫要再言，否则你也回去。”

屠萌瞪大了眼睛，蓦地反应过来：“原来你还是对那件事心有芥蒂，所以才一直看微阳妹子不顺眼。”

他气呼呼地嘀咕道：“亏我前些日子还以为你已经对微阳上心了呢。”

林墨鲵问道：“你在嘀嘀咕咕说什么。”

“没有。”屠萌撇撇嘴，只觉心里很不舒服。

“嗯，明日就启程吧，我会找人将她送回去。”

屠萌想了一会儿，又问：“你当真不在乎她吗？”

林墨鲵稍稍出了片刻神，目光久久停留在某个地方，屠萌见他神情有异，又眸中涣散，倒也真不明白他心中究竟作何想法。

屠萌咂咂嘴，兀自说道：“如今我说一句真心话，当初你们在家里成亲时我就在想，难道你一顶天男儿，不和微阳成亲就真的不能如愿外出寻仙物吗？你是真的对她无意，还是心知肚明却宁愿看着她慢慢沉溺在这段感情中。若是后者，你也太过残忍。在京城，在浔州，我多番见你对微阳的紧张，你看她的眼神也分明不一般，可为何要……”

“我们终归殊途。”林墨鲵蓦地打断他的话。

屠萌哑然，怔怔地望着他。

林墨鲵复又叹息：“所谓殊途，日后一则成仙，一则人世，若她心还挂念我，便是日暮途穷，悔之晚矣。我不愿她处境艰难，也害怕她终究怨我。”

午时的树林早没了清晨淅淅沥沥的小雨，地面也已干了许多。屠萌正感叹于林墨鲵的话，不经意垂眸，便看见地面不知何时起了些青芽，随着清风微动身躯，可爱得很，屠萌恍了下神。

他何曾不明白林墨鲵的担忧，可有些事情并不是三言两语，或是前人经验可以道明的。

想到这里，屠萌连忙对他说道：“你只说你是为了她好，可微阳究竟如何想的，你当真考虑过吗？”

林墨鲵闻言一顿。

显然，他并没有顾及林微阳的感受。

屠萌摇摇头，立刻没好气地道：“你不能因为害怕日后的苦难，就堵了今朝的路啊。”

林墨鲵听了这句，面上闪过一丝困惑：“你是何意？”

“莫非你真不懂？”屠萌有些懊恼，皱眉道，“就拿你的殊途来谈，你道是人仙殊途，但古往今来这些事情何曾断过。他们难道就比你笨些，迟迟不明这道理吗？自然不是，他们纵然知道了，也照样义无反顾，你可知道是为什么？”

林墨鲵面色一沉，皱眉不语。

屠萌勾唇轻笑道：“你自然是不知道，去问微阳吧，她如今所想，便是那些你所谓的殊途中人心中所想。”

林墨鲵的脸色很不好看，屠萌瞥了他几眼，耸了耸肩膀离开了。

这种事情旁人再怎么说也没用，就看两人的造化吧，成或不成，许是真要缘分二字的。

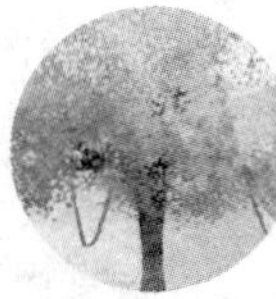

第十二章 他是我的命

我不信仙人之隔，殊途离分。
只信事在人为，殊途同归。

山中的这片树林里唯有丹粟这一间木屋，林墨鲩思来想去，决定午后就离开，一则去树林外最近的镇子里雇马夫送林微阳回去，二则他与屠萌也不要再耽搁，赶紧去往饶山。

谁知他刚与屠萌回到木屋，就看见林微阳已经收拾好了自己的行李，便要离开。

不管林墨鲩再说什么，林微阳也不应承，拿好包袱后转身便走。

林墨鲩一怔，急急将她唤住：“微阳，你到底又在生谁的气！”

木屋外，林微阳停下脚步，背对着他们说道：“既然哥哥不愿我留下，我走便是。也勿需劳烦哥哥为我操心劳累，我既能独自去京城，也自然能一人回去。”

说完之后，就加快了步子往树林外走去。

林墨鲩不知怎么回事儿，也当真没有跟上去，站在原地目送林微阳离开。

将这一切尽收眼底的屠萌气得整个人都要冒火了，他咬咬牙，瞠目结舌道：“林墨鲩，你到底什么意思，刚才和你说的话怎么就没听明白呢！”

林墨鲵眉眼一敛：“没什么意思。”

屠萌阴阳怪气地反问道：“你就直接让微阳走了？”

“不然呢。”林墨鲵轻飘飘地吐出这三个字后，脚下一移，便往木屋里去寻丹粟去了。

屠萌气得直跺脚。

凡间的饶山在浔州安城与墨阳城的交界处，从地图上看，那里地势险峻，层峦叠嶂。他们去和浔州的本地人打探过，听说饶山山势凶险，极少有人敢上去。

如今林墨鲵与屠萌告别了丹粟之后，就往树林外的小镇上赶去，到了镇上才知道原来这是一座无名镇，只因镇上常常招来灾祸，朝廷派下的父母官不堪苦难，渐渐便离开了。

官差虽走，但镇上长居的百姓却不愿离开，只当灾祸不过偶然，可谁知越到后面日子越发艰难，众人也慢慢相信了这镇子招灾，故不少居民都相继离开，留下的唯有一些实在不愿意离乡奔波的人。

青石铺就成的巷道上飘散着淡淡的烟火气，在踏上这片土地的时候，只感觉浑身都被古镇这一朴素淡雅的气氛包围，与京城的繁华恍若两个世界。

小巷很窄，几乎只容得下两辆马车并行，小巷的两旁皆是白漆绿瓦的民宅，和吆喝着买卖声的铺子。放眼望去，镇上几乎没有亭台楼阁，一众低矮的民宅排列得整整齐齐，像是笔墨勾勒出的绝美图画。

屠萌手里捧着热腾腾的包子，边吃边啧啧感叹道：“这里和咱们白桥镇一样美，看起来也不像有灾祸的样子啊。”

看屠萌大摇大摆地走在青石小巷上，林墨鲵躲在墙边无奈地摇摇头，蓦地冒出来一把将他拉到旁边商铺后的民宅屋檐下躲着。

被他这样凶狠一拉，屠萌险些被包子噎住，他捂着嘴使劲地咳嗽，好一会儿才缓过来。大口喘了喘气，准备骂一骂林墨鲵，谁知抬眼看他时，就见林墨鲵躲在屋檐下探出脖子往外面看。

这般模样着实好笑，屠萌瞬间就消了火气，开始调侃他。

屠萌双手叉腰，靠在白墙上呵呵道："之前撵得那般干脆，现下却又偷偷跟随，好一个顶天立地的儿郎，竟也学会了当面一套背后一套的做派。"

林墨鲵的脸色很不好看，将脖子缩回来，按了按额角无奈地说道："她到底是女儿身，孤身在外总归会担心。"

"哟，这是摆上了当哥哥的派头？"

知道他话里带刺儿，林墨鲵有些微窘。

屠萌咂咂嘴，偷摸着探出头去看，就见林微阳正坐在一个面摊上，和面摊的老人家说着话。面色可正常，神情可轻快，目光可明亮，嘴角还上扬起极俏丽的弧度，丝毫没有因被人赶走而流露出的忧伤难过之神色。

看到她这模样，屠萌哼声哼气道："你看微阳妹子过得多好啊，可不是离了你就没有支撑啊。"

林墨鲵闻言，眉梢狠狠一挑，又往外面瞟了一眼。

屠萌兀自"唉"了一声，撇了撇嘴。

似乎是觉得自己的动作太过，林墨鲵眼神有些飘，仅仅瞥了一眼后就赶紧收回目光不再去看。

屠萌见状"嘁"了一声。

林墨鲵很无奈，跟着与他一起靠在民宅墙边，冷冷道："你说话为何阴阳怪气起来了？”

屠萌哼哼道：“谁让你把微阳赶走的？”

林墨鲵默默垂眸，低着头看地。

屠萌见他不愿意面对，也不好过多打趣，便讪讪地笑笑，扯着脖子继续去看林微阳。

那边，林微阳面前已经上了一碗热腾腾的素面，正微微低着头小口吃面。

蓦地，林微阳放下筷子看了过来。

屠萌心里一跳，赶紧缩起脖子紧紧贴在白墙上，也不知道是不是他的错觉，屠萌总觉得林微阳好似知道他们两人在偷偷跟随似的，就像现在，即便藏在墙边屋檐下，却还是可以感觉到林微阳似笑非笑的目光。

屠萌抚了抚胸口处，徐徐吐出一口气。

“你怎么了？”林墨鲵问他。

屠萌给了他一个恶狠狠的眼神，嘴巴朝外面努了努，示意道：“这要跟到何时，我总觉得微阳早就发现我们了。”

林墨鲵一愣，瞬即失笑道：“怎么会？”

他虽然在笑，但脸色却渐渐发白，过了小会儿，他便探出头去看，林微阳好生生地坐在面摊小凳上吃着素面，并无丝毫异样。

林墨鲵稍稍松了口气，同时对屠萌道：“别多想了，看她悠闲的模样，现在还不会离开小镇。我先去丹粟姑娘说的那处买些玉膏，你就在这儿等，还是一起去？”

屠萌想了一下便道：“我随你同去。”

林墨鲵点点头，便按照丹粟说的路开始找卖玉膏的店家。

两人步履轻快地走在小镇上，似乎并不着急。但唯有跟在林墨鲵身边的屠萌才知道，此刻他正紧抿着唇，神情急躁，也不知是想要赶紧买到玉膏送给林微阳，还是想着赶紧办完此事后，继续去寻他的成仙之路。

屠萌觉得自己开始看不懂他了。

两人走后，面摊上吃着素面的林微阳缓缓抬起头来。

先前与她谈笑的老人家走过来，随着林微阳的目光一齐看向林墨鲵二人的背影，看了小会儿，便笑道："姑娘原来是在等他们？"

林微阳心尖一颤，只觉得整个心都在发甜，轻轻地说："我就知道，他不会不管我。"

老人家福至心灵，询问道："他是你的心上人？"

"不。"林微阳蓦地摇头，断然道。

老人家没有说话，似乎不太明白林微阳的感受。

林微阳狡黠的目光中发出熠熠的光芒，她看见林墨鲵负手顺着青石板的小路往前走，于是就这样一直望着他的背影，直到背影消失在白墙的转角处。

老人家以为她呆了，摆摆手唤回她的目光："姑娘，你在想什么？"

林微阳出神了半晌，这时微笑着转过头来，看着慈祥和蔼的老人家。

"心上人吗？"林微阳唇边噙着一缕淡然的笑意，放软了声音道，"我一直以为他是我心上最紧要不过的人，可后来才知道，他是我的命。"

于世间辗转，不慎丢失了记忆，她不曾害怕，只依赖着称作哥哥的他。

她把他当作心上人，却渐渐不再满足，害怕终有一日会分离。直至嫁给他，陪伴他，到了现在离开他时，才明白所谓心上之人终究缥缈难定。

而每每一想到会失去他，就恨不得以命相抵，换半日相陪。

她不止一次暗暗想着：

“我不信仙人之隔，殊途离分。只信事在人为，殊途同归。”

无名镇，群香阁。

虽说用了“阁”，但不过是个坐落于小桥与民宅中间的简单铺子，铺子的老板是无名镇少见的年轻男子，相貌端正老实，穿着朴素但身量颀长笔挺，看起来就像位正正经经的读书人。

林墨鲵与屠萌寻来的时候，正巧无客，年轻老板便坐在铺子后面，手里捧着一本泛黄的书册，正细细品读，时不时还点评几句，语调抑扬顿挫，声音清透沉稳。

老板看到铺子来人了，便放下书，起身待客。

林墨鲵话不多说，直接从怀里拿出丹粟用完了的玉膏匣子，递了过去并说道：“拿一盒与这相同的就好。”

谁知老板一看到这匣子，面上便急躁起来，伸手一把夺过放在眼前仔细打量。

林墨鲵与屠萌相视一眼，皆感莫名其妙。

“公子从何处得来此物的？”年轻老板戒备地问道。

林墨鲵老实交代：“是一位姑娘相赠。”

“什么？”老板瞪大了眼睛，立刻怒目道，“你把丹粟怎么了？”

屠萌也被他吓了一跳，忙在一旁问：“你认识丹粟？”

老板咬咬牙：“丹粟是我娘子。”

“不会吧！”屠萌很是不相信。

林墨鲵并不在意丹粟到底是什么身份，所以他也不搭理老板的问话，只是指了指他手里雕饰精美的木匣，沉声道：“我要一盒玉膏。”

屠萌狐疑的目光飘向年轻老板，又飘向林墨鲵，犹豫着问道：“怎么会是你的娘子呢，她明明就是一个人住在树林里，还，还……”

“还什么？”

屠萌面对着气呼呼的老板，有些不大好意思说出口，但看着老板气煞的模样，他心里蓦地起了一股报复的心理，不紧不慢地道：“还装作良家孤女，企图勾引良家男呢。”

老板脚下打战，如遭雷击。

林墨鲵无奈至极，瞪了一眼屠萌，冷冷道：“屠萌，胡说什么！”

“本来就是嘛。”屠萌咕哝道。

屠萌不着调，说了些胡话，但林墨鲵却根本就没往那处想，便赶紧挟着屠萌与老板解释了一番，许久之后，几人才把这几日的事情说得清楚明白。

莫怪老板如此着急，原来这几日无名镇发生了一些事情，扰得镇民心神皆乱，他也是太担心自家娘子了。

老板名叫陆槐生，是无名镇本地人，亦是镇上仅有的秀才。他年少时便父母双亡，吃百家饭长大，多年前娶妻丹粟，夫妇二人长居无名镇。

正因他吃着百家饭，念着百家情，所以便是无名镇近些年灾祸连连，他也没有动半点儿要离乡远走的心思。

陆槐生少年时曾跟着一位膏药师傅学习，师傅离世前，将群香阁留给了他，所以现在陆槐生一直经营着群香阁，时不时还去镇上唯一的私塾授课，镇上孩子少，教书也不累，所以日子虽然简朴，但夫妇二人却过得有滋有味。

陆槐生告诉他们，前几天镇外的河水突然干涸，恐又有事端，便要丹粟好好待在家里哪儿也别去。他昨日听丹粟说要去山上玩耍，本不愿她去，但丹粟性子固执，又说有好友相伴，便就允了她去。没想到现在竟在一个陌生男子处听到了她的消息，陆槐生不着急才奇怪了。

听完陆槐生的话，屠萌感到十分诧异，忙问道："河水干涸？怎么会，天气这般好。而且……"

他指了指不远处石桥下汩汩流淌的清水，不解道："明明这水都是好好的。"

陆槐生叹了口气："这便是镇上的灾祸了，无名之灾更为恐怖。"

他说曾经出现的灾祸皆是奇奇怪怪，或是年轻男子莫名油尽灯枯而死，或是百年大树一朝毁败，或是晴日里狂风突起，暴雨雷鸣。

"更有甚者清清浅溪漫出，淹死作物溺死百姓，因此而死去的已有八九人了。"陆槐生蹙着眉头，眼底闪过一丝无措。

屠萌面色大变，想也不想地道："这些事情也太奇怪了，真的是无名之灾啊。"

林墨鲵也是紧抿着唇，脸色变了几变。

陆槐生想到这些事情，红着眼睛点了点头："是啊，所以现在镇上已有不少人被迫离乡，剩下的人中也有一部分想离开，还愿意留在这里的人实在不多了。"

"会不会是……"屠萌心里有个猜测，他不由得问，"如此异常，不该是普通的天灾啊。会不会是有人犯了上面，所以降下了惩罚？"

屠萌指了指天上，又立刻嗖地缩回手指，眨巴着眼睛看他们。

但陆槐生仅想了片刻就摇头道："不会，世间哪有神仙。"

他也算是饱读圣贤书的读书人，子不语怪力乱神还是明白的。

屠萌对着他笑了笑，随后意味深长地瞟了一眼林墨鲵，问道："墨鲵，你怎么看？"

他笑得奇怪，陆槐生狐疑地摸了摸头，也看向林墨鲵。

收到两个人的目光，林墨鲵面色有些异常，他眼睑微动，神色颇有些慵懒，定定看了陆槐生一眼才道："给我拿一盒玉膏。"

屠萌差点儿被口水噎住："咳咳！"

"……"陆槐生默默从铺子上摸了一盒相同的玉膏给他。

只见林墨鲵不慌不忙地看了眼玉膏，而后将它放进袖中，才缓缓抬起眸子，对着两人点点头，沉声道："屠萌说得有理。"

屠萌抵了抵林墨鲵的胳膊，抬了抬下巴道："你也觉得是天罚？"

"按照陆公子所说的情况，应该还只是试探、规劝，若真的是天罚，想来不会如此简单，更不会流连日久。"林墨鲵额角跳了一跳，眉梢微挑看向陆槐生，"你可还记得是从什么时候开始的异常？"

陆槐生几乎没有丝毫犹豫便道："就在三年前，那年夏日我与丹粟成亲，绝不会记错。"

林墨鲵点了点头："天罚不会持续三年之久，看现在的情况，应是规劝不错了。若是上苍已做了规劝，但下界迟迟未解决此事，才会真正降下天罚。"

屠萌咽了咽口水，瞠目结舌道："到底是什么事情，至于天罚？"

"这我也说不准。"林墨鲵摇摇头，目光沉沉，"许是些天命不可违的大事。"

屠萌蓦地想起从前看过的戏折子和话本，不由得便说道："我看书上都说人仙不可恋，人妖亦相隔。为人则不可戏说神灵，不可为祸苍生，否则必有天灾覆灭，告诫后世。”

他说道人仙不可恋时，林墨鲵怳然一怔，半晌才回过神来。

屠萌继续道：“莫非就是这些事情？”

“镇上有发生这样的事儿吗？”他问陆槐生。

陆槐生下意识地摇摇头，摇完头之后才恍然大悟般拍了拍自己的脑袋，懊恼道：“真是，我何必听你们的，世上哪有鬼神，这些许就是意外罢了。”

屠萌眉梢一扬：“你不相信？我都在书上看过的。”

“你看的是什么书？”陆槐生直叹气，挺直腰板又成了一副书生模样，似教训般劝道，“淫词艳曲，胡言话本，戏子之谈！遑论书籍，不过是些逗趣笑谈的小本子。”

屠萌被他说得有些恼怒。

陆槐生一味地否定他们说的话，将毕生所学一一捞出来给自己打气：“君子尚学，四书五经才是正正经经的。《论语》有言，子不语怪力乱神。”

屠萌哼了声，耸耸肩膀：“你不信就算了。”

陆槐生并不相信他们的鬼神之谈，急急忙忙将铺子收拾好后，便说要去山上寻娘子。林墨鲵两人与他分别后，就拿着玉膏准备去林微阳那里。

回去的路上，屠萌一直在猜林微阳已经知晓了他俩尾随的事，果不其然，两人刚一转弯，就见林微阳还懒懒地坐在面摊上，低着头不知在想什么。

林墨鲵猛地将屠萌拽住，拉他躲在墙后。

屠萌叹了口气，摊着手无奈道：“你又要做什么？”

“先别让她知道。”

屠萌啐道：“她早就知道了！”

林墨鲵：“……”

屠萌翻了个白眼，直叹气：“你难道真的还以为微阳那么傻？”

空气似乎寂静了许多，两个人呆板地靠在墙上，一时间相对无言。

过了好久，林墨鲵才微微一叹，沉声道：“傻也未尝不是一种福分。”

屠萌都快要被林墨鲵绕昏了，啧啧道：“那你到底是什么意思？”

林墨鲵看了他一眼，道：“你自装傻充愣便是。”

屠萌撇撇嘴：“我也真是佩服你们了。喜欢就在一起，不喜欢就分开，何必畏畏缩缩不愿走也不敢上前。”

他指着林墨鲵道：“你说你这呆性子如此也罢，偏偏微阳也这般，你俩这是商量好的？”

林墨鲵无言。

就知道他又不说话，屠萌气得不行，想也不想地吐出一句话来：“真是皇帝不急急死太监！”

林墨鲵睨了他一眼：“……”

“呸呸呸。”屠萌懊恼地拍向自己的脑门，瞪着林墨鲵道，“你俩都快把我折腾疯了。”

屠萌原本还要再啰嗦他两句，可见他恍若失神般的样子，倒有些说不出话来了，只好重重叹了一口气：“罢了，罢了，你们俩各听天命吧。”

屠萌说完那句话又低着头咕哝道：“总归这成仙之路漫漫，说不准中间还会发生什么事。”

不过他说得极小声，林墨鲵并未听见。

须臾之后，林墨鲵无奈地摇了摇头道：“随遇而安。”

说罢，便将袖中的玉膏递到屠萌的手中。

屠萌纳闷道：“干什么？”

林墨鲵朝着面摊那处抬了抬下巴，见屠萌一怔，只好开口道：“将玉膏拿去给微阳。”

“我去？”屠萌眨眨眼，不解。

林墨鲵将头靠在白墙壁上，微阖了双眼，闷声道：“自然是想办法送过去，若要你亲自去，不如我自己去给。”

看他这样，屠萌耸耸肩膀，掂了掂手里的匣子。

林墨鲵又补充一句：“别弄坏了。”他本是阖着双眼，也不知是如何察觉出来的。

屠萌将手收紧，握住木匣。

刚巧这时，两人面前蹦蹦跳跳来了一个小童，梳着双揪，脸蛋红通通，看起来福气得很。屠萌连忙喊住他，在小童耳边说了几句话，又将木匣与几枚铜板放在他肉肉的手心，拍了拍小童的脑袋，小童便乐呵呵往面摊跑去。

屠萌目送他离开。

这时，林墨鲵睁开眼睛，越过屠萌，站在转角可以看清楚面摊的地方，细细看着那处的情况。

只见小童捧着木匣递到林微阳的面前：“漂亮姐姐，这个是送给你的。”

林微阳微诧，迟疑了片刻才明白过来，接过他手中的匣子，待将匣子打开，看见其中静静摆放着的玉膏时，嘴角微微扬了扬，紧接着露出了一个似笑非笑的表情。

看到她嘴角的笑，站在林墨鲵身后的屠萌哼哼道：“明明微阳一看见玉膏就知道定是你送的，咱仨如今都心知肚明，却还躲躲藏藏，真是笑话。”

见林微阳收到玉膏，林墨鲵也收回目光转身对屠萌道：“走吧。”

“去哪里？”

第十三章 天泽湖

激滟春水，轻漪荡漾，浩渺湖光，
映日茫茫，皇天恩泽，莫敢相负。

欲往何处?

凡间饶山。

位于浔州安城与墨阳城交界处的饶山。

屠萌翻开山河图册，指着如今所处的小镇，对林墨鲵道：“确实不远了，你看，待咱们离开小镇后往北走上百里，穿过一个大湖，再越过三座小山，便是安城。”

说完之后，他想了想，又问：“那要喊上微阳吗？”

林墨鲵摇头：“不必。”

“可她……”

“她若还想在浔州游玩，便由她去。”不知是在气自己还是气林微阳，林墨鲵冷冷地吐出这一句话后就慨然拂袖离去。

两人并不想多在无名镇逗留，当下便要动身离开，屠萌亦步亦趋地跟在林墨鲵的身后，望着他僵硬的身子，无奈地摇了摇头。

真不知是造了什么孽，怎的被这俩口是心非的人给糊弄住了。

当媒人果然很难。屠萌继续摇头晃脑，好一副白胡子老人家做派。

此刻正是金乌出升之时，阳光洒在草地上，一派生机的模样。屠萌跟着林墨鲵赶路，忽而瞧见身前人停下了步子，他原本正在心里腹诽，不觉脚步一顿，连忙疑惑地抬头。

“天泽湖。”林墨鲵缓缓道。

屠萌不解，往四周看去：“什么天泽湖？”

林墨鲵伸手向远处一指：“那片湖泊，叫天泽湖。潋滟春水，轻漪荡漾，浩渺湖光，映日茫茫，皇天恩泽，莫敢相负，唯化雨露，名曰天泽。”

屠萌定睛看去，果然看见远远有片映着金光的粼粼湖面，湖水不算平静，波涛时而起伏。湖周围是苍茫的山林，树影斑驳间，依稀可以瞧见不少在林子里蹦跳玩耍的小兽。

林墨鲵点头道：“是个钟灵毓秀的好地方，否则也不会有诸多小兽徘徊。”

听到林墨鲵说话，屠萌才慢慢地收回目光：“是不错。”

紧接着，他才看到湖边被树影略微遮住的石碑，上面写着“天泽湖”三个大字，以及适才林墨鲵所念的那一段话。

不过……屠萌顿了顿，皱眉低声道：“说什么皇天恩泽，未免太过自大了。”

但林墨鲵却饶有兴致地看向天泽湖，轻声笑道：“我看这湖水中倒是有些灵气。”

“不会吧。”屠萌愣了愣，不大相信，“只是寻常的湖罢了。”

林墨鲵拉着屠萌往前走去，直至停在湖边上，他才放开手，而后怔怔地在湖边站了许久，目光始终望着碧绿的湖水。他深吸了一口气，不由得道：“此处山林翠谷，鸟兽横行，盎然生机，想来都是受了天泽湖灵气的恩泽。”

屠萌微有些讶异地跟着他去看湖面，却只看得见碧波荡漾。

“你如何知道的，我瞧着和寻常的湖泊差不了多少。”

林墨鲵负手立于湖边，摇了摇头才道：“你不懂。”

他嘴角浮现出一抹若有若无的轻笑，不知想到了什么，竟是开心得连眼尾处都泛起轻快的笑意来。

“是一种很熟悉的感觉，仿佛回到了很多年前，白涧河还存有大鲵时的那种感觉。虽然并非同流，但灵气却是一般无二。”

屠萌一听可惊讶了，连忙往四周望去，神情紧张：“难不成这里也有仙人？”

林墨鲵笑了笑，转眼又皱起眉头，语气中含着几分疑惑：“仙人倒不知有没有，但天泽湖灵气充沛，不知为何湖水中却隐约有些异样。”

“没有啊。”屠萌蹲下身子凑过去看。

林墨鲵只感觉眼前一缕黑烟拂过，速度极快，没有留下丝毫痕迹，林墨鲵想要看清楚些，便微微睁大了眼睛，但再看时湖面一如寻常，他面上凝了小会儿，徐徐一叹：“许是我看错了。”

屠萌并没有留意到林墨鲵的怪异之色，拍拍屁股站起来道：“那就没什么大不了的了，快些走吧，浔州早晚多雨，眼下正值晌午，便早些赶路，夜里好找地方住下。”

离开之时，林墨鲵又往天泽湖看了一眼。

湖面平静，清波浅浅，天赐恩泽。

屠萌说，离开天泽湖，越过三座山林后便是安城。

但两人此刻却还站在天泽湖旁。

屠萌没见过林墨鲵如此不寻常的模样，一时间不知发生了何事，只担忧地望着他，问道：“你怎么了？”

眼前的林墨鲵额间渗着细汗，微阖起的双眸时不时轻颤，像是要冲破什么，又像在隐忍。

林墨鲵用手掌按着额角处，摇了摇头："我总觉得湖里面有什么东西在召唤我，但我并不愿去，不想去，不想……"

"那就别去！"屠萌蓦地打断他犹豫不决的话，目光噌地望向平静的湖面。

实在是太奇怪了，先是林墨鲵感受到熟悉的灵气，再是离开不久后他似乎不受控制地返回，现在又觉得有东西在召唤他去湖底。

奇怪，奇怪。

事出反常必有妖孽，这是屠萌从杂书里学来的一句话，此刻放在这里再合适不过了。

他戒备地朝四周看了看，只有树丛和林中的小兽，没有发现异常。

不知道是不是站得太久，林墨鲵的双腿有些发颤，他只好撑着屠萌的胳膊席地而坐，靠在湖边的石块旁，不疾不徐地喘着气。

屠萌蹲在他面前，担忧道："咱们还是先离开这里吧。"

林墨鲵脑袋靠在石块上，阖着眼睛，睫毛一颤一颤。

"墨鲵？"

"墨鲵！"

睡着了？

屠萌更是担忧，心也是没来由地一跳，他便想也不想地伸手朝着林墨鲵的虎口处一掐。

林墨鲵手上一痛，这才微微醒了过来，后知后觉地往四处望了望，眼神飘忽不定，看起来很是疲惫。

"墨鲵，你怎么了？没事吧。"

微微飘忽的目光最后停留在面前屠萌紧张的脸上，林墨鲵一晃神，像是打了个冷战。

“这湖，着实奇怪。”他犹豫了片刻，撑着屠萌的手起身，两人一齐站在湖水边上，举目望去，一片青碧微澜。

瞧见屠萌不解的神情，林墨鲵解释道：“湖底确实有东西在呼唤我，不知是仙是妖。”

屠萌闻言，心下一凛，忍不住伸直脖子再细细看看，却只在碧波中瞧见了几条跳得欢快的小鱼儿。

“会是什么东西？”

林墨鲵微一摇头，踌躇着道：“它似乎能控制我的心神，让我……”

话还没说完，脑中又是一阵混沌，林墨鲵忍不住闷哼一声。

屠萌面上凝住，脑子里有些思绪飘荡，他赶紧抓住，不由得双眼发亮，忙不迭道：“会不会和无名镇这几年来发生的异事有关？”

但是说完之后又被他否定了：“不该，咱们明明是最近才来这里的。”

任屠萌自说自话，过了片刻，林墨鲵脑中的混沌才渐渐平息下去，他按着额角处徐徐喘息着，目光依旧紧紧盯着湖水。

再待在这里显然不妥，屠萌现在只想赶紧带着林墨鲵离开，离得远远的才好。

所以他扶起了林墨鲵，两人搀着往外面走。可还没有走出几里地，就看见一个熟悉的身影正闲步往这边走来。

屠萌一看见那人，心里就不痛快，他冷冷地哼了一声。

但他哼的声音不算大，在这广阔的空间里更是被风吹得烟消云散，所以闲步过来的女子大抵是没有听见的。但她即便是听见了，也估计不会露丝毫颜色，俨然一派风流明艳的姿态。

现下能让屠萌讨厌的，也不过就是丹粟这个小女子了。

她穿着一身滟滟红衣，本是悠闲信步，待看见相扶行走的两人时，樱唇微启，杏眼瞪得极大，脚下一颤，娇娇柔柔地跑过来便要扶着林墨鲵。

屠萌本是不愿，奈何这女子硬是拉着林墨鲵的胳膊不放，屠萌也不好直接拽，见林墨鲵没有异常的反应，也就由她去，最多翻了个大大的白眼。

林墨鲵确实没有异常的反应，相反还温和地看向挽着他的丹粟。

“原来是丹粟姑娘，有劳。”

诧异于林墨鲵的反应，丹粟却也只微讶片刻就反应过来，扬起妩媚的笑，柔柔地说道：“林大哥这是怎么了，是否身子不适？”

“无妨，只是些许疲累。”

“这样便好，奴家可就放心了。”

林墨鲵回以清浅的一笑：“在下何德何能，能得姑娘挂怀至此？”

丹粟被他笑得心里发毛，但只些微顿了一下，她面上不显声色，依旧笑如春风。

笑如春风，却非春风般清爽宜人，而是春风含情暧昧。

“林大哥说什么呢，真是羞死我了。”

“呵呵。”林墨鲵抵唇轻笑。

屠萌：“……”

我是谁？我在哪儿？这是怎么回事？

怎么感觉才半天不到世道就变了，这两人什么时候勾搭在一起的？

屠萌觉得自己再听下去就要被腻歪死了，于是赶紧捂唇闷声咳了好几下，才堪堪唤回两人的一丝目光。

“你怎么回事？”屠萌用胳膊肘抵了抵林墨鲵的腰，咬牙切齿道。

林墨鲵嘴角衔笑，“含情脉脉”地垂眸望着丹粟，慢慢道：“能得丹粟姑娘一知己，此生足矣。”

丹粟不知林墨鲵为何前后变化如此之大，心里虽有疑惑，但她想着这却是天赐的好机会，她正想着如何勾引到林墨鲵，原先顾及林微阳，现在林微阳也不在，想来是这位伟岸男儿耐不住长夜漫漫了。

还当是君子呢，竟是如此不经事。

丹粟不由得为林微阳抱以怜惜之情，并且偷偷摸摸地给了林墨鲵一个鄙视的眼神。

林墨鲵自觉忽视掉了这个眼神，深吸了一口气，面上又成了多情公子的模样，继续道：“丹粟姑娘怎么来此处了，可是有什么需要帮忙的？我等义不容辞。”

“这……”丹粟贝齿轻咬下唇，脸颊泛起红色，踌躇不定。

林墨鲵笑着点头：“姑娘但说无妨。”

丹粟红着脸看向他，结结巴巴道：“我……我有事情想要告诉林大哥。”

林墨鲵微俯下身，做出倾听的动作来，温声道：“你说便是。”

“屠小哥。”丹粟却探头看向屠萌。

屠萌凶巴巴回应道：“干什么？”

“我有点儿私事想和林大哥说，还请你……可否回避？”

“不可。”

丹粟一时间脸都涨红了，听着屠萌语气坚定，便撇着嘴巴望向林墨鲵，低低喊道：“林大哥……”

林墨鲵眸中划过一丝精光，转瞬就消失不见，无人看到。

他微微推开屠萌，示意自己不需要扶，待屠萌放开手后，林墨鲵偏头对丹粟道："既然如此，你我去其他地方说可好？"

丹粟心下一喜，扭捏地点着头。

于是屠萌就眼睁睁地看着林墨鲵与丹粟相携转身，往天泽湖湖边走去。

他嘀嘀咕咕道："不是说靠近湖水身体不适吗，为何还要往那处去？"

屠萌刚嘀咕完，就听见身后传来脚步声，他讶然转身，待看见来人时脸色蓦地惨白起来，伸手便要拉着她往后退，来人不慎，险些被他拉倒，屠萌却也不管，跌跌撞撞地带着她躲在一旁的大石后。

好不容易停下来，她还没有喘过气，屠萌就又伸手将她的双眼捂住。

"微阳，你还是别看了。"

天泽湖湖岸边，丹粟笑得越发羞涩，她双手无措地放在衣摆处，也不知是在逃避这个尴尬的场面还是在给自己接下来要说的话加油打气。

果然一靠近天泽湖，脑中就是一阵混沌。

为了不让丹粟发现，林墨鲵不得不强行打起精神，他深吸了一口气，低头看去，就见丹粟低垂着头，面色红润，长长的睫毛一颤一颤的，却也不说话，不知在想些什么。

他也不着急，兀自站在原地，平心静气。

过了须臾，丹粟悄悄抬起了头，又猛地垂下，转瞬间用眼角余光看到林墨鲵似乎微阖着双眸，并没有察觉自己的心思。她心里这样一想，倒是松了松气，微微偏头对着平静的湖面挤眉弄眼起来。

她还以为自己的小动作没有被发现，却不料林墨鲵早在她看湖水时就已眯起双眼，眉头隐约皱起。

她到底要做什么？

和天泽湖又有什么关系？

而自己脑中莫名出现的异样是不是与她、与天泽湖有所关联？

诸多问题蓦地涌入脑中，林墨鲵整理着目前已知的线索。总归丹粟是有问题的，原本在木屋遇上时就觉得很是奇怪，那片林子里举目远望四下无人，偏生在林微阳因病昏倒，他们迫不及待寻求住所时她突然出现。当时念着微阳的身子，他无心去调查，只道是巧合罢了。

谁知来到无名镇后，见到陆槐生，得知丹粟是他的妻子时，才微微觉得奇怪了些。

既与人成亲，恩爱绵长，白首不离，怎会对旁人起异心？

更别说丹粟虽然在他面前举止轻浮了些，但是他隐约可以感觉得到丹粟心中的疏离。似乎并不像是情由心生而无法控制的情愫，倒有些刻意的引诱了。

林墨鲵暗自想了一下，突然开口道："丹粟姑娘不知有何要事，还请直言。"

丹粟原本还盯着湖面看，此刻却像是受到了惊讶，脸色有些僵硬，她急急收回目光，抬眼看林墨鲵，却不料入眼便是他冷硬坚毅如刀削的面庞。

他不似先前的如沐春风，变成了原本平静冷淡的模样。那双幽深的眼瞳看进丹粟眼中的时候，她只觉得心中陡然涌起惊涛骇浪，一时惊惧不已，脚下一软生生往后踉跄了几步。

林墨鲵自然不允她离开，一手掐住丹粟的胳膊将她拽了过来。

他勾起嘴角温言道："丹粟姑娘要去哪里？"

"我不知林大哥在说什么呢？"丹粟暗地里翻了个白眼，咧开嘴角呵呵两声，睁着一双无辜的眼睛望着他，"只是脚下不慎，一时崴了，多谢林大哥。"

林墨鲵沉吟片刻，低低道："果真如此？"

丹粟无端觉得此人身上有股慑人的寒气，她心里着急着湖里的那东西怎还不出来，所以神色难免慌乱了些，又道："是。"

得到答复，林墨鲵点了点头，对她微微一笑，随即放开了拽住她胳膊的手。

"想来姑娘也无大事，既然如此，那在下就先走一步，后会有期。"

他说完之后，也不管丹粟作何反应，转身作势便走。

意料之中地被她抓住了手臂，林墨鲵眸光一暗。

丹粟讪笑一声："林大哥，我，我确实是有事情想和你谈谈，不知可否过来一些？"

说罢，她松手，缓步往前走了几下，最后停在湖岸上离湖水仅有分毫距离的地方。丹粟就这样站在那里，她身形薄弱，仿佛再来一阵清风吹拂，便要将她生生吹进湖里。

她就站在那儿看着林墨鲵，双目极为明亮，扬唇一笑："林大哥。"

身后是潋滟的湖光，万顷碧波。身前仅有几步的距离，林墨鲵忽然觉得自己若是踏了出去，寥寥几个步子，或是灾难，或是福祉。

但不管是什么，都不能在还未知结果的时候轻言放弃。

身后的湖水起了些波澜，本是寻常事，丹粟却好像感应到了什么，心下一喜，面上更是开怀，紧接着连望向林墨鲵的目光中都带着几分急切。

然而她越是着急，林墨鲵就越发觉得自己的猜测没错。

他眉头微微一皱，脑中的混沌此刻又出现了，林墨鲵甩了甩头，面上是冷静了些，脚下却不知随着谁的呼唤鬼使神差地踏出了步子。

一步，两步，三步……

眼看着林墨鲵就要逼近天泽湖，丹粟喜不自胜，扬起了嘴角。

她心底已然微微发痒，恨不得林墨鲵马上就跳进湖水里。偏偏这个大男人长身玉立，此刻怎么好似恍惚极了，脚步也缓慢得紧。

虽是不解，但丹粟也没有细想，心中只道事情将成，不枉她丢了脸面去勾引人。

林墨鲵正朝她步步逼近，丹粟保持着自己的最美的笑容，等待他过来。那目光极为深情，若非两人互相无意，怕会引起他人调侃，说是郎才女貌天作之合。

丹粟突然有些紧张，她抿了抿嘴唇，想要缓解唇上的干涩，但好似无用，她心里懊恼了下，微垂着头伸出指尖在唇上摩挲了两下，待再抬头看时，却在林墨鲵身后不远处的地方，看见了她极为熟悉的身影。

与此同时，两声呼唤随风传来，丹粟顿时心跳如鼓，连呼吸都差点儿滞住。

“娘子！”

“哥哥！”

林墨鲵脚下一顿，恍然间从迷糊中反应过来。

他僵硬着脖子抬起头，入眼则是丹粟白得不正常的脸颊，和额上不知何时沁出的汗水。

然丹粟的背后，是因太阳照耀而泛着点点银光的碧波绿水。

本该碧水茫茫，但湖心竟出现一道诡异的漩涡，湖水开始翻腾，平静的湖面霎时汹涌，好不骇人。

林墨鲵一时错愕，不可置信地望着湖面。

林微阳被捂住眼睛后，第一时间就知道是屠萌在作怪，她无奈道：“小屠你快放下，有什么不能我看的？”

语气是无奈，但心里却很欢欣的。

自从与哥哥在木屋分开后，她便一直悄悄跟在两人后面，随后来到无名镇找了个面摊一坐就是好久。

当时口头上说要回乡，但她心里怎舍得回去，不过是给彼此个台阶下，接下来照样跟着。所幸她料想不错，哥哥对她有意，不舍地离开，一路上也不知是谁在跟踪谁。好笑的是，两者心知肚明，却都不说破。

林微阳不知道这算不算是他二人的默契使然，但心里总归是欢喜的。

屠萌将手紧了紧，叹了叹气：“微阳。”

“是发生什么事了吗？”林微阳不解他的行为，自行猜测起来。

她先前察觉这两人不打算在无名镇久留，准备直去饶山时就也跟了过来。只是她走得慢，比不上两个大男人，来到天泽湖的时候什么都还没瞧见，就被屠萌抓到了。

林微阳心里疑惑得很，眉头皱起，慢慢道：“小屠，有什么事你倒是说啊，别吞吞吐吐。”

耳边传来屠萌懊恼的叹息，紧接着她又发觉屠萌呼吸一滞，她心道事情不简单，立时将屠萌的手扒开，往天泽湖岸边看去。

平静的湖水霎时泛起波涛，层层水波接踵着、怒吼着向那湖心涌去，转瞬间推搡成一道滔天的漩涡。

很像是会吞噬人心的恶魔，林微阳如是想着。

她心里一阵恐慌，还没来得及思考，身体就不受控制地往湖岸奔去。

于此同时，另有一个青衫身影也在朝这里疾步而来。

第十四章 阿鹿，蒙尘的明珠

他的眼睛很像，很像，蒙尘的明珠。

或许最先是嫉妒，但在看见天泽湖的波涛时心上的嫉妒早就成了担忧。

危难面前，最容易害怕的，或许真的是挂怀更多的那个人。

一如陆槐生。

一如林微阳。

“哥哥！”

林微阳连忙朝湖岸跑去，她目光紧紧盯着林墨鲵，而林墨鲵此时也已清醒了些，本欲转身离去，哪知丹粟根本就不在意身后的漩涡，只哀戚地望了一眼正与林微阳一同跑来的陆槐生，便咬着牙鼓足劲拉住了林墨鲵。

“你不能走。”丹粟近乎恳切地唤道。

林墨鲵待看到湖水异常的时候就已知丹粟的企图，他原本还打算与丹粟套近乎借机知晓缘故，此刻瞧见她的动作分明就是要让自己落入漩涡之中。

虽不知到底为何，但眼看着微阳也要过来，林墨鲵怎能让她也身处危难，索性也不管是否会伤到丹粟，一把将其推开，便要往林微阳那里去。

眼见林墨鲵离了她的桎梏，丹粟喉头一紧，念及最近镇上频发的祸事，以及湖中言辞切切步步紧逼的那人，她此时竟也顾不上陆槐生了。

丹粟咬咬牙，不经意间给了陆槐生一个哀戚的眼神，随后她双手合十，微阖着眼眸，静立在地上。背后是汹涌的波涛，碧水荡漾。

再睁眼时，睫羽之下，是比血还要鲜红灼人的双眸。

她的手背上缓缓凝结出一层层红色的鳞片，恍若利剑般直射而出，随着她口中念的咒语一同射向林墨鲵。

既是鳞片，见之却只觉坚硬无比，层层漫出，霎时红光漫天。

那红光衬着丹粟略显苍白的脸，只觉骇人恐怖。

旁人觉得骇人恐怖，陆槐生早已汗渍淋漓，浑身虚软。他停下了脚步站在原地，堪堪与丹粟有着十来步的距离，却怯怯不敢往前，单单微张着嘴不明所以，讶然间觉得恍如置身梦中。

但青天白日怎为梦，恨不得今朝不曾见。

他犹豫了良久，低声轻喃：“娘子……”

丹粟自然是听见了，她无奈地看了一眼陆槐生，面上划过一丝狠厉决绝。

但她此时已顾不上陆槐生，眼见着事情便要结束，不可再等，便咬紧牙关双手越发发力，红色的鳞片更是快了好几分，直直朝林墨鲵射去。

不知林墨鲵脑中是不是还受着湖里出来的混沌气，愣是没有感觉到身后丹粟的异常。但屠萌和林微阳却看得一清二楚，眼看着诡异的鳞片就要射来，屠萌脸色煞白，惊呼道：“墨鲵小心！”

林墨鲵被这声呼唤一惊，脚下微顿。

下一刻，就见林微阳已利落地出现在他面前，并双手环抱住他的腰部，翻身一转。

他这时才看清楚身后的物什，但已然来不及了，微阳紧紧抱着他的腰，近乎用了全身的气力，便要挡这势如破竹的诡异鳞片。

林墨鲵呼吸一滞，沉声道："微阳！"

屠萌瞳孔猛睁："微阳！"

利箭般的鱼鳞与她仅有分寸的距离。

可是，却到底停下了。丹粟没料到林微阳会来这么一招，她本性不坏，只想要林墨鲵入湖了却自己的一桩大事，并不打算枉害凡人。

丹粟脸色变了几变，咬咬牙，几经犹豫，迫不得已收回了鱼鳞。

与此同时，其他人都松了一口气。

林墨鲵立时拉住林微阳的手，将她拽到身后挡住，方才呼吸急促地说道："你怎么样？没事吧！"

林微阳心里一暖，摇摇头："我没事。"

林墨鲵怔怔然看着她，见林微阳呼吸尚有些凌乱，刚想要抬手触上她的脸颊，却在顷刻间收回了手掌，讪讪地垂下了。

察觉到了他的动作，林微阳一时心乱如麻，兀自垂眸咬着唇不再说话。

但丹粟岂能罢休，她云手一拂，挥去手中红光，负手冷冷望着林微阳："此事与你无关，莫怪我不手下留情。"

林微阳还没有说话，倒是先前呆住的陆槐生此时反应过来。

他一步一步慢慢地往这边走来，紧拧着眉头，面上尽是不知所措。他走得极慢，但每个步子都沉重得很。最后他停在丹粟的面前，呆呆地望着她，眸中有暗暗的火苗，有飘忽不定的寒光，像是在看最熟悉又最陌生的人。

“你……娘子？”最后的两个字他念得很轻，太轻，轻得像风。

飘飘然，不经意地就落入丹粟耳中。

丹粟望着他欲言又止，终是低垂下头，轻唤了一声：“相公。”

陆槐生嘴唇颤巍巍地动了动，近乎嘲讽地笑说：“我以为你不会唤我相公，书上不都说了眼下这般情景，都该是翻脸不认人的，或是只道无端错认，总不会是直言相对。”

丹粟微一蹙眉，嗫嚅道：“你我是结发夫妻。”

听到这个答案，陆槐生不知是喜是气。他深深吸了一口气，垂眼看见丹粟手背上的鲜红鱼鳞，苦涩一笑，缓缓问道：“所以娘子到底是谁？”

“我……”

丹粟轻咬朱唇，踌躇不堪言说。

果然到了直面的那刻，才明白过往的猜测都是徒添烦恼，曾经心中练习许久的托辞在看见心上人无法捋平的眉头时，都成了虚妄。

到底还是陆槐生忍不住问她：“你是……妖？”

沉默以对，对于丹粟来说或许是最好的答案，但于陆槐生而言，答或不答，差别不大。

他喉头哽了哽，目不转睛地盯着丹粟许久，好半晌才缓缓吐出几个字来。

“是我的错。”

丹粟鲜红的瞳孔蓦地睁大。

她呼吸紊乱，急不可耐地走近握住陆槐生瘦削的手掌，近乎哀求地说道："不，你没错！"

陆槐生挣开丹粟的手，一边摇摇头，一边往后退，直退了好几步后才猛然偏头指向一旁的林墨鲵，反问道："那他有错吗？你要杀他？"

说完后，他又紧紧地盯着丹粟，以及丹粟背后依旧汹涌怪异的天泽湖。

"没有。"丹粟意外地摇了摇头。

另外几人的脸色都是一变，然后便听见丹粟沉声道："我不是要杀他，我只是要他进入湖中，不会伤他的。"

屠萌忍不住插嘴："喊，湖里这么奇怪，进去会不死？"

林微阳也走上前问道："丹粟姐姐，到底哥哥与你有什么深仇大恨，值得你如此行事？"

丹粟自然不会告诉他们自己的企图，就在她还想要说什么补救的时候，身后天泽湖中的湖水翻腾声越发大了起来，她心上一紧，料想湖底的人已经等不及了，便也不再多说，咬咬牙，就要继续施法。

"不要！"陆槐生下意识地走到林墨鲵等人身前拦住，对着丹粟沉沉地摇了摇头。

过了会儿，他又一字一句道："娘子，不要杀人。"

丹粟瞧见他一时间像沧桑了不少，想他定然还没有接受自己的身份，却还要强撑着身体去解救他人……

想到这里，丹粟心里就是一痛。

但长痛不如短痛，为了他们今后的日子，这件事情便不能不做。

一想到此处，她心中又是愤恨，又是痛苦，还有种与外人难以言说的无奈，种种情绪扶摇直上，于心头辗转反复，久久难安。

“相公，对不起。”

她最终只说了这句，便猛然闭上眼睛，对着陆槐生一挥袖，陆槐生随后软软晕在了地上。

屠萌赶紧过去搀他，手触上陆槐生的鼻间。

尚有呼吸，他向着林墨鲵点了点头。

看见屠萌的动作，丹粟倒是笑了：“你们竟然以为我会伤他，他毕竟是我的相公。”

屠萌有些不好意思，将陆槐生放平在地后，讪讪站在了林墨鲵的身边，瞟了一眼丹粟，待看见她通红的双眼后，缩了缩脖子嗫嚅道：“谁知道你是不是吸食男子精气的妖精。”

丹粟听了屠萌的话有些生气：“我不是妖。”

屠萌暗戳戳猜测道：“神仙？”

可刚一猜完就哼了一声，吐了吐舌头道：“嘁，神仙会伤咱们手无缚鸡之力的凡人吗？”

丹粟：“……”

不欲再与此人多说，丹粟再次施法，哪知林微阳又跑了出来，拦在林墨鲵身前，目光灼灼地瞪着她，似要与她一较高下。

林墨鲵走上前，拉下林微阳的手，对着她摇摇头：“你别这样。”

林微阳却又再次抓起了他的手，死死扣住，手微微发颤，咬着牙道：“她不是凡人，你打不过她的。”

“你让开！”丹粟毫不客气。

林微阳索性不再和林墨鲵说话，转身直面丹粟，冷冷地看着她。

丹粟倒是被林微阳的样子气笑了，说道：“你打不过我。”

“我知道。”

“那你？”丹粟嘴角抽动了两下，脸色有几分难看，“看来你是不打算让了？”

林微阳闷不作声，但身子未动，已然告诉了丹粟答案。

丹粟露出个难看的笑容，眸子暗了暗，半晌后低低道：“那好。”说罢，便再度出手。

林微阳只感觉眼前蓦地闪过一抹红光，再缓过神来去看时，就见一层层红鳞如利箭而下。

林墨鲵想也不想地搂住林微阳的腰肢，往身侧一翻，两人摔在地上。屠萌见状赶紧从束袖中掏出一把泛着寒光的匕首，丢了过去。

“墨鲵，接着。”

林墨鲵眼疾手快，揽着林微阳在地上一翻后，遂即翻身而起，接过匕首反扣在手腕上，而后对着直射而来的红鳞毫不留情地划过。

匕首到底太小，鳞片却是源源不断地射来，林墨鲵咬着牙既要防着林微阳受伤，又要防着鳞片，虽不至于手忙脚乱，但双拳难敌四手，何况对方还是有法术的人。没过多久，他就已支撑不住，汗渍淋漓，气喘吁吁。

但丹粟显然不打算放过他，在一旁施法的时候便不经意间转移着位置，逐渐将林墨鲵二人逼至湖岸边。一靠近岸边脑中便又混沌起来，林墨鲵一时不慎，生生被逼得往后退。

林微阳惊呼：“哥哥小心！”

林墨鲵眼看着就要落入湖中，他连忙将林微阳推开，而后用脚钩住岸边的凹凸石壁，翻身而起。安全站在岸边的一刹那，一片鲜红的诡异鱼鳞泛着寒光找准了目标，狠狠刺来，似要直入心房。

情急之下，林墨鲵根本来不及躲避，他甚至都还没有看清楚鱼鳞的样子，就被一个柔软的身躯紧紧抱住了。

林微阳替他挡了红鳞。

“微阳！”林墨鲵一惊，慌忙要去看她的伤势，但下一刻却又被她使劲推开。与此同时，数片寒光熠熠的红鳞片如利箭般刺入了林微阳的身体中。

她最后朝着林墨鲵看了一眼，便阖起双眸，身子软软地向后倒去。

身后是泛滥着碧海波涛的天泽湖。

“林微阳——”

林墨鲵撕心裂肺地呼喊，纵身上前，毫不犹豫地跟着跳入了湖中。

转瞬间，天泽湖上的漩涡像是听从了主人的命令，缓缓消失了，整个大湖变成了往日平静温柔的模样，像是什么都没有发生过。

“阿鹿，阿鹿，阿鹿……”

丹粟焦急地站在湖岸，对着湖底呼喊，却久久不见友人上来。

她正疑惑着，身后哭哑了声音的屠萌突然拽着一把匕首颤巍巍走过来：“你这个杀人凶手，我要杀了你！”

屠萌哪里打得过她，两人仅交手了两三下他就被丹粟掐住了喉咙挟着。

屠萌狠狠地瞪着她，一双眼睛睁得极大。他急急地喘了几口粗气，咬着后槽牙张牙舞爪地抵抗着丹粟的掣肘。

“他们不会死。”丹粟淡淡道。

屠萌呼吸一顿：“当真？”

丹粟将他放开了，屠萌大口呼吸了几下后又急急忙忙跑到湖边，往下面看：“这湖好深，他们当真无事？”

丹粟走到陆槐生跟前，将他扶起来，才答道：“湖里我事先已布好结界，旁人误落并无大碍。”

岸边观察的屠萌一愣，转头皱眉道：“旁人？”

丹粟如实告诉了屠萌："我本意只要林墨鲵落湖。"

屠萌被吓了一跳，忙过来喝道："那墨鲵会怎样？这湖里到底有什么？为何非要他下去？你到底想干什么？"

不知是屠萌说的哪句话触到了丹粟的心坎，她竟有些臊意，似乎并不想直面这个答案。于是她看着陆槐生，垂眸给他吐了一丝灵气。待看到陆槐生睫毛微动，将要醒来的时候，才慢慢开口道："天机不可泄露。"

屠萌脸都涨红了，着急嚷嚷道："什么天机要人命作赔！"

丹粟听了这句，仿佛被触到了心里最难堪的角落，她艰涩地说道："总之，林墨鲵不会死。"

阿鹿答应过的，他不会死。

只是需要他身上一点点，一点点的东西而已。

丹粟想到这里，眸中亮了一亮，望向不远处的湖面，那里还是很平静，像是什么都没有。但丹粟知道，湖里藏着一个少年，是她认识的第一个朋友。

她相信他所有的话，就像当初她相信自己下山后会遇见此生最爱一样，义无反顾。

瞧，她现在遇见了陆槐生，爱上了陆槐生。

年年岁岁的时光，总算没有白白辜负。

"娘子，娘子……"

耳边传来虚弱的呼喊，唤回了丹粟的视线，她连忙低头看去，就见陆槐生已睁开了双眼，正目不转睛地看着她。

陆槐生近年来越发消瘦，丹粟每每看着他时都心疼得不得了，如今见他怔忪地望着自己，不由得苦涩一笑，抬手触上他瘦得有些凹陷的脸颊，掌心轻轻地蹭了两下，低声说道："相公，我在。"

空气中似乎很寂静，陆槐生望了望四周，只看见屠萌孤零零坐在岸边，除此之外再无其他人。他联想到昏倒之前的事情，蓦地抬起头惊慌地寻找起来。

陆槐生握着丹粟的手，紧了紧，沉声问道："林公子他们呢？"

丹粟垂下眼睛，睫羽将眸色全然遮住，让人看不清分毫。

陆槐生微讶，走到湖岸边上，站在屠萌的身后问他："人在哪里？"

屠萌闷声闷气道："落湖了。"

陆槐生呼吸一滞，惊得他立时转过头去，目光紧紧凝望着丹粟，喉头哽了好几下，才发出艰涩至极的声音："你杀了他们？"

"他们不会有事的。"丹粟依旧这般说。

陆槐生到底还是松了口气。

屠萌狠狠抓了一把头发，哀怨的脸上尽是无措："你只说无事，无事，可到底也没有告诉我，这湖里究竟有什么，如何让我放心？"

丹粟听他这样说，沉默了片刻，而后又走到岸边，与屠萌并肩而站。

她皱了皱眉，对着湖面上喊道："阿鹿，阿鹿。"

陆槐生问她："谁是阿鹿？"

丹粟站在湖边皱眉看了许久，都不见湖中出现动静，只好低声道："我的一个朋友。"

陆槐生"唔"了一声："似乎从未听你提起过，他住在湖里，难道他……也不是寻常百姓？"

丹粟没有答话，眼睛再度看向湖面，只见那碧绿清透似锦缎的湖面上，起伏着一圈圈微微的涟漪，涟漪由小到大，又由大变小，像极了在水中追逐嬉闹的孩子。

见此情景，丹粟发出一声轻笑：“阿鹿。”

站在她身边的屠萌蓦地双目睁大，极其惊愕地望着湖面：“那……那是……”

陆槐生也走上前来，顺着他的视线看去，也是吓了一惊。却见原先平静温和的湖面上，在那一圈圈波光粼粼的涟漪中心，缓缓出现一个人影。

“那人……”却又不是人。

屠萌脱口而出的话只说了两个字就生生顿住了，他猛然间睁大眼睛仔细去看，只见那影子说是人却又不是，若说不是人，分明又如人一般身形。

奇怪的是，他头上长着两只绿色鹿角状的触角，双腿仅到膝盖处就成了淡绿色的青烟，让人实在疑惑那青烟之是否还有他的脚。

他就这样漂在湖上，墨绿色长发打着卷儿垂下，一直垂到青烟朦胧处。

白得恐怖的脸上是一双墨绿色的眼睛，眼形极好看，不偏不窄，大小得宜，眼尾略略上挑，本该是贵气十足的，可他眸光并不明亮晶莹，里面灰蒙蒙的。

屠萌突然想起自己曾经在老家，替某位富贵少爷提亲时偷瞄到的明珠。

他的眼睛很像，很像，蒙尘的明珠。

他终于来了。

丹粟很开心，直直望着前方飘在湖上的绿色少年，笑道：“阿鹿，你来了。”

阿鹿神色有些奇怪，不似往日对丹粟的热情，淡淡地说道：“我来了。”

丹粟满含期待地问他：“可以了吗？”

阿鹿忽然间眯起眼睛，戒备地打量着丹粟身边并肩站着的屠萌和陆槐生，他凌厉的目光一寸寸从两人的面上划过，像是不屑。

被打量的两人对视一眼，心里更是奇怪起来。

“阿鹿？”丹粟试探着喊了一声。

阿鹿这才收回目光，漂在湖上对着丹粟皱了皱眉：“他真是林墨鲵？”

丹粟明白他说的定是落湖的那人，便点点头道：“是他，错不了。另外还有一位女子，是他的妹妹，叫林微阳。”

阿鹿今天说话阴阳怪气的，且冷淡得紧，丹粟心里觉得诧异，又问他：“你今日怎么了，可是身体不适？”

阿鹿顿了一下，淡淡道：“我没事，倒是林墨鲵……”

屠萌骤然惊住，急问：“他怎么了？”

阿鹿瞥了他一眼，不紧不慢地说道：“他究竟是不是林墨鲵？若真是他，为何身上根本就没有可以让我成仙的仙物，就像一个死人，没意思。”

听到他的话，屠萌心下一慌，赶紧问道：“什么成仙，什么死人，你说清楚！墨鲵怎么了？”

丹粟也不解地看向他。

“嘁！”阿鹿嘴角挑起一个嘲讽的角度，冷冷看着三人，“硬邦邦的大男人，不堪一击，连那女子都比不上，落入湖中便成了浮尸一具，我见着无趣便随意扔了。”

屠萌的脸色唰地变白，惊慌叫道：“你胡说八道！”

吼完，他就偏头看着丹粟，急切地询问：“你不是说了，他们不会有事吗？到底怎么了，到底怎么了？！”

丹粟也是惊愕至极，这和原先商量的根本不一样。

她望向阿鹿：“阿鹿，我分明在湖中设了结界，是不是被毁了？”

阿鹿摇摇头。

丹粟睁大双眼，喃喃自语道：“那是怎么回事？”

见岸上的三个人皆是满脸慌乱伤怀之色，阿鹿好生看不得，冷冷地“啧”了好几声，又继续阴阳怪气说道：“我本想着吸他的灵气便可成仙，如今看来也是无望了。”

他本是忽然感伤，才这样说了一句，说完后才后知后觉地感到后背一凉。

阿鹿倒吸了一口冷气，蓦地捂住嘴，看向岸边，果然看见丹粟惊愕不已地望着自己，满脸都写着不可置信。

“吸灵气？”

阿鹿听她的疑问，不由得微微变色，心道竟说漏嘴了，刚准备打哈哈补救一下，就又听丹粟说道：“当日你说他身上有成仙法宝，所以我才将他诱来，你说不会伤他，难道都是假的？你，你，你……”

丹粟险些吓得岔气，抚着胸口处喘息质问道：“你这是要他的命。”

阿鹿不以为然，抬了抬下巴倨傲道：“贱命，死不足惜。”

这不是阿鹿，从前的他热情、爱笑、爱闹，虽然喜欢觍着脸向自己要这要那，虽然性子圆滑世故，但他是自己下山之后遇见的第一个朋友，她很是珍惜。

贱命，死不足惜。

这是她第一次从阿鹿的口中听到这样残忍至极的话，丹粟眨了眨眼睛，“啪嗒”一声，滚烫的泪珠滑落在了她的脸颊上。

生命，对于丹粟来说，从来都是至关重要的东西。

因为来得不易，所以她格外看重，甚至可以为此付出一切努力。

可阿鹿，却轻飘飘的，将她当作珍宝的生命，践踏丢弃。此时此刻，她竟不知道自己心里是生气还是失望，只有一种苍凉的感情无端在她心里奔来跑去，久久不能停息。

“阿鹿，他真的死了吗？”丹粟呆呆地抬眼看他，轻声问道。

阿鹿不明白丹粟脸上的表情，只当她在责问自己，语气更加生硬道：“浮尸一具，我随手把他丢了，谁知道有没有湖里的妖魔鬼怪吃掉？真是倒霉，白白出来一遭浪费我的灵力。”

他懊恼地甩了甩脑袋，又施恩般地瞥了眼岸上眼泪汪汪的三人，烦躁道：“我回去了。”

“等等。”丹粟蓦地喊道。

阿鹿捞了一束长发挽在指尖，恹恹道：“又怎么了？”

“你……”丹粟抿了抿唇，她眼中亮亮的，含着希冀，问道，“你为什么要骗我？”

阿鹿顿了一下才轻飘飘道：“骗就骗了，没为什么。”说完后就化作一团青烟落入了天泽湖里，转瞬就消失在了众人的视线中。

丹粟至此才终于明白过来，原来过往种种，不过是他为了所求使的手段而已。

他天生脸皮厚，想要玩耍，就死乞白赖地恳求她；想要珍奇好物，就心口不一地巴结她；想要成仙，就说尽好话，觍着脸皮，失了自尊。但当一切化为泡影时，就冷淡无情了。

说什么天泽湖水清浅淡，不及你我相知情。知己浮生唯一二，相交相逢无还期。

丹粟的眼眶中逐渐湿润起来，仿佛一眨眼，蓄满的泪水又要落下。

守在她身边一直安静不语的陆槐生慢慢抬手放在她的肩上，将她按入怀中，丹粟的双臂紧紧环抱着他的腰，埋头闷声哭了起来。

陆槐生伸手一拂，将她头上的小叶拂去，望了一眼丧气的屠萌，发出声声喟叹。

♦ 第十五章 阿鹿的执念 ♦

她决定不走了，留在凡间，嫁给他，嫁给他。

嶙峋高山，凡人不可及。

丹粟下山的时候，初开灵慧心性简单，只道世间自当如仙山般平和安稳，便携上了满满的好心情踏上了离开仙山的小路。

小路崎岖不已，四周生长着绿莹莹的苜蓿，再多走几个步子，又有静静流淌着的与远处深碧大山一色的小河，以及河边大石块旁那满树的白花。

前方的岔路口，便是仙山与凡间的交界。

自从十余万年前天地大劫，一万年前邪祟复出后又被镇压在大地之下后，仙凡两界便又新增了不少规矩，除开以往的不可伤害凡人、仙凡不可相恋外，更加重了仙山与凡界的结界。

仙界仙山与凡间共存于世间，但除开拥有仙缘的凡人外，其余寻常百姓并不能找到仙山。一如那盛产灵湖的青丘仙山，凡界也有座青丘山，仙山确实与它在同一位置，但寻常凡人去见，则只能瞧见凡间的山脉，并非仙山。

仙凡结界虽然加重，但也并非要阻断两界交流，一般修炼了万年左右的仙者都能随意出山，不受任何伤害，但若仙力微弱，或是仙山中的寻常仙兽出来，则会被削弱不少灵力。

丹粟自然不是灵力高深的仙者，但她心意已决，毅然选择冲破结界来到凡间。

仙力着实被削弱了不少，她刚一出山便已手脚发软，浑身使不上力。

她是娇弱的性子，愁眉苦脸地坐在仙凡结界处的石头旁暗自垂泪，正打算回去，却在抬眸时，看见远方连绵的青山中，数不清的白云穿插其间，小童们穿着素衣潇洒地在山间玩乐，在常青树下欢呼雀跃，嗅着朵朵野花的芳香。

渐渐地，月亮出来了，又见一男子优哉游哉地静坐在树下，抬头望着星光盈盈的夜空。

他的眼睛比月光还要柔和，像有银光在瞳孔里缓缓流动，嘴角还漾着浮絮般的轻笑。不知怎的，丹粟的心，一下子怦怦直跳。

她决定不走了，留在凡间。

嫁给他，嫁给他。

"呜呜呜……"

连续不断的呜咽声终是打断了丹粟的回忆，她回过神来，一抬眸就看见陆槐生，那人用极尽温柔的目光看着自己，恍然间像是回到了初见时的心动。

未免自己再多沉溺，误了正事，丹粟赶紧收敛了心神，转头望去。

屠萌还跪坐在湖岸边，双手捧着脸，哭得上气不接下气。

她发出一声叹息，懊悔地看向湖面，愧疚道："都是我的错。"

陆槐生拉着她的手，无声地给予安慰。

丹粟张了张唇，想了想还是低声对他说：“相公，我现在要去湖里一趟，将林姑娘救出来，再去看看林公子他到底是怎么回事？你，你……”

陆槐生到底是读过书的，何其聪明，一眼就看出丹粟心里的顾忌。

他淡淡地摇头，闻言细语道：“好，你去吧，我就在此地等你。”

“嗯。”丹粟点了点头，转身就往湖边走。

在路过屠萌的时候，她停下脚步，小声说了一句“对不起”后，就化作一缕红烟，毫无声息地落入了天泽湖中。

屠萌骤然听了这句，脊背一寒，抬起头刚要说话，就看见了这一幕。

先前阿鹿带给他的震撼还没有消失，紧接着屠萌又受了这样一遭，他差点儿被自己的口水噎住，好不容易才将口中欲要脱口而出的惊呼压住。

果然仙凡有别才对，否则柔柔弱弱的凡人哪里禁得住此般一而再再而三的打击。屠萌如是想着，手无意识地抬起，触到泛红的双眼，以及眼眶里蓄满的泪珠时，又是好一阵“呜呜”乱号。

须臾后，一抹红光飘然于空中，紧接着红光落在地面上，化成两个人影，正是丹粟与尚在昏迷的林微阳。

屠萌抹干净眼泪，噌地跳过来看，见林微阳面上身上都没有伤痕，吊着的心放下了半截。但见她久久不醒，又着急难耐，直吼着询问原因。

丹粟有些歉意地解释道：“她落湖之前受了我的红鳞刃，所以才昏迷不醒。”

刚一说完，就瞧见屠萌龇牙咧嘴，张牙舞爪地摆出欲与她干上两架的架势，丹粟连忙补充道：“我能治好她，不会伤身，你别太担心。”

屠萌这才松了口气。

他又往丹粟身后看看，焦急不已道：“那墨鲵呢，有没有看见他？”

说起林墨鲵，丹粟的神色忽而转淡。

连带着一直紧盯着丹粟的屠萌，心中惊惧也是更深，甚至连呼吸都小心翼翼起来，盯着丹粟眼也不眨，生怕她说出什么噩耗来。

丹粟拧着眉头，幽幽叹息道：“我进去看时，在结界里只瞧见了林姑娘一人，并不见林公子。而后又去四下找了找，也不曾见到。”

屠萌顿时慌了：“那怎么办？”

丹粟想了想，复又解释道：“这天泽湖里并未有吃人的凶物，他应该不会被湖中鱼怪所食，大概漂到了别处，一时间没有发现。待我将林姑娘救治平安后，再去其中寻找，你看可好？”

闻言，屠萌顿了顿，神色有些仓皇，喃喃道：“不会的，墨鲵他一定不会有事的。”

一时也没有其他办法，屠萌只好点点头，同意了丹粟的说法。然后便过去扶起林微阳，由陆槐生带路，往他无名镇的家中走去。

“伐木丁丁，鸟鸣嘤嘤，出自幽谷，迁于乔木。”

绵长悠远的调子随着深夜里的凉风徐徐飘来，丹粟蓦地从睡梦中惊醒，噌地抬起头向四周望去，只听得到风声猎猎，周遭一片幽深黑暗。

“原来是睡着了。”她擦了擦唇边的涎水，方才反应过来。

犹记得先前月上梢头时，她正偷偷藏在石后垂涎前方树下静坐的男子，看得正是起劲，不想竟睡着了。

丹粟嘴角动了动，露出了个懊恼羞愤的表情：“也不知他是哪家的少年郎，这要从何处找起。”

是了，她现在已经确定，不回山了。

她要留在凡间，嫁给那个温和清雅的少年郎。

“只是……”丹粟方才亮盈盈的眸光又黯淡下来，喃喃道，“他究竟是谁呀……”

“嘤其鸣矣，求其友声，相彼鸟矣，犹求友声。”

适才远方吟唱的调子再次响起，丹粟又是一惊，循着声音举目望去，却只见乌漆一片，看不清半点别的颜色。她沉默片刻后抬起步子，准备去寻这声音的主人。

……

“他便用这首调子将我引了过去，初初见到阿鹿时，直叹惊为天人，我还是第一次见到这样相貌精致的少年，他说他是天泽湖中的鹿角苔精灵，孤单无伴，我怜他，又想亲近他，便与他做了知己。”

陆槐生微微点头，又问：“他到底想要什么，为何要林公子入湖？”

丹粟张了张口还未答话，就听身后坐在床边的屠萌沉声道：“既是天生灵物，还为了成仙却枉害凡人性命，真是可怕。”

丹粟叹了叹气，垂下头道：“不是这样的。”

屠萌转过头来看她。

明明被好友所骗，丹粟却还是忍不住为他辩执：“阿鹿虽是鹿角苔精灵，但不知为何出不了天泽湖，只能长留湖底，不见光日。他灵力低微，每每出湖一次便要损失不少灵力，很是辛苦，所以才央求我为他寻访成仙之道。”

听到这里，屠萌察觉不对，不解地问道：“他向你求仙，难不成你根本就不是妖？”

丹粟无奈地摊摊手，看着屠萌与同样震惊的陆槐生，笑道：“我本就不是妖。”

“那你是神仙？”屠萌追问。

陆槐生也是紧紧地盯着她，眸光深深切切，似乎迫切地想要知道答案。

丹粟犹疑良久，脸色变了几变，终于咬了咬牙道："算是吧。"她说完后似又担心两人追问，便忙不迭补充了一句，"我从仙山而来。"

陆槐生不知道这些，但是屠萌知道，所以在丹粟话音一落他便急问："哪座山？"

丹粟狐疑地瞧着屠萌，将屠萌瞧得不好意思，嗫喏道："那什么，你是哪座仙山出来的？"

"饶山。"

屠萌眼睛一亮，噌地站起来："你是饶山的师鱼？"

丹粟更是疑惑了，打量着屠萌，像要从他身上看出一丝同类的痕迹。但是屠萌身上的人味儿实在太重，说什么也不会是仙者。

见丹粟不说话却只盯着自己，屠萌着急了，问道："说呀，你是不是？"

丹粟缓缓摇头，沉声道："不是。"

屠萌便如泄气的皮球般瞬间便恹恹了。

丹粟仔细看着他面上的表情，觉得更是疑惑，不知这人要找饶山的师鱼是为何事，但不管是为了什么，她都不可能将师鱼的踪迹告诉旁人。丹粟一时没有说话，却是站在她身旁的陆槐生上前一步，似感叹般低声说道："原来世上果真有神仙。"

丹粟脸色微变，上前一把握住他的手，轻轻道："相公，我并非有意隐瞒。"

陆槐生低眉看她，丹粟的小脸皱起，嘴巴撇着，眼尾下垂，好一副委屈巴巴的模样。陆槐生从未见过她这样的表情，一时间又是好笑，又是心疼，又是懊悔，种种情绪凝结在心头，最终只化作一声低叹。

他笑着俯身，将丹粟拢在怀里，在她耳旁呢喃道："没事，没事。"

见到这样的场景，屠萌眼中似有一瞬间的空白。

脑子里却是翻天巨浪。

好啊，好啊，我竟又成了个明晃晃的大灯泡。平日里夹在林家兄妹中间就够苦兮兮的了，现在出门在外办正事还是这样。

屠萌在暗地里翻了个大大的白眼，面上不显，脚下正挪啊挪啊，往床边挪去。他坐在床边守着尚在昏迷的林微阳，将另一旁的位置留给了情意浓浓的两人。

先前回来的时候，丹粟已经施法将林微阳体内的红鳞刃取了出来，虽说暂无大碍，但是在湖中停留太久，伤了身子，所以才久不醒来。

那边丹粟与陆槐生讲了几句夫妻间的体己话后，总算还记得有正事未办，丹粟走过来看了一眼林微阳后，对屠萌说道："晚饭之前她应该能醒来，我再去一趟天泽湖，看能否寻到林公子。"

屠萌道："好，有劳。"

丹粟投他以歉意的一笑，转身对陆槐生道："相公，我去去就回，你照顾一下他们。"

陆槐生用大掌包着她柔弱无骨的手，深深地看着她："一切小心。"

说完之后不知怎的脑中突然一阵发昏，身子不稳险些跌倒，丹粟连忙将他扶住，着急地问道："相公，你怎么了？"

陆槐生按着额头，眉心都挤成了川字。口中却硬是不发出一丝痛呼声，直直忍着疼痛。

他不想丹粟担心，便捡好听的话说道："有些发晕，没事，休息两日便好。"

但他的脸色已几近苍白，衬上近些日子来越发消瘦的脸颊，显得沧桑不少。丹粟心疼地抚上他干燥皲裂的双唇，粗粝的感觉随之传上指腹，她温声道："上次大夫已说了要你多休息别操劳，如今你身子却越发糟糕了。"

丹粟咬了咬下唇，自责道："是我不好，没有照顾好你。"

自打成婚以来，陆槐生的身子便不如以前了。往日还只是时常咳嗽，体虚。现在整个人都瘦了许多，脸色苍白，浑身都透着一股疲乏。

陆槐生扯开嘴角，发出一声轻笑。

"你是我的娘子，合该是我照顾你。"他抚上丹粟的脸颊，顿了顿，柔声笑道，"我会好好保重身体，日后才好照顾你。去吧，娘子。"

丹粟被他说得不大好意思了，担忧地看了他几眼，才慢慢离开。

待她的身影完全消失后，陆槐生才又抬起手来，死死按在心口处。那尖锐的绞痛让他再也忍受不住，闷哼出声，惊动了守在床边的屠萌。

屠萌急忙跑过来："陆槐生，你怎么了？"

陆槐生按在心口处的手艰难地上移，最后捂住了苍白干裂的嘴唇，只见他狠狠皱起眉头，下一刻，"呕"的一声，吐出了一口鲜血。

陆槐生接过屠萌递来的手帕，将嘴角上的血渍擦了擦，而后缓缓地俯下身子，将地面沾上的血一一擦拭干净。他擦的动作极是温柔和缓，像是在对待心上的爱人，而不是冰冷的、沾上了自己血渍的地面。

屠萌怔怔然看着他一系列的动作，须臾间心中五味杂陈。

"你的病，看起来很严重。"

陆槐生将手帕叠好，放在桌上，沉默片刻后才开口："还请屠公子莫要将此事告诉我家娘子。"

屠萌怔怔地接口道："她会很担心的。"

陆槐生忽而扬唇轻轻笑了，看向屠萌，不紧不慢道："我这副身体已经挨不了多久了，总归都是要去的。从前我还担心若是我走后娘子无依无靠，该如何生活，现在知道她是神仙了，算是了了我心里的一桩大事。”

他深深吸了一口气，佯装坚强地笑道：“神仙嘛，生命无穷止，她还有很多日子要过。”

屠萌不知道该说什么了。

他只是眼睛一眨不眨地看着佯装淡定的陆槐生，忽然间想到什么，猛地大步过来，气急败坏地道：“你别这样说，她不会这样想的！”

“哪儿是她呀。”陆槐生轻轻笑了声，“是我，是我巴不得她这样想。”

屠萌蹙眉，想了想安慰道：“现在先别想这些，还早着呢。你的病看起来也没什么，最多是无名镇太小了些，没什么好大夫，往后去大地方看看，说不准就给治好了呢。”

说完，他伸出一掌，示意陆槐生将手覆在他手上。

屠萌挑了挑眉，静静地望着陆槐生：“人生在世，有苦有乐，有酸有甜，有咸有淡，非得将这些一一都经历了，临到头才好意思笑说一句‘没白来过一趟’，你说是吧，陆槐生？”

听完屠萌的话，陆槐生愣住了，好半晌才回过神来。他一时摇头失笑，看着屠萌伸出的手掌，终是将手覆上。

双手交握，屠萌紧了紧手，沉着声音对陆槐生道：“今日你算是经历了一场酸苦，待他日病好了，苦尽甘来，还有很多安生日子都在等着你。”

陆槐生望着他，嘴角泛起一抹清朗的笑意：“多谢。”

日近黄昏，天泽湖岸。

太阳的余晖逐渐散去，最后一道残阳铺在水面上，衬着原本碧色清透的天泽湖水半边瑟瑟半边红。

“哗啦”一声，湖面泛起水花，有一个火红色的身影从湖心破水而出。

她足尖轻轻点在水面上，几个飞跃便从湖心飞到了岸上，她一上岸身上的衣服便干了，而后转身想也不想地就要离开这里。她闷着头急急往前面走着，看模样像是在逃避着什么人。

丹粟脚步虽然凌乱但是步子极快，不多时就已离得天泽湖远远的。快走到镇上的时候，她蓦地停下脚步，往回看了一眼，却看见湖面上漂浮着一个绿色的身影。

是阿鹿，因为离得远，看不清他面上的表情。

但即便是看不清楚，丹粟也想象得到，不过就是死乞白赖的哀求，像从前一样，没有自尊的哀求。

回到镇上家中时，屠萌已经睡了，陆槐生还守在院子里捧着本书看。

丹粟放轻了步子，悄悄藏身在院外的隔墙旁，看着陆槐生。他看书看得极为认真，可时不时会咳嗽几声，那声音逐渐撕心裂肺，看得人好不心疼。

“相公。”丹粟连忙走进去，陆槐生看到她，先是愣了一下，而后连忙捂住唇，似要挡一挡咳嗽的声音。

丹粟叹了叹气，走上前温声道：“我早就听见了。”说罢，她抬起手，抚上陆槐生的嘴角，在他泛白皲裂的唇上摩挲了几下后又道，“外面凉，怎么不进去休息？”

“等你。”陆槐生放下下书，握住她的手，语气中充满了笑意。

两人相扶着一起进屋，丹粟边走边将刚才的事情告诉了他：“我找了整整一圈，都快要将天泽湖翻了个底朝天，却还是没有找到林公子。”

丹粟搀扶着陆槐生坐在床上，走到桌前倒了一杯茶递给他，用带着愧疚和无措的眼神望了一眼隔壁屋子，叹道：“相公，我找不到他怎么办？都是我的错。”

陆槐生听了，皱了皱眉，将丹粟捞进怀里，只说着：“会找到的。”

“会找到的。”

“会找到的。”

他反复回答着这四个字，声音虽偏低但带着不可忽视的沉重之意，陆槐生抚着她的秀发，在她耳边道出现下唯一能让妻子安心的话。

“娘子，会找到的，别怕。”陆槐生缓缓道。

丹粟从鼻息里“嗯”了一声，擦干了脸上的泪水，从陆槐生的怀里抬起头来，想了想还是说道：“刚才我在湖里，遇见阿鹿了。”

陆槐生皱了皱眉头，他对这个阿鹿很是不喜。

但他毕竟是娘子曾经的好友，即便是不喜欢，也没有露出嫌恶的表情，只是柔声疑问道：“他对你说了什么？”

丹粟有些无奈，把刚才的事情细细说道：“我在湖中游荡一圈后便要上岸，却不想撞见了阿鹿，他看起来很奇怪。”

丹粟舔了舔嘴唇，啧声叹气道：“明明是他最先骗我的，巧言令色，装模作样。可为何到现在又成了我的错，他，他却还怪我不体贴他，我真的很不懂。”

原来从天泽湖里出来后，阿鹿就一直缠着她，说什么之前骗她是迫不得已，不是真心的，希望丹粟能够原谅他。他还说，自己心心念念的便是成仙。

世间生灵何止万千，能化形者已属幸运，能修妖成仙更是万中之幸。世间数不尽的生灵似乎最终都渴望着成仙，由无心无情的凡物修炼成俯瞰众生的仙者，循春夏悲秋，度人生八苦，终不悲不喜，逍遥赴日，方为上上之路。

阿鹿仅是其中之一，最平凡，也最渴望的那种。为了成仙，他可以放弃一切，因为他知道，放弃之后，会得到更多的东西。这些东西是比他自愿丢失的，来得珍贵。

鹿角苔。

太平凡了，只是生活在湖中的小小植物。

若不是他的身躯在湖中可以不断地扩张出去，足迹足以漫过整个天泽湖，那他或许在湖里，只会是被忽视的存在。

阿鹿的本体是鹿角苔，雌雄同株，原形的丛生叶端长着颗颗独特的气泡，所以他极美。但这种美在阿鹿的心中好似很一般。他总是忽视自己的美，反而常常跟在丹粟身边，说一些戴高帽或虚伪的话，让人无端觉得他平凡，也市侩了许多。

丹粟从仙山下来，就遇上了阿鹿。那时阿鹿唱着绵软悠长的曲调，独自浮在湖面，闭着双眼，绿藻似的长发迎空飞舞。丹粟瞧见他的时候，只觉得这个人为何美到如此，脱尘出世，孤傲清冷。

可，当阿鹿睁开眼睛时，却不似她以为的那般美丽。

太黯淡了，无光，也无灵。

若他不说话，只单单睁着眼睛站在那处，丹粟恐会以为那不过是穿了线的精美木偶，雕刻得世间无二，却无了勃勃生机。

“他太渴望成仙了。”丹粟兀自感叹着。

陆槐生只是一介凡夫，他不明白仙者的奥妙，只是答道：“也许求之不得，所以更甚求之。你说他是鹿角苔，平凡的苔藓，有朝一日得了灵识，已是难得。但有些人总是要得太多，一旦想得多了，就不够了。”

“是啊。”丹粟发出一声喟叹，“自从他知道我的身份后，便说尽了好话，企盼我助他成仙，但我何曾知晓生灵成仙之法，只能一味推脱。”

陆槐生静静地听着她诉心中的结。

丹粟缓了口气，手指按在眉心揉了揉，无奈道：“本想着他一直求我都不能得法，许会放弃，却没想到那日他又唤我去，说了那些话……”

湖中有奇人，擅晓四海事。闻之异客到，若寻，能有成仙路，若食，长生不老。

但阿鹿只告诉丹粟，寻到林墨鲵，拿他身上一物，便可成仙。

起初丹粟是不愿意的，毕竟阿鹿也没有告诉她，到底要拿什么东西，她害怕阿鹿会伤人性命。可阿鹿却对丹粟说：“你若能帮我找来林墨鲵，我就告诉你一个秘密，关于她和陆槐生，以至于更多人的秘密。”

这个秘密丹粟却无法告诉陆槐生，她叹了口气，望着陆槐生，目光温软柔和，眸中却尽是晦涩。

她想了想，对陆槐生轻道：“却也不怪阿鹿，是我有事央求，他提个条件是再正常不过的。只是我没想到，如今他骗了我，要害林公子性命。”

丹粟的语气变得急躁，焦急地问陆槐生：“难道林公子真的是世间奇人？吃了真能成仙？我不相信，这样的害人之法岂非与妖魔一般了？相公你说，会是真的吗？”

她说完这几句话，呼吸不稳，像是被阿鹿所言所行气到了。

陆槐生抚了抚她的背，想了想缓声说道："不管真假，你那朋友都已起了杀人的心思。"

"是啊。"丹粟丧气了。

陆槐生顿了顿，又道："且现在林公子久寻不到，不知是否已遭了劫难。"

丹粟一愣，更是伤心，一时长吁短叹，不知如何是好。陆槐生看她心里难过，自己也不好受，温言道："也先别想太多，总之全力寻找。"

丹粟伤怀至极，垂目轻声说道："嗯，都是我的错。"

陆槐生摇了摇头，怕她心念太重，会难为自己。他目光流转间忽而对丹粟笑了一下，目光柔和清润，一如当年初见时的月光。

他眼中挑着一丝月光般的柔光，双手包拢住丹粟尚且冰凉的手，缓声道："等这件事情过了，我们去浔州中城可好。你不是说那里地方大，大夫经验足、见识多，定有能治病的方子吗。"

丹粟一下就惊了，紧接着扬起嘴角，欢喜道："果真？"

她瞪大了圆溜溜的眼睛，滴溜溜地转动着，真是可爱极了。陆槐生重重地点了点头，笑着说道："你要陪我，我方才去。"

丹粟抓紧了他的手，近乎喜极而泣："好！"

她早在许久前就想着要带他去外面看病，但陆槐生不知是担忧家中恐无银钱，还是讳疾忌医，一直都不愿意去，只在无名镇里看看大夫，拿几味寻常药膏，一直将病情拖着，拖到了现在。丹粟心里着急，但苦于陆槐生实在太倔，劝也劝不动。

如今他总算愿意，丹粟也算是了了心中夙愿。

她在心里想着，待他日若将病治愈，她便领着陆槐生一起遨游四海尽领风光。

只是……丹粟方才亮着的眸子忽而转淡，她心想着阿鹿曾经说过的秘密，叹了声气。

却也有件事情，不知该如何是好了。

天道若有不允的事，该如何，才能逆天而为呢？

可，为何那就是不该的事？丹粟张了张唇，明明啊，人世间的所有都是一样的啊。没有区别，没有等级，合该就是一样的，凭什么她就没有资格呢？

第十六章 脱胎换骨终为人

他是男人，应该是皇天后土上，
足以撑天地的人。

骄阳初升，浔州今晨倒是难得的晴天。

阳光从窗缝悄然探进的时候，屋中众人刚刚睁开了被折磨了一宿的眼睛。

屠萌揉揉眼睛，赶紧起床奔往林微阳的房间，刚打开门就看见床上之人微微动了动身子。屠萌大喜，赶紧冲进去，站在床边喊着她的名字：“微阳，林微阳，醒醒，微阳。”

林微阳唰地睁开了眼睛。

屠萌眼睛一下就亮了，急忙喊道：“你终于醒了！”

林微阳还有些没缓过神，她望着床顶，眼神略显呆滞。

“微阳？”屠萌轻轻推了推她的胳膊，这才唤回林微阳的视线。她先是闭了闭眼睛，皱着眉头看向床边，在看见屠萌的时候惊讶了下，微微张唇，喊道：“小屠？”

“是我，是我。”屠萌扬起大大的笑脸应道。

林微阳的声音还很嘶哑，应该是之前在水中泡了所致。她咳了咳，声音算是清亮了不少，转眼问屠萌：“哥哥在哪里？”

屠萌早知她一醒便要找林墨鲵，预先也已想了不少说辞，但都觉得不太好，又想这是件大事，现在便是隐瞒了日后问起也是麻烦，不如直言以对，一起想办法。

昨晚惦记着微阳和墨鲵的事情，屠萌一直都没睡好觉，现下清早起来，眼睛周围也是黑了一圈。他叹了口气，低哑着声音道："昨日你落入湖中后，墨鲵便跳了下去寻你，谁知救了你上来，却久久找不到他。"

林微阳呼吸一紧，她睁大了眼睛一字一句问道："那，他，他怎么会？他是不是还在湖里？"

屠萌摇摇头，看林微阳脸色煞白，一副心焦模样，声音也忍不住低沉下来，嗫嚅道："微阳，现在我们还在想办法，你别担心，他一定不会有事的。"

林微阳眼睛红通通的，咬着下唇尽力想要忍住眼泪，却憋得脸色极难看。

她惶然至极，嘴里发出低哑的呜咽，屠萌一看，立时惊了。瞬间，她的眼睛里暗红得像是要流出血来，周身都透露着一股心伤的气息。林微阳嘴唇颤抖，痛楚地说道："他在天泽湖里，怎么寻的，你们如何救我出来的？"

林微阳蓦地想起落入前湖面翻腾的波浪，如此诡异，她就更加心慌。

屠萌没有办法，只好将丹粟的事情告诉了她，并说道："丹粟姑娘找了两次都没有救出墨鲵，我也实在是不清楚具体情况。"

"我要去看看。"林微阳听完屠萌的话，心里急得不行，忙就要下床。

不过她还没穿上鞋子，就被屠萌按住了，屠萌将她带到床上继续躺着，林微阳却不愿，一直挣扎，直到屠萌沉着声音道："你身子弱，去了有什么用。况且那天的情形你也看见了，天泽湖绝非寻常湖泊，咱们不会法术，怎能下湖？"

林微阳的身体僵了一下，便一动不动了。

见她情绪似乎好转，屠萌便松开了手，好声好气地坐在床边给她讲道理。

"丹粟姑娘是仙者，她一定能救出墨鲩的。咱们好好在屋里祈祷，给他祈福好不好？若是连你都受伤了，到时候墨鲩回来一定会更伤心不是吗？微阳，他会好好的。"屠萌镇定地道。

其实他本身不是镇定的人，可到了现在，三人里缺了个主事的，微阳又是柔弱的女孩子，他作为唯一的大男人，如果还是沉不住气，那微阳该怎么办？

他是男人，应该是足以撑天地的人。

安抚好林微阳之后，屠萌就去找丹粟了。

丹粟表示，今天也会去天泽湖里找人，请他们放心。屠萌看着她的模样，松了口气，倒不是他不相信丹粟，实在是先前丹粟所为，确实让他心有顾虑。

不过现在看她也在心忧于林墨鲩的安全，屠萌也就放心了些。

时光轮转，瞬息而过，一晃便是三日。

这三天里，丹粟几乎昼夜都在天泽湖里。除了时常被阿鹿缠住说一些怀念往日美好的话以外，她都在湖中游荡，企图寻找林墨鲩，可终是无消息。

屠萌则整日被林微阳拖着做木筏，而后两人坐在木筏上，漂在湖面等待丹粟带回林墨鲵。短短三日时间，林微阳瘦了一大圈，她本就吃得少，现下日日惦念林墨鲵的安危，更是难以下咽。

时间越是往后一日，几人心中的慌乱便更甚一日，长此以往，恐难安生。

三日后的某个午后，丹粟刚从湖底出来，便朝着木筏上的两人摇了摇头，林微阳原本含着希冀的目光忽而转淡，垂下了头。

坐在她身边的屠萌抚了抚她的背，以作安慰。

天泽湖湖面宽阔，此时阳光极盛，洒在湖面成了银光粼粼。周围除了他们并无其他人。乘着竹筏划在湖心时，越发觉得四周静谧，渺无人烟。林微阳抱膝坐在竹筏上，听着耳边屠萌轻声安慰的话，忽然道："哥哥他会不会已经……"

她不敢再说出口了，最后的几个字被噎在了喉咙里，她微微张着唇，已然无措。

屠萌看着她的模样，猛地站起来。他一手撑起竹竿，向湖面上轻轻一点，竹筏立刻划开水面，荡悠悠地往岸边而去。

竹筏飘动，林微阳忽然感觉到一阵飘忽，她愣了一下，抬头不解地问道："去哪里？"

"回家。"屠萌木着一张脸答道。

林微阳目光一滞，转而撑起身来，同屠萌一样站起，往他那处走了几步。竹筏上本就窄小，如此之下，两人间便只隔了些许距离。极近，极近。屠萌往她那儿瞥了一眼，瞧见林微阳眼睛眨也不眨地盯着自己手中的杆子，他浑身一凝，生怕林微阳做傻事。

屠萌抓着竹竿的手紧了紧，偏头对林微阳道："你先坐好，别乱动。"

林微阳的眼神微一闪烁，像是没有听清楚屠萌的话，屠萌无奈，准备再说一遍，却在刚开口的时候被林微阳打断了。

“别回去。”她说。

屠萌怔了一下：“嗯？”

林微阳又张了张嘴，轻声对他道：“别回去，小屠。”

“为什么不……”屠萌待要反驳，却又想起林微阳现下被林墨鲵一事折腾得身子日趋羸弱，不由得迟疑了片刻，才慢慢解释道，“丹粟姑娘出来了，咱们过去问问情况好吗？”

林微阳听了这句话，并未露出任何表情，她呆呆地朝岸上的女子看去，又立刻收回了目光，自语般轻声道：“她还是没有找到。”

她的声音太低太低了，似乎已经淹没在了湖水微澜中，屠萌并未听见。

但他已经明白了林微阳的意思，回看了一眼岸上面无表情的丹粟，叹道：“咱们再想办法。”

一定会有办法的。

林微阳眨了眨眼，如羽的睫毛上沾染了几滴晶莹的泪珠，垂垂将落矣。她看了眼紧握着竹竿与自己僵持不下的屠萌，微微叹了声气，便要俯身坐下。却在此时，湖面上横生异动，水浪翻腾，赫然间出现了许多大大小小的涟漪。

屠萌被惊了一下，连忙抓紧竹竿，后退几步，伸手将林微阳护住。

林微阳也愣愣地看着水面。

却见岸上独立的丹粟并不紧张，只堪堪施舍了一抹余光，在看见水面腾然而起的阿鹿时，开始若有若无地飘向他。

阿鹿浮在湖上，刚一出来便看见湖面飘荡着的竹筏，他愣了愣，在意识到什么之后，对着丹粟发出一声奇怪的轻笑。

不知是嘲讽，还是觉得无趣。

丹粟终究还是不能忽视他，听到这声轻笑时忍无可忍地啐道：“你在笑什么？”

阿鹿的嘴角扬起了一个怪异的弧度，他耸了耸肩膀，似笑非笑地说道：“你们在想什么，难道还在试图去湖中寻人？真是笑话。”

这下不只是丹粟，连竹筏上的二人脸色也变了。

偏生阿鹿不觉，依旧开口道：“时隔多日，若能找到还会拖到现在？恐怕早就入了鱼虾之腹。”

“阿鹿，你胡说什么！”丹粟怒道。

阿鹿却看着她笑了笑：“事实而已。”脸上是毫不在意的表情。

丹粟浑身都僵住了，她没想到阿鹿现在竟成了这副样子，一时心里憋屈极了，却又不知道该说些什么堵他的嘴，只恨恨地偏开头去，似乎不愿再多看他一眼。

阿鹿却一直定定地看着她，在瞧见丹粟的表情之后，也愣了一下。他心里念着此行出来的大事，心知不能再与她多说废话，不然丹粟会更加厌恶自己。便心思一转，面上已然变成了从前温和的模样。

他想了想，蓦然间做作地长叹一声。

声音很大，因为他漂在湖上，连带着动作也很大，一时让湖上两人和岸上的丹粟都惊疑了片刻。

瞥见丹粟投来的目光，阿鹿而后垂下头去，像是松了口气，又像是怅然若失，低低地开口道：“我今日出来，是有一件大事想要告诉你的，丹粟姐姐，你可愿好生听我一言。”

丹粟姐姐。这称呼一出来，丹粟便讶然住了。

她抬眸看着阿鹿精致的面庞，和他脸上显露出的柔情，仿佛骤然间回到了初见时的模样，那时候两人互相交换了姓名，阿鹿就是这样喊着自己。

语气中带着丝丝怯懦，和如获至宝般的喜悦。

但如今丹粟知晓了他的真面目，并未如往常一般欣喜，反倒是目光深沉地望着他，若有所思。

阿鹿看见丹粟的表情，并不惊愕，只是神色有些复杂，于是低垂着眉眼看着她。

他在心里想了一下说辞，忽而便道："陆槐生最近可是过得越发艰难了？"

一言出，众人皆惊。

林微阳与屠萌立刻往岸上看去，只见丹粟面露怔疑，眸光忽冷。

丹粟强自镇定道："你究竟什么意思？"

阿鹿转瞬间露出一副无奈的口吻，苦口婆心道："多日前我拜托你寻找林墨鲵的时候，不是说过吗？"

丹粟呼吸一滞，是了，他说过的，他正是以这个秘密换得了自己寻来林公子。

"你到底想说什么？"丹粟咬牙切齿道。

她生怕阿鹿会说出什么难听的话来，于是急切地看了一眼还在湖中心漂着的林微阳二人，收到丹粟的眼神，林微阳与屠萌互相看了一眼，皆是不解。

屠萌想了一下，朝着岸上唤道："丹粟姑娘，发生何事了？"

听到喊声，漂着的阿鹿意有所指地哼了哼，丹粟面上倏而凝住，转而对屠萌道："没事，我与阿鹿还有些私事要了，先走一步。"

屠萌与林微阳虽然觉得事情古怪，但还是点了点头。

然后丹粟抬眼瞪了一下阿鹿，手心浮起一团红光，红光乍现，飘进了阿鹿的身躯，阿鹿瞬间就从湖上飘来，同丹粟一起离开了此地。

往日便是这样，丹粟将自己的仙力传入阿鹿体内，阿鹿方能离开湖水。

待二人走远，依旧漂在湖心的两人对视一眼，才恍然回过神来，勉强挤出一丝笑意，继续开始了无望的等待。

林间倒算寂静，鸟畜无声无息。

丹粟将阿鹿带到了天泽湖外围的小树林里。看到这里，丹粟便想起了与林墨鲵一行初见相遇的木屋。那个屋子起先林里并没有，是丹粟为了能与林墨鲵搭上关系，特地施法变的。后来事情败露，忘记收回木屋，也就随了它立在林中。

阿鹿不可落地太久，她就寻到此地。不过想来二人也聊不了多久，也无须担心。

丹粟背对着阿鹿，站了许久都没有听到身后的人开口，她已然等不及了，便冷声冷气道："你要说什么事情？你既开口了，便定然是挟了我的把柄，直说便好，何苦藏着掖着。"

她身后的阿鹿听了这句，骤然笑道："你果真要与我这般说话？"

丹粟突然愣住了，她微微觉得今日的阿鹿说话很奇怪，正想回头看他，却忽然感觉肩膀上一紧，竟是被阿鹿从身后紧紧抓住了。

熟悉的感觉随之传来，丹粟一愣，稍稍侧过脸，只见阿鹿将头埋在她的肩上，微阖双眼，一副伤怀低落的模样。

看见这样的阿鹿，丹粟心中没有悸动是不可能的。

她定定地看了阿鹿许久，叹了声气，无奈道："你这是何必？"

阿鹿按着她的肩膀沉默了许久，方才闷闷道："我与你从前便是这样好，如今怎的疏远了？丹粟姐姐，别与我太疏远好吗，我很伤心。"

丹粟一听，又是好笑又是气。

究竟是谁最先欺骗谁的？又是谁最先不将谁当作知己好友的？今儿他竟倒打一耙，成了是丹粟自己看不上他，要与他疏远？

笑话，笑话！丹粟简直就要被阿鹿气笑了，想也不想就推开他，寒声道："你别再用这一套，我受不起。"

阿鹿听了这话，微微变色，似笑非笑道："哪一套？这本就是你我相处之道。咱们还是彼此唯一的知己好友，不是吗，丹粟姐姐？"

"我承受不起。"丹粟哼了声，躲开了他的目光，"我如今是看不透你了，现下你又这般与我亲热，是否又有事央求？"

她顿了顿，直言道："若有事也别说，我不会帮你再办，从今往后，咱们老死不相往来便是。"

阿鹿似乎并不意外她的话，照样厚脸皮地抚着胸前的长发，将微卷的发丝绕在指尖上，有一搭没一搭地绕动："罢了，我今日来是有正事与你说道。"

丹粟疑惑地看向他。

阿鹿嘴角泛起一丝轻笑："不久前我便说过，你助我找到林墨鲵，我就帮你解决那事。如今虽然林墨鲵消失不见，但我的承诺却要遵守的。"

丹粟一怔。

她没想到，阿鹿竟然还记得自己的事。

看见丹粟惊讶的表情，阿鹿心知肚明，却偏偏要开口损道："莫非在你心里，我就是不守承诺的伪君子？"

阿鹿轻声笑着，丹粟抿了抿唇。

阿鹿失笑着摇摇头，解释道："我虽然性子不好，但也晓得言出必行的道理。既然知晓解决你心头大患的法子，自然会如实相告的。

前些日子我被林墨皖的事情刺激了，说话夹刺儿，也忘了大事，你可别误会我了。”

这倒是很意外了，但丹粟瞧他语气正经，似乎并不是在胡言乱语，丹粟也不好与他针锋相对，遂放软了声音道：“那……是我错怪你了。”她上前几步，拉着阿鹿的手，询问道，“你有什么办法，一定要帮帮我。”

“这倒不难。”阿鹿颔首笑道。

丹粟面露怔疑。

“丹粟姐姐，你附耳过来。”阿鹿朝她招招手，丹粟顿了一下，而后乖乖地走近，阿鹿便在她耳边娓娓道来，“这件事情听着困难，但办起来却是极简单。”

丹粟微微睁大了眼睛，屏息静气听他道：“仙凡有别，则天降灾祸。若要安生度日，不妨仙不成仙。”

闻言，丹粟脸色顿变。

“仙不成仙……”

阿鹿苦口婆心劝道：“一切灾祸起源于谁，你该是明晓的。只因你是仙家贵客，岂可与凡人纠缠，若有朝一日，你自降仙体，化作凡人，任是上天再要降下灾难，也师出无名了。”

听了这话，丹粟怔了怔，讷讷道：“自降仙体？”

阿鹿还在她的耳边徐徐诱导道：“对，你变作凡人，陆槐生也是凡人，岂不是天生一对？”

此言一出，丹粟眼神亮了一下，阿鹿本就紧紧盯着她，看见她这样的眼神后，心里喜不自胜，正在洋洋自得间，头顶白云倏而变得灰暗，云中蓦地电闪雷鸣，须臾间便有几道炸雷向两人站立的树林兜头落下。

阿鹿面色一变，目光一滞。丹粟也被吓了一跳，抬眼看去，就见天空已然昏暗。

不知怎的，阿鹿心里忽然有些害怕，他赶紧凝了凝心神，急声唤回丹粟的视线："这是唯一的法子了，你可愿意？"

定然是愿意的啊。丹粟想着。

自从她下山与陆槐生成亲之后，短短三年时间，无名镇已发生了不少祸事。原先她还以为只是巧合，后来这样的事情多了，又听阿鹿说了几句，她便确定是上天所降的惩罚。加上陆槐生身体日渐消瘦，让丹粟不得不猜疑。

人妖殊途，人仙亦殊途。

或许，当自己不再是仙体后，这一切都会好起来。

丹粟心动了，一时间心里竟激起了浓浓的希冀，她笑了两声，急切问道："要怎么办才可以？你说，我做。"

她这最后一句咬字极重，只听乌云中雷声越发连绵，而远望去，山间被乌云遮蔽的地方渐渐泛出暗红色泽，奇怪得紧。

阿鹿说："解决的法子说来也简单，只需将你的仙灵褪下，便可。"

仙者无仙灵，便如凡人无灵魂。丹粟岂能愿意，她眉头一皱疑问道："没了仙灵，我岂不是会生生陨灭？"

她记得很久之前，听说复州山的岐重仙君为了将自家养的花儿复生，也是自弃了仙灵，堕入了无尽之地。前车之鉴，他们后辈哪能重蹈覆辙。

但阿鹿却笑了，摇头反驳道："我这有个祖传的法子，届时可为你护法，散去仙灵时保你身躯不灭，单单只降凡尘。"

"当真？"丹粟愕然。

阿鹿目光坚韧，一字一句道："必定万无一失。"

“轰隆！”

沉寂的云层再度突出一片耀眼到惨烈的火光，炸雷响起，在竹林中久久回荡。眼看着就要下雨了，阿鹿不再与丹粟多说，点到为止，飘然回到了天泽湖里，徒留下丹粟静静地站在树下，若有所思。

发上渐趋湿润，丹粟一愣，抬眼看去，就见豆大的雨点儿急吼吼落下，打在身上，只消片刻就湿了一大片。但丹粟站在那里没有动，微微咬着下唇，垂目轻叹。

一人撑着竹伞缓缓走来，他拿着伞骨的手苍白清瘦，却也坚韧有力。

“娘子，该回家了。”

陆槐生将伞往旁一偏，挡住她头上的雨珠。

丹粟看见他，低声道：“相公，你……身子可还好？现下冷了，你穿得实在单薄。”

陆槐生低头看了她一眼，似乎是愣了一愣，眼中却依旧温和。

他幽幽叹息道：“我一切都好。”

然后便扶着她的腰，伴着雨落下的滴答声，缓步回家。

这一日过得格外寂静，几人心中似乎都憋着事，各想各的互不干涉。直到夜里，丹粟闭目躺在床上，背对着陆槐生装睡。久久之后，在听见他撕心裂肺的咳嗽声时，终是忍不住，抬手抚上眼睑，再放下时，手心已一片湿润。

翌日，她疯了似的跑到天泽湖，站在湖岸，唤着：“阿鹿。”

一道涟漪忽然漾起，绿衣长发的阿鹿飘然而至。

丹粟朝他稍一点头，而后衣袖一拂，拱手沉声道：“愿阿鹿相助，感激不尽。”

阿鹿压下心头的狂喜，面上不显声色，淡淡道："你我是知己好友，此事算不得什么，我必竭尽全力，为卿脱胎换骨。"

耳边风声猎猎，丹粟的心底有什么被触动，涌出了一丝寂寥。

只希望，脱胎换骨终为人，皇天在上，信女诚挚，一生一世，不断香烟。她生而良善，不与其他争艳，只求万事和顺，不伤不悔，终其一生。

事情决定往往只在一瞬之间，丹粟将此事全全托付给阿鹿之后，也就收了心，尽力地入湖寻找林墨鲵。

其实，说实话，她早就不抱任何希望了。丹粟想着，毕竟已经过去多日，若非她担心林微阳经受不住打击，早就对她实话实说了。天泽湖虽说深不见底，但以着她的法力寻找，若真人尚在，岂有找不到的道理。

怕只怕，尸体早入鱼腹。

丹粟再一次从湖里出来时，依旧是一脸愁容，在岸上等待许久的林微阳一看见她的表情，眼底的光亮突然熄灭了。她沉默良久，对着迎面走来意图宽慰自己的丹粟点点头："还是没有找到吗？"

丹粟静默了一下，没有说话。

但答案已然明了，何必再多说。林微阳也不知想到了什么，脸上不自觉浮现出一缕怅然，抬步走到岸边坐下，目光紧盯着湖面，不置一词。

丹粟站在她身后，叹了声气。

坐在岸边的林微阳低垂着眉眼，怔怔地盯着湖面的涟漪，喉头一哽，将喉间的酸涩感咽下，感觉到身后人的叹息声，她正打算转身说些什么，就见此时，湖面上缓缓浮出一个人影。

是阿鹿。

看见阿鹿来，丹粟眼睛一亮，立时便对林微阳说道："林姑娘，我与阿鹿还有些事情要办，先告辞了。"

林微阳疑惑地看了一眼极力压抑着面上喜色的阿鹿，皱了皱眉头。

"林姑娘？"久不见林微阳回应，丹粟又问。

林微阳收回目光，对着丹粟微一点头："请便。"

然后她就看着丹粟与阿鹿一前一后离开了天泽湖，急不可耐地往另外一边的树林而去。

"他们似乎，太过急切了……"林微阳低声喃喃，"究竟是什么事情？"

一道仙光忽然降下，伴随着仙光，整个木屋都被笼罩在浓重似血的红色中，衬着天空中骤然而起的炸雷，显得极为阴森恐怖。

以往都说浔州只多雨，但最近的日头着实奇怪，雷鸣不止，恐是横生异变。

留在家中的陆槐生担忧地对屠萌说道："难道这又是无名镇的灾难？"

屠萌站在屋外，抬头看着黑压压的云层，听到陆槐生的话后蓦地一惊，回想起镇上曾经发生的祸事，一时间背上冷汗突生，紧张不已。

伴随着雷鸣声，瓢泼大雨轰然降下，林中树木被雨淋湿，皆发出哗啦啦的声响，好不恼人。但此刻树林里的小木屋却安静不已，屋中被红光笼罩，若是现下有人站在窗下，便可瞧见正有一男一女对坐，皆闭着双眼面色焦急。

忽有狂风四起，打在紧闭着的门上，发出"砰砰"的撞击声。声音极大，却依旧惊扰不了两人，渐渐地，可以看见两人身上缓缓浮现出异常的红光，炽热，灼烈。

林微阳打着伞偷偷跟了过来，她躲在窗沿下，瞧见这场景后惊愕不已。

木屋中静坐着的丹粟久久感觉不到阿鹿所说的祖传之法，不由得睁开了双眼，问道："阿鹿，你说的法子究竟何时用？我，我的仙灵马上便要出来了。"

见她停下，阿鹿面上闪过一丝不耐，催促道："待你仙灵出来时，我方才能用。快些吧，今日正是吉日，若是错过了不知要等多久。"

丹粟皱了皱眉："是吗？"

"自然，仙灵刚出来的时候，灵气浓郁鼎盛，不知要吸引多少周遭的小妖觊觎。你先前虽然已设好结界，能抵御小妖的窥探，但终究抵不了多久，还是快些行事。"

丹粟还是有些担忧，阿鹿想了想，从袖中拿出一物，继续道："待你仙灵一出，我便用化灵缶守住，将仙灵炼化，最后用炼成的灵丹传入你肉身中，可保身躯安定。"

他手里的化灵缶泛着隐隐绿光，酒器模样，看起来确实是不可多得的宝物。

丹粟微微放了些心，抬眼看周遭的结界有些黯淡，便又使力多加了一层，后对阿鹿道："好，那就有劳你了。"

阿鹿莞尔一笑："那咱们快些吧。"

丹粟随即盘腿坐正，阿鹿也跟着摆好架势，只等她仙灵浮来。

届时方可——

生吞，入腹。

脑中是隐隐的炸裂声，林微阳躲在檐下实在难受，又遥望天际，只叹云层都快被振聋发聩的雷声震得摇摇欲坠了。

她咽了下口水，余光蓦地瞟到木屋内阿鹿的眼神。

是赤裸裸的，不带丝毫隐藏的，贪婪的。

林微阳顿时一惊，忙去看丹粟，就见她阖起双眸，并未察觉阿鹿的神色。

此时丹粟已在暗暗发力，周身弥漫着烈焰红光，像要被燃烧一般。但更让林微阳感到诧异的是，正有一颗小小的泛着火焰的红珠缓缓从她的身躯中浮出，很慢很慢，而阿鹿正瞪大了眼睛盯着它，眼中精光不断。

似是被阿鹿的眼神惊住，林微阳脸色大变，下一刻，就听见里间传来丹粟低哑至极的轻唤："阿鹿，阿鹿，快，快，快帮我……"

阿鹿动作优雅地从床上起来，目光灼灼地望着飘浮在空中的红珠，又似施恩般地看了眼此时已伏在床沿面色惨白虚弱无力的丹粟，呵呵轻笑。

"帮你吗？"阿鹿精致的面庞上泛起诡异的笑容。

丹粟呼吸一滞，已然是发觉了阿鹿的企图，她恐慌地睁大眼睛，却不知该说什么，张着嘴巴"啊啊啊"地嘶声叫着。

阿鹿不耐地摸了摸耳垂，垂目冷冷道："仙灵已出，你还有何用，帮你？嘁！"

他转头贪婪地望着飘在空中的血色仙灵，手一抬，仙灵倏地落入他掌心。阿鹿满意地瞧着手中之物，心里已是急得不行，现在只想赶紧将丹粟解决掉，占有她的仙灵。

阿鹿行事干脆，话不多说，直接抬手以对，掌心凝结出丝丝绿光，眼看着就要覆上丹粟的天灵盖。

木屋中的种种皆被林微阳收入眼底，她顿时心乱如麻不知如何是好，眼看着丹粟便要被恶人所害，情急之下，林微阳捡起地上的碎石顺着窗缝掷出，一击击中了阿鹿的手。

阿鹿脸色顿变，仓皇转头看来，就见林微阳已破门而入，拿着不知从何处捡来的尖利树枝恶狠狠地对着他。

“是你？”阿鹿明知故问。

林微阳捏紧手中的树枝，沉声道：“是我，你放开她。”

她指着丹粟，阿鹿也下意识看去，丹粟仙灵已失，此时已经算是垂死挣扎，要不了多久，便会堕入阎王道。

林微阳没有指望自己能够从阿鹿手中夺人，但她也不能眼睁睁看着丹粟被人害死，咬牙切齿道：“她待你只有真心，你竟是这样回报，狼心狗肺，不过如此。”

阿鹿倨傲一笑，笑声中满是讥讽之意：“谁要她的真心，呸。”

“你！”林微阳脸色变了。

阿鹿根本就没把林微阳放在眼里，便要继续刚才的事。见此情景，林微阳再也按捺不住，举起树枝就要向他攻来，而阿鹿一愣，周身浮现出隐隐绿光，长发翻飞，也露出了对敌的姿态。

虽手持树枝，看似毫无攻击力，但林微阳自诩有着巧劲，凭借着这股子巧劲和灵活，轻快地躲避着阿鹿的攻势。一时间，在小小的木屋里，双方倒是意外地僵持不下。

林微阳再一次避开阿鹿，轻快地闪身到昏迷着的丹粟床边，阿鹿猛然回头，眼中杀气弥漫，同时左手一伸，从袖中划出一把暗红长剑，直刺向林微阳。林微阳浑身一颤，脚下急急后退，却抵在了床沿上，眼看着长剑便要刺来，她眸光涣散，已无可避之地。

林微阳咬紧牙关死死抓住树枝抵抗，就在暗红长剑穿梭疾来时，一抹烈焰红光骤然出现在林微阳的眼前，光芒极盛，险些刺瞎她的双眼。见此，林微阳面上愕然一愣，下意识地张开嘴，红光便瞬息落入了她的口中。

喉咙骤然被哽住，林微阳呼吸不畅，捂着脖颈往下一咽，只感觉浓浓的灼热感在腹中穿梭游荡，久难停歇。

暗红长剑直刺而来，林微阳下意识地闭上眼睛，然而她身上蓦地红光一闪，暗红长剑便如青烟消散于风中。她再睁开眼时，就只看见阿鹿错愕震惊的面庞。

阿鹿眼睁睁地看着丹粟的仙灵落入了林微阳的口中，眸中云海翻涌，经受不住这样的打击，脚下发软险些着地。

他怔愣了片刻，便急吼吼冲到林微阳面前，拽着她的衣领怒火连连道："快吐出来，快吐出来！贱人，吐出来！"

林微阳腹中灼烫难忍，她身子弱经不住仙灵的威力，吸收不了又吐不出来，浑身上下都有股难以言说的烈焰火光在燃烧，慢慢地，一步步地，像要将她由内到外地焚烧。偏生阿鹿此刻又在她耳边嘶吼，一副要将她生吞入腹的表情，更是让她急躁的内心变得更为烦闷。

她红着眼睛看向阿鹿，忽然间像是魔怔了，一时顾不得别的，也不晓得是哪里来的力气，迫使她猛然腾空，破开原先丹粟所设的结界，伴着连连嘶吼，一道道冰冷的红光闪现，猛地刺入了阿鹿的身躯中。

刹那间，猩红的鲜血如泉水般喷涌而出，阿鹿竟是连挣扎也没有，便重重地倒在了地上。

至此，林微阳方才停歇下来。她甚至不知道自己做了什么，只觉得眼底蓦地一白，双腿发颤，便软着腿斜靠在墙上，微微喘息着。

陆槐生和屠萌伴着雷声赶来的时候，便看见小小的木屋已然破败不堪，林微阳身上被溅了大片血迹，低垂着眉眼不动声色。

她的身边，丹粟面色惨白，已然没了气息。阿鹿倒在一片猩红的血池中，伤痕累累。

两人大惊，面上顿时失了血色。

第十七章 落入决决渊

污泥中的蚯蚓，一朝改头换面，
却还来不及自我欣赏，心就有一次蠢蠢欲动。

什么叫云泥之别？

大概真的是那种，第一眼看去，就觉得他真真是天上的谪仙，一举一动清贵流华，点尘不染。而自己却每每躲在暗处窥视着，幻想有朝一日能成为他的模样，永生永世，让所有曾诋毁过自己的人望尘莫及。

若能如此，愿付诸一切，在所不惜。

若已如此，宁可抛却所有，只求高登一步。

他从来都是这样，得不到的要得到，得到之后要更多，如此往复，寻求世间最珍贵的那个东西，不惜一切代价，包括生命。

可，究竟是为了什么呢？

大抵是在污泥里待得久了，心已蒙尘，往上爬才是唯一夙愿。阿鹿如是想着，恍惚间像是回到了从前，在很久很久前，那时候他还是泥巴地里艰难挪动的蚯蚓，笨拙的身子，令人嫌恶的外表，不管谁见了，都只会感到恶心。

但有人在黑暗里拉了他一把，他摇身变作天泽湖里众生灵追捧的仙子般的人物，拥有了令人羡慕的外表。污泥中的蚯蚓，一朝改头换面，却还来不及自我欣赏，心就又一次蠢蠢欲动。

他生而低贱，受尽侮辱。因缘复生于鹿角苔精灵中，但不够，远远不够。他想要更多，他要成仙，成为浩瀚世间无人敢忽视的存在，这已是他的执念。

思绪早已飘远，他想要挣扎着睁开眼睛，但身体里却有一个意念在狠狠地驱赶他，费尽全力要赶他走。阿鹿不想走，他还有太多的事情没有做，他好不容易骗得了丹粟的仙灵，只差一步，就大功告成了。

他还在挣扎，尽管已精疲力竭，徒留惨淡的喘息声。

他不甘心，拼命地想要睁开眼睛，但浑身已无气力，加之身体里的那个意念竟头一回如此坚韧，步步相逼。他再也忍受不住，眼皮缓缓垂下，须臾之间，再无丝毫声息。

但阿鹿的身体里，一个意念在急促地穿透重重阻隔，势要拿回属于自己的东西。

他的心脏忽然一突一突地跳动，惊扰了一旁等待的屠萌。屠萌惊讶不已，慌不迭跳起来做出防备的姿势，叫喊道："陆槐生，你看他怎么回事，明明先前已经断气了，现在，现在竟又有了呼吸！"

陆槐生正哀戚地跪在丹粟身前，听见屠萌叫喊时身躯陡然一震，蓦地转头一看，就见阿鹿的胸脯在徐徐鼓动，看样子是将要醒来了。

他大惊，忙起身拽住屠萌连连后退，又从屋里翻出两把木剑挡在身前，与屠萌一惊一乍地看着在地上缓缓动作的阿鹿。

屠萌偏头小心翼翼地道："他是不是要醒了？"

"应该是。"陆槐生咽了咽口水，小声道。

说完，两人都下意识看向床上躺着的林微阳与丹粟，心底划过丝丝狠厉。先前他二人见天降异端，便来天泽湖寻，却不见人，兜兜转转才在小树林的木屋将两人找到，不想阿鹿也在，且屋中一派打斗模样。

再走近看时，才发现丹粟与阿鹿断了气息，而林微阳则昏倒在地。

他们不明先前发生了何事，心慌间只好先将三人都带回家，再请大夫医治。可没想到，刚刚回到屋里将人安置好，就见阿鹿隐约有回光返照之势。

“唔……小屠……”

还没有见到阿鹿醒来，两人身后便传出一声低吟，屠萌浑身一震，立即冲到了床边，急声唤道：“微阳，你终于醒了！”

林微阳只觉腹中滚烫难耐，股股热浪袭来，让她脑中昏沉，脸上也是诡异地发烫起来。她睁开眼睛，便看见屠萌与陆槐生站在床边，紧张地盯着自己。

“微阳，你还好吗？”屠萌轻声问道。

林微阳摇摇头：“我没事。”她身上着实黏腻，便要撑床起身，不想刚探起身子就感觉身边有异样，转眼看去，竟是脸色惨白的丹粟躺在她身边，已然全无气息。

“丹粟姐姐？”林微阳猛然间醒过神来，适才发生的事情一帧帧传到脑海中，竟是清晰万分。

平静天空突然骤生的惊雷，阿鹿早已生出的歹念，以及自己腹中滚烫的火珠。

昏迷前，她好似看到阿鹿疯狂地朝自己奔来，而最后迷糊时，见到的却是浑身伤痕的阿鹿倒在血泊间。她心下微惊，瞪大了眼睛四处望去，在看见倒在地上的阿鹿时，目光复杂地望向屠萌：“他……可是死了？”

屠萌犹豫着回道："好像是吧。"

他话中有话，容不得林微阳多问一句，身边的陆槐生就已迫不及待道："木屋里到底发生了何事？我家娘子是怎么了？为何会成现下的模样？"

林微阳暗红的双眸中忽而闪过一抹仓皇之色，这下屠萌与陆槐生方才意识到事情并非想象中的简单。

屠萌讪讪地抬手指向林微阳，惊愕问道："微阳，你的眼睛怎么了？"

眼睛？林微阳抬手触上眼睑，一时惊讶了。

回想起昏倒前丹粟与阿鹿的争执，林微阳恍然大悟，难道是丹粟的仙灵？她呼吸一滞，愣愣地看着同样诧然不已的屠萌二人，缓缓开口道："是，是丹粟姐姐的仙灵，误进了我的身子里……"

林微阳目光复杂地将先前的事情一一告诉了屠萌与陆槐生，她说得极缓慢，一字一句，生怕二人没有听懂，又轻声道："阿鹿想要杀死我，我实在忍不住，只感觉腹中灼热，像是烈焰在烘烤，抬手间红光乍现，便什么也不记得了。"

听到林微阳的话，陆槐生仿佛被魇住，僵硬地问道："娘子……所以娘子呢？"他顿了顿，发出哽咽的低喃，"娘子，娘子。"

林微阳咬着下唇看了一眼丹粟，而后勉强咬了咬牙，对陆槐生道："对不起，是我没能救下她。"

"与你无关。"陆槐生蓦地站起来，强忍住脑内的一阵眩晕，疾步走到阿鹿身前，硬声道，"是你，是你杀了我的娘子。"

他手中紧紧抓着木剑，"唰"的一声刺去，长剑便指在了阿鹿的脖颈间。

陆槐生眉眼本是温和的，此刻却已极尽扭曲，面露厉色冷冷道：“我要杀了你！”

但他还来不及动手，原本好好在地上躺着的阿鹿身上忽而泛起荧荧绿光，那颜色极为润泽清透，看着与阿鹿从前那满身的沉静绿光不一样。

陆槐生被吓了一跳，拿着木剑讪讪不敢往前。

林微阳与屠萌见此情形，也从床边走来，与陆槐生并肩而站，盯着阿鹿的目光中满是戒备。

只见阿鹿身上的绿光不淡反盛，大有照耀整个屋子的架势。其光亮甚至还要冲出屋顶，直奔云霄。但他到底没有那般狂妄，堪堪将整座房屋照得绿意盈盈，而后在融融的绿光中，阿鹿缓缓浮起身来，飘至空中。

地上的三人惊讶不已，屠萌不知阿鹿又要闹什么幺蛾子，刚要说话，便见阿鹿已慢慢睁开了双眼，霎时间万物静止，唯有他的双目透着超脱于世间万千繁华的色彩。

屠萌看着他的眼睛，忽而有片刻失神，然这还不算，阿鹿微一启唇，问道：“你们都是谁呀？”

众人更觉讶异，一时面面相觑，不明所以。

偏生阿鹿目光灼灼，像是换了个芯子，让人摸不着头脑。他偏着头眉头微皱，似乎在思量着现在的情形，但想着想着忽然却扬起了一个大大的笑容。

他飞到林微阳的面前，嘟着唇眼睛滴溜溜地转动。

这双眼睛竟如此美丽，清润贵华，全然不似往常时的灰暗无神。林微阳被他的眼神惊住，微张着唇面色讶然。

但阿鹿却眨了眨眼，柔声说：“我识得你，小姐姐，我识得你呢。”

林微阳不记得自己与阿鹿有过牵扯，忆起先前发生的一系列事情，心里对他只有忌惮。偏生对着这双眼睛时，她硬是无法发狠对他，只觉奇怪不已，不由得问道：“阿鹿，你怎么了？”

“阿鹿？”飘在空中的绿衣精灵一愣，歪着头问，“谁是阿鹿？”

几人皆是一惊，唯有陆槐生心有怨气，忍不住嗤笑一声：“你不就是阿鹿吗？不然怎会出现在这里，不然如何害了我的娘子？”

阿鹿闻言，更是面露疑惑。他沉沉地向林微阳看去，目光中似乎有探寻之意，他说道：“可我只认识你一个。”

屋中众人，他本就只识得林微阳一人。

这下就更奇怪了，屠萌与陆槐生对视一眼，面面相觑。林微阳也愣了许久，但她看着阿鹿的眼睛，那双眼清亮绝美，与原先大不相同，不由得让她心里生出几分犹豫，便问道：“你如何认识我的？”

绿衣的精灵蓦地飘近了些，凑近林微阳，在她的面前嗅了嗅，便兀自点了点头说道：“就是刚才，我欲冲出结界，然久不得法，忽而感觉一阵烧灼，那结界竟被震破，我便重出生天，才知是你救了我。小姐姐，你叫什么名字，你是我的救命恩人。”

他说的一字一句都清晰明了，但林微阳却好像听不明白，疑惑地打断他的话，不解询问道：“你说什么，哪里的结界？”

阿鹿笑了笑，如实道：“就是那该死的蚯蚓，许久前我被他占了身子，魂魄被困结界中。今朝多亏姐姐相助，才令我重出。”

他话音一落，屠萌忽然间有个念头隐隐欲出，急问道：“你究竟是谁？”

“鹿角苔，天泽湖里最美的精灵，鹿角苔。”

皇天恩泽，莫敢相负，唯化雨露，名曰天泽。林墨鲵曾经说过，这里是个钟灵毓秀的好地方，否则也不会有诸多小兽徘徊。他那时只看到湖边树林众兽徘徊，却忘记了天泽湖内，应是更胜一筹。

因着灵气富裕，天泽湖里生灵遍布。而这其中生灵们最憧憬的，唯余鹿角苔。

他天生美丽，不含丝毫凡俗之气。一举一动，都像是云端的谪仙，不染庸俗。因着这副上天恩赐的容貌气质，鹿角苔在天泽湖里过得如鱼得水，湖中几乎大半的生灵都对他心生爱慕，又觉他不染纤尘，望而莫及。

这其中最甚的莫过于湖边污泥里的蚯蚓。

“那条肮脏的蚯蚓，不知使了什么法子，在我化作原形的那日，强行占了我的身躯。”鹿角苔如是说着，似乎想到了那日的情景，皱了皱眉头，很是难受。

其实若说鹿角苔单单凭借美色取胜，却也不全。他身上还有个最讨人喜欢的东西，世间只此唯一，所以更显珍贵。每每化作原形时，他会冒出一颗颗浑圆碧透的气泡，幻化成美人鱼的祝福，将诸多美好赐予他人。

凭借这个，他得到了湖中生灵更多的喜爱。只是，每当化作原形时，他的灵力就会消失。也正是在这个时候，岸边污泥中的蚯蚓小兽乘机而入。

“他将我困入结界，到如今也不知过去多久了。我一直想要冲出来，却不晓得他使的哪般术法，我使尽全力也出不来。如今多亏了姐姐，大恩大德，无以为报，愿听姐姐差使。”鹿角苔恭敬地对林微阳颔首道。

众人听完，皆是心头大震，屠萌感叹道：“原来如此。”

他看向鹿角苔，回道：“看来阿鹿便是强占你身躯的蚯蚓。”他哼了哼，嫌弃不已，“难怪我看他不顺眼，阴阳怪气的，原来是条蚯蚓。”

鹿角苔看了他几人片刻，忽而道："他……可是行为不端，做了坏事？"

林微阳蓦地反应过来，眼睛亮了亮，诚恳道："你既说要报恩，那可否将丹粟姐姐救下？她，她正是被阿鹿所害。"

陆槐生也慌忙恳求道："是啊，求你救救我娘子。"

鹿角苔跟随林微阳飘到床边，俯身只看了一眼躺在床上的丹粟，便摇了摇头，低声道："我救不了她。"

林微阳一愣："连你也救不了？"

鹿角苔看了看丹粟，又疑惑地望着林微阳，如实说道："这位仙友的仙灵如今在姐姐的身躯里，我的灵力尚浅，没有办法取出。"

"原来如此。"陆槐生一时神色黯然，感叹之后便没有再说话了。

他走到丹粟的身旁坐下，竭力控制自己的颤抖，神色满是哀伤。

林微阳心中酸楚，又问道："那如何能救？且仙灵现在我体内，着实让我不安。"

鹿角苔想了一下，轻声答道："这也不难，找个仙力高深的来便是。只是，这方圆百里，除开天泽湖外，我也没有几个认识的仙友。"

"那天泽湖内呢？"屠萌忽而问他。

鹿角苔长吁一声："只叹我被蚯蚓占了身子，许久不曾接触湖中生灵，现下也不知谁的灵气浓郁些。不妨待我回到湖中问问，再寻办法。"

陆槐生一顿，随即拱手道："多谢。"

鹿角苔回了他一礼，后又看向林微阳，眼睛里闪着亮光："那我便回湖中去，姐姐可要随我去家里玩玩？"

林微阳怔了怔，犹豫着摇头："我是凡人，怎能去呢。"

鹿角苔见她怔然地望着自己，不由得微微一笑，答道："姐姐现今有了仙灵傍身，自然可以入湖。"

"你说什么？"林微阳声音蓦地涩住，用力吞咽了一下才不可置信般道，"我可以入天泽湖？真的可以？"

她说得很轻，像是生怕听错了般，语气却又十分郑重，像是鼓起了全身勇气才问出这话。鹿角苔不明白她为何这般，只老老实实地回答道："当然可以。"

林微阳红瞳中的亮意越发明显，过了许久，她垂下眼睛，睫羽将眸色全然遮住。又忍不住抬起双手捂住脸，发出低低一笑。

身旁的屠萌似乎感受到了林微阳的喜色，也情不自禁道："太好了。"

林微阳重重地点头，看向鹿角苔，轻声道："带我去，我要找一个人。"

"找谁？"鹿角苔诧异地问道。

林微阳无端低低浅笑，心头似有万语千言，一时难得说清，须臾后才缓缓启唇。

"我的相公，林墨鲵。"

鹿角苔听林微阳讲述了先前诸事，也得知林墨鲵早已落入天泽湖多日，丹粟久寻不见，只道林墨鲵怕是早已尸入鱼腹。

说到此处，她的话被鹿角苔打断，鹿角苔摇头道："湖中生灵良善，应当不会吃人。"

林微阳惊疑不定："当真如此？"

鹿角苔解释道："虽然我久不曾与他们联系，但他们的品性我心里明晓得紧。天泽湖并非寻常湖泊，其中灵气乃是上古残留，养就生灵万千，皆属良善之辈。”

屋中寂静一片，鹿角苔话音落后，许久不听林微阳回复。

他诧然转身看去，就见林微阳呆愣愣地坐在桌前，垂眸望着桌上的茶盏，不知在想何事。

鹿角苔沉默了片刻，走上前飘在林微阳的身后。

倏而，他微阖眼睑，两臂张开，在周身化出一团淡绿色的光晕。那光晕柔和清润，清浅舒缓，柔柔的光芒倾泻而出，从鹿角苔的身上缓缓度入林微阳的周遭。

两人通体泛着绿芒，渐渐的，不只是柔和的光晕，还有一颗颗圆滚滚的水润气泡由下往上飘荡，直至在林微阳的头顶停住。一眼看去，林微阳浑身上下都被光晕与气泡笼罩，好不新奇。

少顷，林微阳只感觉周身舒适万分，股股清爽传入体内，让她烦躁的心，须臾间就消停了下来。

过了片刻，林微阳轻叹一声，偏头问道：“很舒服，你做了什么？”

鹿角苔睁开眼，抬步坐在她身边，手撑着下巴抵在桌面，笑道：“是美人鱼的祝福，送给你，希望你每日都如今朝般怡然自得。”

鹿角苔的叶端，会冒出颗颗气泡，幻化成美人鱼的祝福，这是他最受人欢喜的地方。鹿角苔眸光微动，笑道：“姐姐相信世间有美人鱼吗？”

林微阳眉梢微微挑起，点了点头：“如今我相信了。”

鹿角苔觉得他和林微阳很有缘分，不然为何每每与她说话时便觉通体舒畅，像是许久前便与她熟识。今朝再见，心内很是满足，如清风起，琅琅沉浮，翩然柔情。他笑了笑，轻声说道：“我不知道美人鱼在何处，但上天令我能感应得到它们，又让我拥有着美人鱼的祝福，可以将世间所有的龃龉，化作清风和煦。”

林微阳不觉感叹道："这是你的因缘所致。"

鹿角苔眉毛一扬，瞳中泛着徐徐流光，忽而说道："我最近常在想，我与那蚯蚓，在他人看来，可谓是一在天，一在地。可为什么上天会赠我诸多好物，却独独让蚯蚓平淡一生？"

"果真是偏心吗？"鹿角苔愣了愣，怔然问道。

林微阳沉思片刻，目光触及鹿角苔发亮的瞳眸，忽然想起先前阿鹿蒙尘般的眼睛，蓦地含笑道："谁说偏心不平呢，一切皆在初生的那刻定下了，虽说阿鹿原形平淡，但他却不知自己实乃登天好物。"

"咦？"鹿角苔略略疑惑。

林微阳兀自笑道："污泥中的地龙，貌丑低贱，却是一味好药。清热定惊，通血活络。阿鹿自轻自贱，临到死时尤不知若能好生修炼，将来命途可观。又何必艳羡他人，生生斩断了自己的活路。"

鹿角苔惊讶不已，心中无端起了几分怅然，又失笑道："姐姐竟还知药理？"

"从前在家时，母亲教过一些。"林微阳回道，说完后心头却是一凉，她闭了闭眼，发出一声喟叹，"离家太久，有些想念了。"

"我也是。"鹿角苔闷闷道，又问，"姐姐的家在何方？"

林微阳蓦然抬头，顺着半开的窗户望向远方，那里山脉纵横，云遮雾绕，整座山仿佛藏身在云端之下，让人看不清楚。她望了许久，久到鹿角苔打了个呵欠，才淡淡收回目光，眼底滑过一丝黯然。

"是一个很远的地方，我的亲人都在那里，等着我们回去。"

"是吗，可我好像没有亲人。"鹿角苔闷声答话。

林微阳垂下眼来，淡淡道："我许久不曾回家了。"

很想，很想它。

丹粟的仙灵虽然在林微阳体内，但毕竟不是她的东西，且微阳只是凡体，恐难消受。鹿角苔便用灵力助她一臂之力，使其中仙灵能在她腹中安生存放几日。

林微阳本不会使用法术，入湖时也亏得鹿角苔帮了忙，才能在天泽湖里好生寻找一番。可终究还是如丹粟所说，湖中并无林墨鲵的身影。

寻找多日，鹿角苔都已疲惫不堪，林微阳倒是还有劲儿，多番在湖中探访。

屠萌坐在岸上苦等，许久之后，黄昏渐起时，才瞧见湖面涟漪。他慌忙站起身，就见鹿角苔与林微阳一前一后上了岸。

他忙问道："怎么样了？"

林微阳神色黯然，低头不语。她身后的鹿角苔缓缓飘来，对屠萌道："不曾找到。"

屠萌瞬间也伤心了，他跟上林微阳，几人同往天泽湖岸上的凉亭走去，凉亭里有早先屠萌备好的清茶。鹿角苔啜了一口，不由得转头看向林微阳，只见她一双红瞳十分黯淡，眸中寂寥，一时也伤怀道："姐姐别担心，我会再帮你找的。"

屠萌叹气道："竟已经这么久了。"

他们不曾数着日子等待，但也知时间太久，都已心念半丧。

鹿角苔对林微阳很有好感，自然随时观察着她，忽然看见她红色的眸子忽暗忽亮，猛然间有几分熟悉，但隐约又觉得自己想错了，这番心绪波动间，自然被旁人察觉到了。

屠萌见他神色颇为奇怪，便问道："你在想什么？"

鹿角苔不由得抬起头来，又看了看林微阳的眸子，呼吸骤然一顿，恍然大悟般道："我知道了！"

几人不解。

鹿角苔兴奋得很，急急飘到林微阳眼前，惊诧道："我知道他会在何处了。"

"在哪里？"林微阳腾然起身，面上大喜。

鹿角苔幽幽道："若他没有被鱼虾吃掉，便定然是落入了湖里的一处隐蔽之地。此地名唤决决渊，藏身于湖底幽暗处，终日不见阳光，黯然随波逐流。"

"决决渊……"

"随波逐流，所以它没有固定的地方。这处深渊，深不可测，诡异难挡。藏在湖底，因缘寻得。"鹿角苔沉着脸，一字一句道。

第十八章 师鱼现身

你的这颗仙灵，应是我的才对。

鹿角苔的原形极为可爱，从远处看，就是一丛绿色海绵状毛茸茸的水草。他自结界出来后，尤爱黏着林微阳，常常化为原形待在林微阳的发上，一眼看去，恍如头顶一片青草，且还是时不时冒出小气泡的草堆。

虽然看着不大雅观，但林微阳争不过鹿角苔，就也随了他去。自从两人决定探决决渊之后，林微阳就交代了屠萌不少事情，譬如若她不能顺利归来，便请屠萌回到绿罗村替他二人孝顺父母。

一听这话，屠萌可不干，抄起家伙便要和林微阳算账，可在看见林微阳失魂落魄地站在湖边时，他想要教训的话，瞬间就噎在了喉咙中。

鹿角苔像是也感受到了林微阳的伤怀，倏而从她头上下来，幻做人形朝她点头致意：“姐姐，我们下去吧。”

林微阳轻轻地“嗯”了一声，垂眸对屠萌道：“决决渊深不可测，此去危难不明，若三日后未归，小屠你便自行回乡去吧。”

屠萌上前一步，拉住林微阳的手，皱起眉道：“若找到决决渊，切记要保护自己，莫要让我担心。”

“姐姐？”见林微阳怔了一下，鹿角苔唤道。

林微阳点了点头，随即与鹿角苔对视一眼，便不再犹豫。须臾间两人化作一团轻烟，乘风而起，幽幽飘进了天泽湖中。只见微澜涟漪瞬息一过，湖面再无动静。

林微阳并非是第一次进湖，却觉得今日好生奇怪。二人紧挨着落入湖底时，环视一圈，除开平日里看见的鱼类水草以外，竟感觉有阳光投射在宁静的湖底中，照耀得碧透的湖水熠熠生辉。

湖底很亮，很奇怪。林微阳在湖水中不便说话，鹿角苔也发现了这一异常，不由得问道：“平日里这湖底黯然沉寂，今朝为何阳光鼎盛，刚才我们进来时外头分明天色是阴暗的。”

林微阳皱着眉头没有说话，也觉得怪异。

鹿角苔带着林微阳直接向湖底穿去，准备将她领到一个決決渊常出没的狭窄地段。原先他们讨论过许久，又联系湖中生灵的说辞，推测出不少決決渊会出现的地方，今日下来，打算一一探寻。

鹿角苔在湖里漂行顺遂，只叹林微阳并不熟水性，游得太慢。鹿角苔牵着她，眼看着便要到达第一处地段，忽然觉得脚下一晃。

二人顺势看去，就见一丛珊瑚陡然断裂了大半，红艳艳的珊瑚丛下方隐约现出黑黝黝的缝隙。鹿角苔微微一惊，慌忙定住身形，又将林微阳拉至身旁。水流激荡，林微阳赶紧站好，再看下去时，那缝隙竟在以缓慢的速度扩大。

鹿角苔怔怔望着脚下珊瑚丛底藏着的黑洞，心头忽然涌起一阵喜意，总觉得他们正在寻找的決決渊就藏在这珊瑚之下。

身边的林微阳自然也察觉到了鹿角苔的目光，心里更是激荡，慌忙将鹿角苔的手拉住，两人一同缓缓下落至珊瑚旁边，准备细细观察一下这处黑洞。

林微阳心里急切，待一落地便忍不住过去细看，谁知她刚一走近便感觉脑中蓦地眩晕，不远处的鹿角苔顿时察觉到不对，很快便向她靠近，同时问道：“姐姐，发生何事了？”

林微阳转过头，紧抿着唇直摇头。与此同时，两人一齐感觉到身旁黑洞中忽然有气流涌动，急促强烈的气流直冲上来，化作圈圈旋涡，直直朝着两人卷来。鹿角苔慌忙间只道了一句“姐姐小心”，之后就没了意识，任凭水流旋动，将两人卷在一团黑雾中。

鹿角苔话音落后，林微阳意识尚存，用余光瞟到珊瑚底的黑洞正在快速变大，须臾间便将两人的身影吞没了进去。

这变故出现得十分突然，意外的是，林微阳竟比鹿角苔还好些，并未昏迷。她仿佛只是稍稍愣了愣神，待缓过神来，就见脚下是一片黝黑的、光秃秃的土地，她环顾一圈，入眼间皆是荒原一般。

这是片极其广阔的空地，土地光秃到异常，上面没有任何的草木，与荒原相差无几。但好在这里并不像想象中的深渊那般漆黑恐怖，周遭有隐隐的亮光，虽不知从何处发来，但好歹让人心里平静了些。且这处空地还零星堆着几块灰扑扑的大石，倒算是给荒原增添了一些颜色。

林微阳怔怔看着周遭景物，喃喃道：“莫非这里便是决决渊？”但她并不清楚决决渊究竟是何模样，而后猛然间想起鹿角苔，她倒吸了一口气，赶紧四下寻找起鹿角苔的踪迹来。

还算好，只花了片刻时间，林微阳就在那块大石后找到了鹿角苔。可鹿角苔正昏迷不醒，任是林微阳如何喊他，都没有丝毫的动静。

林微阳一时神思恍惚，难以置信般低声道：“到底发生什么事了？”

她话音刚落，便听头顶传来一声惊疑的泠泠女声："你是何人，身上如何会有我的仙灵？"

这人声音响起之后，就见空地的上方，赫然红光大盛。一人着广袖长袍，周身透着丹砂般的幽幽红晕，飘然现身。她生得容貌华美昳丽，气质却若清水芙蓉，身量端柔，挑着黛色的细柳蹙眉，讶然向她看来。

林微阳睁大眼睛望着她："姑娘是……"

只见那人施施然落下后，便往她走来，纤纤作细步，姿态轻盈，飘摇若流风。直至她走近，林微阳才顿觉自己目光太过灼灼，有些不好意思。

抿了抿唇，方才道："小女子林微阳，姑娘有礼。"

恭敬地俯了俯身子后，林微阳没有听到回答，似是察觉到了面前人惊疑的目光，也抬眼向她看去，嘴角微扬，轻声问道："姑娘怎么了？"

女子眼中犹疑，定定地看着林微阳，忽而唇边泛起融融笑意，唏嘘道："光阴往复，岁华更生，泱泱渊中却是无声无息。我原以为此生难以再见，不想今朝姑娘竟出现在我面前，倒可叹一声因缘所在。"

林微阳不明白她的话，怔然站着，手足无措。

女子上前一步，竟抬起手抚了抚林微阳鬓边的碎发，问道："你只是寻常凡人，身上的仙灵从何处得来？"

林微阳防备地看了她一眼，手抚上胸口，微微一滞，低声道："你究竟是谁？"

女子朝她垂下眼来，宛然笑道："饶山师鱼。"

说罢，在林微阳惊诧不已的目光中缓缓抬起手来，挑着葱削般的指尖触向她心脏处，轻声道："你的这颗仙灵，应是我的才对。"

林微阳听了，不由得微微变色，红瞳中赫然划过一瞬光华。

师鱼瞧见她的反应，低声笑了笑，怡然继续道：“我那仙灵火性燎原，寻常仙官亦是难抵，你倒是与我有缘，便是凡俗身躯也能受之一二。”

她说话时语气和缓淡然，但林微阳却依稀从中听出了几分微薄恨意，但隐约又觉得不对，并不像是恨，倒是有些无奈和怅然。

念及此，林微阳不由得说道：“饶山师鱼，我曾听过这个名字。”

“哦，你从何处听得？”师鱼惊讶地问，“按说一介凡人，对仙山诸事应知之甚少。”

林微阳犹豫了一下，缓缓道：“人间真龙血，饶山师鱼鳞，婴石悲泣泪，自是登天梯。我们此行便是为寻找师鱼鱼鳞。”

她本不知是否该将此事告诉别人，不过如今既已见到了师鱼，那隐瞒下去也没什么意思。不若一开始便将事情讲说明了，于人于己，都要好些。

师鱼闻言一愣，嘴中默默念着这一句话，须臾后眼睛一亮，脸上也浮现出似笑非笑的神情，不由得问道：“原来，原来你是为了成仙而来。”

“不是我。”林微阳怔了怔，小声道，“是我的相公。”

师鱼猛然间意识到什么，幽幽叹息一声：“如此，难怪你今日会来此地了，一切皆是上天注定。我流落于此，你竟能寻来，可叹，可叹。”

师鱼至此方才明白过来，伸手一拂，便有一股柔和的气流传入林微阳的眼中，过了片刻，林微阳只觉眼中因红瞳而产生的酸涩感蓦地消失，她讶然，刚要询问师鱼，便听师鱼缓缓开口：“你可知如今光阴几何？”

林微阳听她问得古怪，犹豫了一下才道：“大魏宇历二十年，秋，九月初二。”

只见师鱼顿了顿，神色间有些迷离，喃喃道：“恍惚记得我初初离山时，还不是大魏年间呢。”

她兀自轻笑一声，颔首道：“我想与你讲个故事。”

林微阳不觉咬了咬下唇，犹豫道：“仙子恕罪，在下尚有要事未办，不知可否容我……”

师鱼愣了一下，遂笑道：“你倒是实诚。”

说罢，便微微挑眉：“你便说说有何要事。”

林微阳不明白师鱼的态度，小心翼翼地望了望她，咬咬牙，说道：“我家相公许是落入了决决渊中，此行正是为寻他而来。”

师鱼闻言，很惊讶地看了她一眼：“你的相公，叫什么名字？”

“林墨鲵。”林微阳道。

她话音落下，便听见师鱼发出银铃般的笑声：“竟是他，你竟是他的……”

她正说着，衣袖蓦地一拂，远处灰扑扑的石块立刻轰然一震，大片碎石带着汹涌的气流四散炸开，惊得林微阳蹙起眉头，直直朝那里看去。

碎石分散，原本石块矗立的地方则出现一方空地，其中闪烁着融融的红色光华，一圈圈笼罩着最中央的石台。林微阳猛然意识到了什么，面露惊疑神色，急急上前几步，便看见那被光晕照耀着的石台上，正有一人躺着，双目阖起，神态安然。

林微阳张了张口，好半晌才艰难道：“哥哥……”

耳边风声猎猎，师鱼清冽的声音缓缓响起：“他既是你的相公，何故唤作哥哥？”

林微阳嘴角动了动，面上变了几变，一时惊喜一时诧然，时间根本就没来得及对师鱼做出回应，就已下意识地往前奔去。

她猛然扑到林墨鲵身侧，急声向他唤道：“哥哥，哥哥！你快醒醒！”

身后师鱼走来，将林微阳扶起，柔声道：“你先别着急，他还在梦中，一时间听不到外面的声音。不过我向你保证，他很安全，你放心便是。”

其实并不用她说，林微阳在触及他身子时，便清楚地看见林墨鲵呼吸平稳，面容安详，看起来并不像是受了伤。

她惊疑不定，问道：“梦？”

师鱼点点头，看了一眼林墨鲵，说道：“不久前我在这里遇见他时，他就已经在梦中了。我感应到他身上熟悉的气息，心知此人良善，无奈我出不了决决渊，便将他藏身于石，只待他亲人寻来。”

她笑了笑，看向林微阳：“如今你来了。”

林微阳听到师鱼的话，一时间心里五味杂陈，喜忧参半。她不知道林墨鲵缘何会沉睡梦中，心下遑急不已，又俯身过去，忍不住伸手触上他的脸颊，带着温柔和怜惜，低低道：“相公，你受苦了……”

倏而，缓缓地垂下头来，将额头贴在林墨鲵滚烫的前额上：“你快醒过来啊，我好想你，哥哥。”

但他依然沉睡，气息平和，全无清醒的迹象。

林微阳静静地望着他的脸，眼底滑过一丝寂寥，用力咬了咬下唇，沉声道：“待你醒来，你若要我离开，我便离开，再不让你为我烦心了。好不好？哥哥，快醒来吧。”

说完，她紧抿着唇，猛然间站起身来，转身看着师鱼。

“仙子，我想听你的故事了。”

朝云出岫，在苍茫群山中，有一座巍峨耸峙的仙山，如白练浮于空中。

仙山众仙曾调侃道："饶山崎岖，明明是难生万物的，偏偏福泽浓厚，险峻仙山竟繁花曼妙，仙草横生，合该养出了师鱼这般灵兽。"

师鱼世间罕有，传说有福运之气，所养之地需福泽深厚，非寻常仙山可有。曾有上古玄蒲大帝为求师鱼鱼苗，踏四海仙山，久寻不得。却有一日，饶山灵湖忽有师鱼现世，饶山一朝于众仙山中越世而出，成为美谈。

一时间，众仙山仙者纷至沓来，只为一观师鱼风姿。

这些都是万年前的稀罕事了，师鱼自出现在饶山后，饶山便常有仙者光临，饶山山神面上有光，更将师鱼捧得高高在上，好生饲养，祈愿仙山能福运久长。

正因如此，师鱼受了太多供养，灵气充足，没过多久，便修成仙者，可化人形。

许是多年来在灵湖里听说了不少凡间故事，师鱼一朝修炼成仙，便迫不及待地要下山游玩，只可惜她身为饶山的福运，山神并不希望她离开。

山神言之："汝身系饶山福祉，蒙受奉养方得成仙。汝与饶山福运早已一体，一损俱损，万望三思。"

于是师鱼被困在了饶山灵湖之中。

想到往事，师鱼对着林微阳叹息了一声，垂眸道："明面上，我是饶山最尊贵的存在，可以拥有许多饶山仙兽们可望不可及的东西，譬如万千供养，譬如仙山灵气。但谁又知道我最想要的是什么。"

林微阳听得一愣，似乎想到了自己，神情微滞。

师鱼兀自道：“犹记得我初生于饶山灵湖时，便听得湖岸小兽说起凡间趣事，道繁华古城的蓦然回首，灯火阑珊。”

她望着林微阳，道：“满城瑰色，花灯重叠。我从未见过这样的美景，听说只有凡间才有，可我出不去，不能离开饶山一步。”

林微阳蹙眉不语，但师鱼说着说着便笑了，眉宇间一片苍凉：“谁说仙家无欲无求呢，饶山分明已是巍峨仙山，凡人望之难求，何苦还需我师鱼的福运？我道是世间诸般无二，并无仙凡之分，只有所欲相差。”

她眉头紧紧皱起，嘴角衔着一抹苦涩的笑，却是倨傲神情，控诉着饶山的欲望。

林微阳目光复杂地看了她一眼，像是想到什么，忽而问道：“那仙子后来做了什么？为何……会落入决决渊中？”

师鱼喉间不自觉地滚动两下，眸中藏着一缕名为希望的光芒，缓缓说道：“后来我便走了，义无反顾。”

林微阳怔了怔。

师鱼沉沉地望着她，垂了垂眼皮，低低道：“我自除鱼鳞，毁去仙身，满怀期望来到凡间，只想要看一看灯火阑珊，却……”

语音戛然而止，她没有再往下说，倏然抬头，神色顿住。

察觉师鱼的神情异常，林微阳不明所以，问道：“怎么了？”

师鱼转头看向沉睡着的林墨鲵：“他要醒了。”

林微阳一惊，面上骤喜，刚要说话便被师鱼拉住，师鱼摇摇头凝声道：“这个决决渊里，藏着一个奇怪的人，我不知道他要什么，却也明白他并非善类。此地不宜久留，你我需赶紧离去。”

林微阳问：“怎样才能离开？”

听了这话，师鱼嘴角泛起一抹轻笑：“当年我自除鱼鳞离去，而今你带着它回来，实乃缘分使然。你将体内的仙灵还给我，我就能带你们出去。”

林微阳向她微微一笑：“好。”

话音刚落，师鱼周身便弥漫起融融红晕，除此之外，更有数道红光从林微阳的体内飞向师鱼头顶，缓缓垂落。见此，师鱼微阖眼睑，猛然挥袖，倏忽间便有烈烈火光喷涌而出，瞬间将二人笼罩。

一束柔和的光晕从林微阳的眼中缓缓飘出，她恍若置身云端，身心皆充斥着宁和之气。

再睁开眼时，林微阳只看到师鱼血红的双眼里漾起清浅的笑。

仙灵已完璧归赵，她张了张口正欲说话，就听眼前的师鱼徐徐道：“姑娘，我们快离开此地吧。”

一道和煦仙光瞬间笼在她的身上，林微阳诧然转头，竟见石台中央躺着的林墨鲵周身漂浮着同样的仙光，她正在惊疑之时，那仙光骤然变得刺眼，转眼间几人便一同消失在了决决渊里。

第十九章 他心里有我

你想要的，是成仙大道，还是微阳一人？

月色融融，庭中树下。

丹粟静静地跪在地上，面前是一袭红裙的师鱼。

她跪了许久，也不曾听师鱼开口说出一字，但她不敢动，她感觉得到身后屋檐下，陆槐生正眨也不眨地盯着自己。

陆槐生的脸色已极尽苍白，堪堪站了一会儿就已受不住夜晚的凉风，咳嗽不止。

听到他的咳嗽声，丹粟紧咬着下唇，终是忍不住对师鱼道："仙子，求您救救他，救救他。"

师鱼抬眼看向远处的陆槐生。

良久后，她轻启朱唇，缓缓道："你为何要下山？"

许是诧异于师鱼的问话，丹粟愣了好久才闷声道："是我错了。"

思绪翩迁，忆起多年前的光景。

师鱼自除鱼鳞下山以后，留在饶山的鱼鳞也在日复一日的修炼中幻化出人形，自称丹粟，她记忆里依稀有师鱼的影子，知晓师鱼已滞留凡间，久不归山。不知是不是师鱼残留的执念作祟，初初化作人形的鱼鳞刚一有了意识，便只想着一件事情。

离开饶山，下凡作乐。

师鱼顿了一下，叹了叹气：“是我害了你，若非我执念于凡间，你也不会如此。”

丹粟微微露出窘迫神色，嗫嚅道：“仙子。”

“你想救他？”师鱼蓦地问道。

丹粟的眼睛瞬息亮了：“求仙子恩赐。”

师鱼默了默，上前将丹粟扶起，微微皱眉：“那你可知他因何患病？”

瞧见师鱼意味深长的眸光，丹粟倒吸了一口气：“我……”她怎会不知呢，便是早先并不懂得这些，后来因为阿鹿，也知晓了一二。

仙凡有别，天降惩戒。

师鱼了然，轻轻“嗯”了一声，越过丹粟看向陆槐生，见他明明病弱不已，却仍是一副紧张担心的模样，似乎生怕自己会为难他的心上人。

想到这里，师鱼笑了笑，覆上丹粟的手，沉声道：“你心中既已有成算，我便如你所愿，救他一命。”

丹粟蓦地跪下，叩头拜谢。

师鱼最后遥望了一眼陆槐生，微一颔首，转身回到屋中。

见她离开，陆槐生急忙跑过来，蹲在地上，将丹粟扶起：“娘子，你们在说什么？”两人互相搀着起身，丹粟朝他柔柔一笑，温声细语道:“没事，一切都会好起来的。”

陆槐生沉沉地点了点头：“对，一切都会好。”

夜风清凉，窗下忽而伸出一手，将半开的窗棂关上，也遮去了院中两人的身影。

屠萌关了窗户后，便走到桌边倒了一杯热茶，抬眸看向静坐在床边守候的人，心下一时怅然，叹息着走上前去，将茶水递过："墨鲵，你方才醒来，还是先去休息吧。"

他顿了顿，又看了眼床上沉睡的林微阳，说道："微阳只是累了，你莫要担心。"

林墨鲵并未接茶水，他站起身来，拍了拍屠萌的肩膀，沉声道："这些日子你辛苦了。"

"我没什么。"屠萌撇撇嘴，"倒是微阳，时时刻刻都在念着你，还不畏艰险去天泽湖中寻你，待她醒来，你可别又凶巴巴地撵她走了。"

林墨鲵摸了摸鼻子："我有凶她吗？"

屠萌摊摊手，无语道："你自己心里明白，何必我多说。"

他话音落后，见林墨鲵也不说话了，得意地哼了哼，就走到桌边将茶水放下，而后淡淡道："我不信你对她无意，不然为何会不顾一切跳入天泽湖。现下师鱼已经现世，你也该想想，心里究竟想要的，是成仙大道，还是微阳一人。"

说罢，他转身离开了房间，徒留林墨鲵兀自叹息。

"你想要的，是成仙大道，还是微阳一人……"耳边循环着屠萌离去时的话，林墨鲵不由自主地走到床边，看着林微阳的模样，不禁回想起初时掉进天泽湖中的情景。

那时他是真的担心微阳，所以在看见她被丹粟打入湖中时，脑中几乎没有别的想法，下意识地跟了下去。

现在想来，确实是关心则乱了。

他落入湖中后，只觉得脑中混沌难忍，有一个嘶哑的声音在他耳边呼喊，却又听不清楚到底喊的是什么，只让他心念焦灼，浑身难受，不久便昏了过去。但他尚有意识，知道自己昏倒后被一阵黑气卷入了决决渊里，他甚至在决决渊中看到了一个模糊的身影，似笑非笑，贪婪猖狂地盯着他，像饿极的野兽发现了猎物一般。

而后，他便陷入沉睡，陷入了梦中。

在梦里，他变成了白涧河里最后一条大鲵。

通体黝黑，浑身灵韵，灵活地穿梭于白涧河里，肆意畅快。那种鱼水合一的快感几乎将他淹没，林墨鲵只觉得自己从来没有如此快活过，所以他游尽了白涧河的每一个角落，极尽潇洒，酣畅淋漓。

所以被师鱼救醒后尚且不知现实与梦境，就见林微阳已支撑不住困意，昏睡了过去。

经屠萌解释后方才知道，自打他在天泽湖中失踪后，林微阳就没有一日睡得安稳的，如今他获救，微阳心上压着的石头轰然倒下，困意才缓缓袭来。

想到这里，林墨鲵不由得又望了一眼林微阳，目光在她脸上打了个转，隐隐想着，待她醒来，自己确实该做出决定了。

若孤注一掷地成仙去，便要让林微阳真正地放下自己，否则于己于人，都将是大患。

可若是……放弃成仙，不，林墨鲵心下一凛，绝无可能。他此生所愿，唯有成仙一件大事，且如今师鱼已经现世，不正是上天赐予的好机会吗？

至于微阳，林墨鲵暗暗皱眉，心中已有决定。

翌日，阳光初盛，林微阳悠悠转醒。

她一醒来，便要去找林墨鲵，穿好衣衫后就迫不及待地跑出房间，穿过中庭来到大堂门前时，就听见里间传来几人的谈论声。

师鱼道：“如今尘埃落定，我也要回去饶山了。”

丹粟小声回道：“是。”

师鱼又道：“此事你可与陆槐生说了？”

丹粟怔愣了许久才道：“不曾说。”

师鱼叹了声气：“总归还是要说的，便是隐瞒也瞒不了几日，你说是吗？”

“是，我明白。”丹粟缓缓道。

师鱼道：“你明白就好。”

空气中寂静了许久，屠萌方才开口道：“墨鲵，那你呢？昨日我说的话，你可有思量过？”

见林墨鲵闭口不谈，屠萌咂咂嘴，忍不住又道：“眼看着微阳就要醒了，你心里究竟作何想法，倒是与我说说，总好过自个儿瞎想。”

听到自己的名字，藏在门后的林微阳面色变了变，竖着耳朵听起来。

林墨鲵低沉的嗓音慢慢响起：“仙子既说要将师鱼鱼鳞赐予我，我定然是要成仙去的，否则岂非辜负了仙子的一番好意。”

闻言，林微阳呼吸一滞。

紧接着，屠萌冷声道：“嘁，何必拿仙子说事，你要是不愿要那鱼鳞，仙子也没法强给啊，仙子你说说，我说的可是正理。”

师鱼轻笑一声：“屠小哥说得有理，成仙实乃大事，若你心怀惦念，必然是不好的。若当真要以凡俗身躯度为仙者，尘世的七情六欲一概都要忘却。我与林公子倒算是有缘，鱼鳞也愿双手奉上。”

她顿了顿，继续道：“不过，你若当真如屠小哥所说，意不在成仙，也别拿我做幌子才好。”

林墨鲵摇摇头，沉声道：“我意已决。”

门后的林微阳倒吸了一口气，心已戚戚然。

屠萌忙问：“那微阳呢？你打算怎么办？送她回乡？”

林墨鲵正要说话，屠萌一下将他打断，急急又道：“你可别说就如往日一样将她留下，要知道经历了这些事后，咱们都心知肚明，微阳心悦于你，自然不愿意你去成仙。若再如往日那样，岂非太过残忍。还不如一下子将事情挑明了说，要走便走，要留便留。”

“不过。”屠萌哼了哼，调侃道，“这些皆是我心所想，具体要怎么办，还是得看你俩才是。”

师鱼虽然不清楚二人的感情，但也说道：“林公子，我见微阳对你情根深种，你还是早做选择，莫要让她一再伤心。丹粟，你也是，早些与陆槐生说清楚吧。”

丹粟咬着下唇：“是。”

话音一落，师鱼便带着丹粟起身离开。两人走到门口时，忽觉身边有异动，转眼看去，便见林微阳正靠在门后，低垂着眉眼，脸色苍白。

师鱼一愣，复又笑了笑，微微大了些声音唤道：“微阳，你来了。”

大堂内的林墨鲵闻言一顿，一时不知该作何反应。

倒是林微阳拂了拂面上的泪水，施施然从门后出来，挺直着腰背站至门槛处，望着屋内呆滞的两人，微微笑道：“小屠，我与哥哥有话要说。”

屠萌讪讪道：“好，那我先撤，你俩慢慢谈。”

说罢，就一溜烟蹿了出去。他离开后，师鱼与丹粟对视一眼，也摇摇头转身离去。

见他们急不可耐地将地方留给自己，林微阳在心里笑了笑，上前几步，站在林墨鲵的跟前。静了片刻，也没有见林墨鲵开口说话，她终是无奈至极，抬眼紧紧望着林墨鲵，低声问道："哥哥为何会落入天泽湖中？"

林墨鲵一愣，面色微微窘迫。

林微阳见他仍是不说话，不由得在心里腹诽一声，闷闷说道："你担心我，所以才掉了下去。你为救我，不顾安危。你心里分明有我，却为了成仙不得不放弃我。"

她言辞凿凿，步步紧逼，话音落时就看见林墨鲵神情微变，于是心中更是难耐，下意识地咄咄逼人道："在哥哥心中，微阳到底算什么？是为了成仙可以随意抛弃的妹妹？还是在成仙途中难舍难忘的妻子？我今日只想问哥哥一句，你到底将我放在何处？"

"微阳，我……"

林墨鲵犹豫了。

不知是不是他的犹豫给了林微阳更大的底气，微阳情不自禁地笑出了声来，缓缓道："在决决渊里，你尚在昏睡时我便说了。若日后你醒来，要让我离开，我绝无二话。"

她语气放软了许多，睫羽微动，落下了几滴清透的泪："这一次我会听你的，你要赶我走，我便走。你要我留下，我就留下。我不想再等了，现下鱼鳞也已找到，成仙在望，我只要你一句话。"

她的声音很低，哽咽不已："哥哥，事到如今，你还要犹豫吗？"

林墨鲵张了张口，良久后，吐出晦涩的几个字："你何必要逼我？"

"在你看来，这算是逼你？"林微阳后知后觉地笑道。

林墨鲵露出个无奈的神色，重重地叹了口气。

林微阳深深地吸了口气，而后苦笑道："你说我逼你，所以是承认了你心里有我吗？若你根本不在意我，为何觉得这是逼迫？”

林墨鲵哪会不明白她话中之意，耳根不自觉微微发烫，迟疑许久，才偏开头不愿去看她炽热的眸光。

但林微阳依旧目光灼灼，容不得他丝毫逃避。

林微阳看了他许久，眼睛滴溜溜转了几下，徐徐说道：“鱼与熊掌不可兼得，我从不知哥哥原来，品性竟是贪婪的。”

“你说什么！”林墨鲵咬了咬牙，直起身来，往后退了几步。

他何曾想过林微阳会说出这样直白的话，下意识便要逃避。但心里有个恶魔般的小人此时跳了出来，急嚷嚷道她说得很对。

林墨鲵一时惊愕，几乎愣在了原地，愣过之后，便赶紧将心里那个小人儿挤开。而后方才舔了舔干涩的下唇，稍稍皱起眉头，对林微阳端起兄长的架势教训道：“你身为女儿家，要谨言守礼，别胡言乱语，现在这样像什么话？”

林微阳看着他，忽然抬步上前，歪着脑袋不解道：“难道我说的不是事实吗？”

“你！”林墨鲵头疼地揉了揉额角，见林微阳又步步紧逼，赧然道，“你站住。”

林微阳脚下一顿，遂即狡黠笑道：“哥哥怕我？”

林墨鲵欲言又止地盯着她。

“我非母老虎，总不会将哥哥吃了去。”林微阳说完，便继续往前走。

林墨鲵一时被她恼得呼吸紊乱，眼看着林微阳气势足足地朝他走来，便赶紧身子一转，竟是坐在了身旁的椅子上。

似是诧异于林墨鲵的动作，林微阳双手拦在胸前，长吁叹道：“我还以为哥哥要跑开呢。”

林墨鲵靠在椅上，强自镇定道：“跑了你自会追来，何必白费气力？”

“哥哥倒是懂我。”林微阳失笑。

“微阳，我们好生谈谈。”林墨鲵说。

“好啊。”林微阳轻笑一声，而后身子轻巧一转，便落座在林墨鲵身边的椅子上。

她执起两个椅子中间桌案上的茶盏，熟练地沏了两杯茶水，又将其中一杯递给林墨鲵，柔声道：“哥哥请用。”

林墨鲵按着她的手将茶水放在桌上，摇摇头：“不必。”

见此，林微阳无所谓地耸耸肩，遂将茶杯放好，端正坐姿，做出一副乖乖听训的模样。

林墨鲵辅一偏头便看见了她这番模样，心里又是气，又是好笑，恍惚间像是看到了四年前将她从崖底救下时，她乖巧至极的模样。

他不觉长叹了一声，问道：“微阳，你可还记得我们初见时的场景？”

念及往日，林微阳也是一阵纳罕，不由得道：“我当然记得，是在龙侯山下，我坠落崖底，忘记往事，哥哥将我带了回去，许我容身之地。”

林墨鲵解释道：“但你或许不知道，那日我之所以会出现在崖底，只是为了寻求仙人。”

但林微阳却摇摇头，笑道：“后来我知道了，你要找的是龙侯山的玉旸上神。”

林墨鲵轻叹：“是啊，早在很久前，我自打有意识起，便只想寻仙，如今眼看着只差一步，便可……便可脱身成仙。”

他转眼看向林微阳，眉头拧起，脱口而出：“近乎二十年的执念，并非一朝一夕可瓦解。”

林微阳挑眉问道：“那哥哥为何要告诉我？是想让我做什么呢？”

“我……”林墨鲵额角跳了跳，终是哑口无言。

他看着林微阳忽然一笑，笑得莫名其妙，但林微阳像是明白了他的意思，下一刻，也跟着笑出声来。

伴着轻快的笑声，林微阳再次执起茶杯，以双手递给他：“哥哥请用。”

林墨鲵眸光一颤，蓦地站起身来，接过早已凉去的茶水，一饮而尽。

饮完茶水，他再不说话，大步便要向外面走去，却忽然听见一声低唤：“哥哥。”

那声音低哑而青涩，听得林墨鲵心尖一颤，他脚下蓦然顿住，身后的林微阳缓缓起身，温声细语道：“不久后便是无名镇的花灯节，哥哥可陪我一观？”

林墨鲵顿了顿，几不可闻地“唔”了一声后，便抬步离开。

直到林墨鲵的身影消失在她的视线中，林微阳才似笑非笑地扬起嘴角，施施然转身走到椅子边坐下，对着门外朗声唤道：“小屠，你要躲到何时，还不快进来？”

倏而，门边探出个毛茸茸的脑袋，屠萌撇着嘴巴兀自摇头晃脑道：“你们俩到底在说什么，我怎就听不懂了呢？”

他边说边往里走，手指了指外头，问道：“刚才墨鲵是什么意思，到底要不要去成仙？还有你说的鱼和熊掌，他打算要啥？”

林微阳幽幽道：“他自然都想要。”

屠萌嘟囔道：“都要，也不怕撑着？我看他不是那意思。”

“哦？”林微阳挑眉看向屠萌，笑道，“那你觉得呢？小屠不是自诩是最懂他的人吗，可将你的见解说出来，与我探讨一二。”

“你真无聊。”屠萌忍不住翻了个白眼。

见屠萌说不出个一二三来，林微阳叹声道：“果然还是我最懂哥哥。”

屠萌扑哧笑出声来，指着林微阳调侃道：“你倒是说说，林墨鲵究竟在想什么？又想要什么？我还就不信你能明白那人的心思。”

“他呀。”林微阳眯着眼睛笑了一笑，微露出几分慨然，“想要的太多了，舍不下那个，舍不去这个。他和阿鹿很像，却又不一样。阿鹿想要的都是自己要不到的，但他想要的，都是自己唾手可得的。他想要成仙，可谓一步之遥，他又想要我，我自然随他取舍。”

林微阳瞟了一眼屠萌，摊摊手道：“你说他是不是很幸运，他想要什么都有，天之骄子，莫过于此。”

屠萌不解问道：“你当真任他取舍？不对，既然随他取舍，为何刚才步步紧逼，让他做出抉择呢？”

他作势用小拳拳捶了捶林微阳的胳膊，愤愤道：“我也要不懂你了。”

林微阳失笑，一副无奈的口吻道：“你原本就不懂我啊。”

屠萌叉腰，气成河豚！

林微阳颔首笑笑，不紧不慢地解释道：“我哪里步步紧逼了？”

“咦？”屠萌气急败坏道，“还没有？你不就是在让他选择成仙或者选择你吗？二者取其一，鱼与熊掌不可兼得。”

他话音落后，林微阳忽而轻声道：“他心里有我。”

屠萌摸了一把胳膊上的鸡皮疙瘩，道：“干什么，突然矫情起来了，真肉麻死了！”

林微阳的矫情一下被他戳穿，撇了撇嘴，瞬间变换脸色，嘻嘻笑道："什么二者取其一，我已明白，他心里有我，便是他作何选择也无所谓了。只要有这一句话在，他便是成仙远去，从此永不见面，我也再无二话。"

屠萌一时诧异，喃喃道："你竟是这样想的。"

林微阳淡淡道："我何故逼他呢，只不过是想要证明一下，在他的心里，我究竟是扮演着怎样的角色罢了。"

"难道墨鲵也心知肚明？"

林微阳轻快笑道："他自然知道，但他的性子不容他直言，所以他心里即便是有我，也不会说出口的。他只问我为何要逼他选择，却又不容我说出缘由。因为他早就明白，这样的选择，并非是我逼的，他早在心里比对过鱼与熊掌的差别，却因为想要的太多，而分不清天平究竟偏向何方。"

屠萌皱紧了眉头，有些不解："我都快被你说糊涂了，那你知道吗，他想要什么？"

林微阳拍了拍屠萌的肩膀，气定神闲道："我都说了，鱼和熊掌他都想要。小屠，我到如今方才真正地认识他，明白他，但我不悔。他什么都想要，什么都不舍，那我就将所有都给他。"

林微阳一怔，忽而笑道："他不该去做选择，他生来是天之骄子，该做出选择的是我。我真应该想想，是离开，还是留下。"

屠萌只觉得越听越糊涂，只好呆呆地问道："那你想清楚了吗？"

"想清楚了。"林微阳眨眨眼，眸中透着狡黠。

屠萌急问："是什么？"

林微阳莞尔一笑，轻轻地答道："我要他。"

屠萌愕然，蓦地怔住。

他听见林微阳放软了声音，不假思索道："他是凡人我要他，连枝共冢，相和相随。他是神仙我亦要他，大不了引日成岁，睹物思人，总归也要天长地久。他在，我心安；他不在，我相思。"

第二十章 灯火阑珊处

我们和离吧，陆槐生。

无名镇郊外，有亭，八角矗立，有树，古柏长枫。

彼时陆槐生正遥遥站在一棵古松下面，百无聊赖地等了许久，直到身后两人说完了话，他才转身，对着一脸哀戚的丹粟伸出了手。

师鱼见丹粟久久没有反应，遂暗地里推了她一下，这才使丹粟从先前的话中回过神来。丹粟默默地看着师鱼，咬了咬下唇，师鱼温声道："去吧。"

丹粟这才将手覆在陆槐生的手上："相公。"

陆槐生掩唇咳嗽不止，丹粟一急，面色大变，赶紧抚了抚他的背，问道："怎么又咳嗽起来了？"

陆槐生微阖着眼睛，摇头道："我没事。"

他紧了紧丹粟的手，却是连连笑道："今天是我父母忌日，不是说好了一起去吗，你和……"陆槐生看了一眼师鱼，顿了顿，继续道，"你和仙子可说完话了？时不待人，咱们快些去吧。"

丹粟点点头："好，现在就去。"

说完，她对着师鱼拱了拱手，师鱼回她意味深长地一笑，丹粟了然，抿了抿唇，对陆槐生道："相公，走吧。"

陆槐生的父母被葬在郊外的土丘旁，两人相携着来到墓地，恭恭敬敬上香祭奠后，在回程途中，丹粟蓦地开口道："相公，我要走了。"

陆槐生一怔，僵硬着脖子转身，喃喃道："走，走去哪里？"

他话音落时，便瞧见丹粟竟已在片刻间泪痕满面，于是赶紧握住她的手，一把将她带到怀中。丹粟抽泣一声，在陆槐生的怀里闷闷道："我不信你没有猜到，无名镇里因何灾祸连连，你的身子又因何荒废至此。"

丹粟抽抽噎噎道："我想，早在你知道我并非凡人时，就猜到了，这些都是因为我。仙凡有别，仙凡不可恋，是我，是我犯了戒，才害了这么多人。如今你的身子越发不好，眼看着就要——"

她倒吸了一口气，声音忽然有些哽住了，好半晌才慢慢道："如今师鱼现世，我也该走了，我不过是当初她离山时剥下的鱼鳞，是我犯了戒，而今终究要回到我该回的地方。"

陆槐生张了张嘴，哑声道："那我呢？"

丹粟哭着哭着竟扬起了嘴角，闷闷笑道："等我走了，你的身子一定会好起来的。"

"我不是问这个。"陆槐生恼怒地低吼了一声。

他苦涩一笑："你要是走了，那我该怎么办？你是我的妻子啊。"

丹粟脸上的那丝苦笑倏而凝住，她沉默良久，才缓缓从陆槐生的怀里抬起头来，抿了抿嘴角，想起师鱼先前的交代，吸了吸鼻子，终是狠下心来："从今以后，你我不再是夫妻。"

她定定看着陆槐生的脸，一字一句道："我们和离吧，陆槐生。"

陆槐生心上一悸，面上顿时僵住了。

他甚至还没来得及做出反应，就见丹粟在话音落下后，突然推开他，急急后退了几步。

“娘子？”陆槐生震惊地看向她。

丹粟眼尾处有泪水滑落，她不再回答陆槐生的话，一边摇头一边往后退去，最后在陆槐生惊愕不定的目光中轻笑一声，便骤然化作一团幽幽红光。

陆槐生瞪大了眼睛，怒吼道：“娘子！”

他立马奔过去，伸着手想要抓住那团红光，然而原本柔和的光芒蓦地大盛，变成足以将眼刺瞎的诡异强光，陆槐生一时不慎，下意识微眯了眼睛。

再睁眼时，就见师鱼周身笼着一层淡淡的光晕，不知从何处而来，她站在陆槐生的面前，稍一挥袖，那阵丹粟化作的红光便如生就了意识，自然而然地飘到了师鱼的手中。陆槐生猛然间意识到了什么，慌忙向师鱼的手中看去，就见那红光融融间，赫然已化作一片火红的鳞片，静静地躺在师鱼手心。

陆槐生心上猛颤，慌不迭向师鱼问道：“我、我的娘子呢？”

师鱼朝他伸了伸手，叹息一声：“丹粟与凡人结亲，已犯仙山大戒，今自毁仙身，化为原形，永生永世。”

陆槐生的脸色变得无比苍白，他猛然间咳嗽不停，怔怔后退了几步：“不……不会的……”

师鱼虽心有不忍，却还是道：“因她一念之差，枉害凡间性命无数。天道轮回，如今她以鱼鳞之身，可助林公子修成仙体，也算是积了福祉。”

陆槐生早已双腿发软，软倒在地上。师鱼见他神色哀戚，不由得长叹一声，徐徐说道：“你与她再无因缘，另娶他人吧。这是她昨日为你求得的福荫之气，可保你身体康健，百岁无虞。”

说罢，师鱼微一拂袖，便有淡色的仙光覆在他身上，将他全身笼罩。

陆槐生只感觉股股清凉之气融入体内，须臾之后，恍若新生。

师鱼眸色深深，复杂地看了他一眼后，拂袖离去。陆槐生慌忙抬起头，却只看见师鱼的身影飘忽而过，瞬息消失。

他心中一酸，半跪在地上，嗤笑道：“百岁无虞，百岁无虞……哈哈哈哈……”

陆槐生的眸中漆黑一片，他笑着笑着竟哽咽起来，脸上满是泪水。

良久后，他用力闭了闭眼睛，感觉眼眶被浓浓的酸胀感侵蚀而去，便不由自主地捏紧了拳头，止不住地仰天狂笑起来。

恍然间，他像是回到了很多年前，静谧的夜晚，他独自坐在苍郁的老树下，抬眼正要看那融融的月光，却在转眼间，瞧见了躲在另一棵树下的姑娘。秋水明眸，潋滟生辉，他只一眼便已情深。

“你常说，从前对我一眼倾心，可知我那时与你初见，月影婆娑，不及你莞尔轻笑，百媚横生。”

陆槐生脚步踉跄地站起身来，对着师鱼离去的方向几不可闻地唤了一声。

“合离？娘子，你当真愿意我另娶他人吗……”

他说完后，却是谑笑一声，低声呢喃道：“有美一人兮，见之不忘。此生此身兮，相思穷极。”

一晃又过去了数日，到了凡间花灯节盛会的当头。无名镇虽说近些年来灾难横生，镇上百姓接连离乡背井，但留下的百姓照样过着自己的日子。他们按照花灯节的习俗，早在昨晚，就已迫不及待地在街上张灯结彩，共赏佳节。

可陆宅并无这份喜意，自打丹粟化为鱼鳞被师鱼收走之后，陆槐生便不再见客。他整日独独待在屋里，也不知在做些什么，总归林墨鲵等人一直都不曾见过他。

林墨鲵最近也不太爱出门，常躲在屋中，倒是学习起了风流雅士，执着狼毫对卷泼墨。

此时阳光初升，他便已坐在案前，铺上了一张暗黄宣纸，却忽觉砚台上起了杂质，正想去寻个东西来将它洗洗，谁知刚走出房门，便看见一个红色衣衫的人影。

竟是师鱼正朝他这处走来，林墨鲵愣了愣，连忙迎她进屋。

林墨鲵将砚台放在桌上，而后对师鱼道："仙子有礼。"

师鱼见他近几日作了不少书画，颇有些意外道："不想林公子竟到此时还有这般闲情雅致。"

林墨鲵淡淡笑道："静心罢了。"

师鱼意味深长地看了他一眼，点点头，云手一抬，手心泛起阵阵红光，便有一片鱼鳞骤然出现在她手中。她将鱼鳞递给林墨鲵，不由得挑起眉梢："公子是有仙缘之人，便将此物赠予公子，还望助你一臂之力。"

林墨鲵接过，拱手恭敬道："多谢仙子。"

师鱼看着他面露喜色，心中感慨，不禁问道："你与微阳当真是夫妻？"

不明白师鱼何故如此问话，林墨鲵勉强笑了笑道："是。"

师鱼瞥了一眼他手中的鱼鳞，叹声道："丹粟的结果你也看到了，你们既是夫妻，微阳又是凡人，届时你登仙而去，与微阳便是人仙殊途。"

林墨鲵听得一时怔然。

师鱼摇摇头，提醒道："仙凡相恋，天道不容。"

林墨鲵何曾不明白这些，早在他们初到无名镇时，他就告诉过彼时尚不知情的陆槐生，然则事情落在他自己身上时，却总是犹豫不定。林墨鲵踌躇着点点头，对师鱼致谢道："劳仙子挂怀，在下省得。"

师鱼道："你知道便好。"

说完，她便要离去，只道事情已经结束，她当回去饶山了。不料刚欲转身出门，便在房门口与急冲冲赶来的林微阳撞上了。

林微阳疑惑地看着师鱼，问道："仙子要回山去了吗？"

师鱼点点头，就见林微阳笑了笑，将她拉到屋里去，这才说道："仙子可愿多留一日，我想带仙子去看一样东西。"

"这……"师鱼犹豫道。

林微阳急切道："一日便好，不会耽搁太久。"

见林微阳如此执拗，师鱼也不好驳她的面子，便点点头："好，去看什么？"

"仙子晚间便知道了。"林微阳嘴角扬起一抹轻笑，言罢，又看向案前的林墨鲵，眉梢微挑，调侃般道："近日一直不见哥哥，原来是躲在屋中执笔泼墨。"

师鱼随口道："林公子不过是静心罢了。"

"哦？"林微阳勾起嘴角，轻移莲步走到案前，执起一张宣纸，挑眉不解道，"是有什么让哥哥心乱了吗？"

林墨鲵被她说得心上微堵，一把将宣纸夺回，闷闷道："并没有。"

"真的？"林微阳扬起眉，促狭道。

"假的。"林墨鲵看不得她调侃的模样，咽了咽口水，抛下二字。

说罢，他蓦地放下宣纸，将砚台拿在手中，急吼吼地走出了房间。

待他走后，林微阳掩唇，发出了银铃似的笑声。

夜幕降临，陆宅内依旧静谧无声息。

庭中老树下，师鱼静静站着，时而抬眸望向天空的明月，发出一声低颤的叹息。

林微阳走近时，正巧看见师鱼望着月儿眉头紧皱，不由得问道：“仙子在想什么，何故愁眉不展？”

师鱼微微笑道：“没什么。”她看向林微阳身后板着张脸的林墨鲵，挑了挑眉，“微阳，你要带我去看什么？”

“是一个很美的东西。”林微阳牵起师鱼的手，带着林墨鲵踏出了陆宅。

缓步转过几个小巷，不多时就来到了无名镇的镇中心。

虽是夜晚，但街道上依旧熙熙攘攘，人群喧闹。林微阳脚下一顿，拉着师鱼看向前方的街道，只见百姓们接踵而至，他们脸上洋溢着轻快的笑容，手里提着五颜六色的花灯，再往上看，屋檐下、商铺前，琳琅满目，各式各样的花灯一一展现在了几人的眼前。

长街灯火生辉，人声鼎沸。师鱼一时间便愣住了，耳边传来林微阳的轻笑：“仙子说过，你不顾一切下凡间，只是为了看一眼灯火阑珊。今日正巧是凡间的花灯盛会，仙子理当一观，才没有白来人间一趟。”

见师鱼还在发呆，林微阳失笑，牵着她走到一家小铺前，买了一盏火红鱼灯。

她将鱼灯递给师鱼，嫣然一笑：“送给仙子。”

师鱼讪讪接下，眨了眨眼睛，竟无意识地落下了一滴清泪。

她的嘴角微微上扬，望着林微阳，喃喃将那日的场景道出：“是啊，我不顾一切来到凡间，只为一看灯火阑珊。可上天终不怜我，在我下山当日，我便被决决渊里的一股神秘力量所吸，至此坠入了深渊。”

师鱼忍不住笑出声来：“微阳，谢谢你。”

林微阳眸光微动，目送着师鱼徜徉在灯海之中，她偏头对林墨鲵道：“我没有想到，原来她这么喜欢灯火。”

也不知林微阳想到了什么，她说着便笑了笑，清浅的笑容映着身后的融融灯光，竟显得朦胧又美丽，恍若置身梦境。林墨鲵眸色沉了沉，不觉问道：“那你喜欢吗？”

“我嘛。”林微阳歪着脑袋想了想，向他眨了眨眼睛道，“哥哥喜欢，我便喜欢。”

林墨鲵一噎，闷闷转过了身。

林微阳调侃他：“哥哥又怎么了？”

眼前有不少小童提着花灯穿梭而过，林墨鲵瞥了他们一眼，默默道：“我不喜欢。”

林微阳轻快地从身后跳到林墨鲵的身前，也跟着说道：“那我也不喜欢。”

“你。”林墨鲵一顿。

他忽而想问：“琉璃灯花，何故不喜？”他心里想着便也下意识地问了出来。

林微阳几乎没有丝毫犹豫，张口便道：“灯花阑珊，不及哥哥。”

她一说完，林墨鲵不知怎的，低着头就闷闷往前走去。

林微阳自当跟上，啰啰唆唆跟在他身后继续道：“哥哥是否也觉得，这耀眼的灯火，满街的花灯，也不及我一颦一笑呢？”

林墨鲵脚下猛地一个趔趄。

“扑哧！”林微阳在他身后一个劲地笑。

林微阳见他险些摔倒，却还闷声往前走，不由得又笑道：“我都能如实说出来，哥哥为何不能直言呢？”

林墨鲵停下脚步。

林微阳也赶紧停下。

林墨鲵转头，面无表情地看着她，说道：“我不觉得。”

“是吗？”林微阳耸耸肩膀，无所谓地笑笑，像是变法术一样从身后掏出一盏流光溢彩的仙女灯，想也不想地塞到林墨鲵的手里。

仙女灯，婀娜多姿的仙女灯，林墨鲵无语。

林微阳不禁捧腹：“原来哥哥还是喜欢花灯些，那我便将这满街最美的一盏送予哥哥，祈愿哥哥福寿绵长，平安喜乐。”

林墨鲵手里紧紧拽着仙女灯，急不可耐地往前走。

在他转身时，林微阳分明瞧见他耳根处隐隐泛红，衬着街上若有若无的灯光，更觉显眼。

说实话，林墨鲵其实挺不愿意将仙女灯带回去的，奈何他每每打算丢了时，林微阳就会眼巴巴地望着他，露出可怜兮兮的神情，让他实在是狠不下心丢掉。

所幸将仙女灯放在房间里静静“供奉”着之后倒还算好，总算林微阳没有想一出是一出地让他时时刻刻将灯揣在手中，若真那样，才是傻兮兮的了。

花灯节后，师鱼心中再无留念，不多时，便回去饶山请罪了。

师鱼走后，鹿角苔则回到了天泽湖里，林墨鲵三人也要与陆槐生告辞了，不过说起陆槐生，众人都是一阵唏嘘。

也不知是谁将陆槐生现今已与丹粟合离的事情宣扬了出去，弄得无名镇尽人皆知，惹得不少镇上镇外的人前来做媒。

只是陆槐生并不愿再娶，为了躲开媒婆，便长居镇上的书塾中，终日不外出，一心教导镇上孩童读书识字。

此后，他终身未娶，念着丹粟孤独终老。不过这些都是后话了。而今他身康体健，正站在天泽湖边，送别即将远行的林墨鲵等人。

一别不知何时再见，唯余叹息万千。

林墨鲵三人拱手道："送君千里终须一别，陆兄，有缘再聚。"

与陆槐生别后，林墨鲵始终觉得天泽湖中有异常，便站在湖中欲再一窥，谁知他刚一靠近，便又感觉到了一阵难耐的混沌。脑中瞬息被混沌之气占满，一时难受至极。

林微阳与屠萌慌忙扶着他打算赶紧离开天泽湖，不想，还没有来得及走，便看见湖中倏地涟漪荡漾，湖水泛起奇怪的波澜。

转瞬间，湖水四溅，一股黑气骤然从湖面而起，渐渐落在地上，凝聚成了一个人影。

屠萌指着人影，惊愕道："你是谁？"

那人影被黑压压的混浊之气包围，看不清楚面貌。正在三人惊疑不定之间，人影蓦地开口道："林墨鲵。"

林墨鲵问道："你是谁？"

"你难道忘记了，在决决渊里，是谁施予你梦境？"人影里传来一道阴森至极的声音。

林墨鲵蓦地想起在决决渊中沉睡时的梦，不由得面色大变："你到底要干什么？"

那人笑了笑，说道："你忘记当日的梦了吗？"

梦，他梦中的大鲵，林墨鲵不明白其中有何牵扯，不由得问道："你认识大鲩？”

黑色的人影动了动，近乎是急不可耐地吼道：“我当然认识，世间的最后一条大鲩，被你的父母钓来吃掉，从此你一家三口获得长生之躯，你更是怀有仙缘，一朝可登仙界。凭什么，凭什么，我求而不得的东西，为何你轻而易举地便获得了，为什么！”

他怒吼一声，转瞬间便有黑压压的混浊之气从他身上向四周散去，又蓦地合为一体，朝着林墨鲩涌来，须臾间，便将林墨鲩、林微阳、屠萌三人团团拢住了。

眼前猛地一黑，林墨鲩尚且还没有反应过来，就听见他继续道:“人间帝王血，饶山师鱼鳞，如今你与登仙只差一步，我怎能再等，怎能任由你成仙。”

三人被笼罩在黑气中，互相都看不见对方，林微阳一直在喊着哥哥的名字，却没有听到丝毫的回答，她心里着急，便急不可耐地四下寻找，然而那黑气仿佛将三人隔绝在了暗无天日的空间里。

这时，黑雾外忽然传来了男子阴狠的笑声：“不过，你要成仙，还得问我答不答应。”

他发出诡异的笑，状似自言自语道：“当年师鱼一下山，我便将她锁入决决渊里，为的就是一朝有仙缘之人来到此地，取得帝王血，师鱼鳞，婴石泪，而今我总算等到了，也不枉我点化那只蚯蚓引你们过来。”

听到那声音，林墨鲩等人方才明白这一切，恍然大悟道：“原来是你替阿鹿夺取了鹿角苔的身躯。”

“废话少说，现在仙物皆已聚齐，便由我成仙了。哈哈哈哈。”

他话音一落，林墨鲩只感觉身上一空，他低头看去，就见帝王血与师鱼鳞竟被他夺去，林墨鲩面色一变，情急之下才听出那人话中之意，不解道："婴石泪，哪里来的婴石泪？"

那人又发出诡异的笑声，紧接着，一股浓重的黑气直直逼向林微阳，将她狠狠挟住带了出来，林微阳被重重地抛在地上，喷出了一口猩红的血。

"微阳，微阳你怎么了？微阳！"林墨鲵急急喊道。

谁知林微阳还没有说话，就听见那人影仰头大笑道："你放心，她不会有事。"

林墨鲵紧咬牙关，怒不可遏："你到底想要干什么！"

"干什么？呵呵，你恐怕还不知道，这位千娇百媚的小姑娘，正是婴石所化吧？"

林墨鲵一怔："什么……"

躺在地上的林微阳也是一时愕然，倒吸了一口气，面色大变。

"你果然是蒙受天恩，怀有仙缘啊。"那人感叹一声，遂讽笑道，"说一声天之骄子也不遑多让。"

他说到此处，眸色一暗："不过，这些现在都是我的了。"

话音落后，他不再多说，操控着黑压压的雾气便要涌向林微阳，想要让她化作婴石原形。林微阳只感觉浑身都被一股股黑气挟持着，甚至慢慢地开始难以呼吸起来。她的身体被黑气控制着徐徐往空中飘去，却迟迟不能化作原形。

那人似乎也察觉到了异常，一时惊疑万分，不由得心绪大乱，喝道："怎么可能，为什么不可以？为什么不可以？"

就在这时，四面八方蓦地传来一声声巨响，雷声鸣鸣瞬息间将那黑压压的混浊之气打散，只听那人怒吼一声，便被不知是从何处而来的金光笼罩。

同一时刻，覆在林墨鲵与屠萌身上的黑气也骤然消失，林墨鲵刚一出来便立时跑到林微阳的身边，将虚弱的林微阳拢在怀里，着急不已道：“微阳，你怎么样，有没有受伤？”

林微阳摇了摇头，还没来得及说话，便听见天边遥遥传来一声大喝。

“孽畜，你做什么？”

那人影被金光笼罩，瞬息间便化作一条漆黑长蛇，被困在金光之下。

林墨鲵面露惊讶之色：“那，那是？”

天边有一人缓缓飞来，落在那漆黑长蛇身边，金光散去，林墨鲵方才看清楚她的样貌，不由得呼吸一滞——

“玉旸上神？”

尾声

有天之骄子，
自然也有上天弃子。

龙侯山下，白涧河底，大鲵深渊至，灵韵不老生。

年迈老人为避战乱，携妻误入龙侯山下，饥饿难耐以大鲵充饥，哪知食后如枯木逢春，遂长居龙侯山下。后生有一子，取名林墨鲵，身怀仙缘，一朝可登仙界。

正如林微阳所说，她的哥哥是天之骄子，拥有世人艳羡的一切。

有天之骄子，自然也有上天弃子。

它同样生于白涧河底，与大鲵相伴而生，本应好生修炼，却嫉妒大鲵灵韵非常，可登仙界。便在一日，偷取龙侯山玉旸上神仙物，令大鲵灵气骤失，竟被凡夫俗子钓而食之。

玉旸上神对林墨鲵道:“因这条长蛇所为,本神将他困于泱泱渊中。不料这天泽湖灵气泛滥，竟使他蒙受灵气，而今犯了此等大错。”

“原来如此。”林墨鲵慨然万分。

玉旸上神又道：“如今你既已寻得登仙之物，可要随我回龙侯山去？我可助你成仙。”

听了这话，不仅是林墨鲵，就连在一旁等候的林微阳与屠萌也是脸色一僵，急吼吼转头盯着林墨鲵，似要从他的脸上看到答案。

林墨鲵微一怔忪，一时间竟不知道该作何回答。

玉旸上神也察觉到了他几人面色奇怪，当下也并未多言，只幽幽叹道："昔年你不顾一切要寻求成仙之道，为此也算是费尽了心力。而今离家远行，多番劳苦，已然寻到仙物，何故犹豫不决？"

"上神，我……"林墨鲵哑然无言。

就在他犹豫之时，林微阳面色凝住，倏地朝外跑去。

林墨鲵唤道："微阳。"他犹豫地看了一眼玉旸上神，终是忍不住对林微阳的担忧之情，急忙追了出去。

天泽湖边，八角亭内。

林微阳趴在亭中的石桌上，听到身后有人过来，却仍旧趴着不愿动。

身后人虽然来了，却久久都不说话，倒是林微阳最终忍不住先开口道："哥哥，你要去龙侯山吗？"

林墨鲵想了想，眸光微动，却是问道："我若要去，那你可愿意去？"

林微阳没有想到他会这样问，却又瞬间明白过来他的意思，微微笑道："是啊，我是婴石，竟是你成仙路上必不可少的那个东西，若是没有我，你成不了仙。"

她说完，从石桌上抬起头来，目光灼灼望着林墨鲵，问道："我要是不去呢？"

林微阳的眼睛眨也不眨地望着他，良久后，林墨鲵淡淡颔首。

"那我就不成仙了。"

不成仙了……林微阳一愣，下意识道："你说真的？"

林墨鲵不置可否，往前走了两步，靠近了些，忽而又问："你什么时候愿意去？”

他气息沉重，两人一站一坐明明有些距离，但林微阳却莫名感觉他的气息离自己很近，很近。

“总之我现在不愿。”林微阳定定地看着他，张了张嘴。

林墨鲵深深吸了一口气，迟疑片刻后，才低声道：“那我就等你，直到你愿意。”

林微阳半掩着嘴角，扑哧笑道：“可是，你要知道，若是一直等我，我会越来越舍不得你的，你就更加成不了仙了。”

林墨鲵毫不犹豫道：“那我等你，等你什么时候舍得我。”

林微阳与他对视片刻，忽而站起身来，偏头问道：“所以你是将你的成仙之路，放在我手上了吗？”

“你受不起吗？”林墨鲵哼笑一声。

林微阳看着他，抿抿唇，眸光深沉，一字一句道：“却之不恭。”

－完－